岩波現代文庫／文芸 296

三国志名言集

井波律子

岩波書店

序

周知のごとく、『三国志』には、三世紀後半、西晋《せいしん》の陳寿《ちんじゅ》(二三三—二九七)が著した歴史書『正史三国志』と、一四世紀中頃の元《げん》末明《みん》初に集大成された長篇小説『三国志演義』の二種がある。本書『三国志名言集』は、このうち後者『三国志演義』にもとづいている。

『正史三国志』と『三国志演義』の間には千年以上の時間差があり、この間、語り物や芝居など民間芸能の世界で、無数の三国志物語が連綿と語り伝えられてきた。『演義』の作者と目される羅貫中《らかんちゅう》は、長らく伝承されてきた、これらの三国志物語を収集し、『正史三国志』をはじめとする正統的な歴史資料とつき合わせて整理したうえで、首尾一貫した長篇小説にまとめあげた。こうして誕生した長篇小説『演義』は、長い時間をかけて練り上げられた物語的興趣を存分に生かし、多彩な登場人物を鮮やかに描きわけながら、約百年におよぶ『三国志』の世界をトータルに描ききった、完成度の高い大歴史小説となっている。

波瀾万丈、起伏に富んだ『演義』の物語世界にメリハリを与えているのは、随所に配置されたキラリと光る名言・名セリフである。これらの名言・名セリフには中国は言わずもがな、日本でも江戸時代から広く知られ、人口に膾炙《かいしゃ》するものが多い。

ちなみに、これら『演義』に見える名言・名セリフには、曹操《そうそう》を評した名言「子《し》は治《ち》世《せい》の能臣《のうしん》、乱世の奸雄《かんゆう》也」(八頁参照)をはじめとして、『正史三国志』にもとづくものがかなりある。また、「燕雀《えんじゃく》安《いず》くんぞ鴻鵠《こうこく》の志を知らんや」(『史記』「陳渉世家《ちんしょうせいか》」。一六頁参照)のように、典故のある名言を転用しているケースもまま見られる。『演義』はしかるべき箇所に、これらの成句をまことに巧みに配置し、物語世界に深みと奥行きを与えている。このため、本書ではこうした典故のある名言もとりあげた。

さらにまた、最後の最後まで読者を魅了し、手に汗握らせる絶妙の物語展開を示す『三国志演義』には、ここぞというときに、ひときわ輝く名場面が挿入されている。本書ではこうした名場面をとりあげ、その場を盛り上げた名言・名セリフにもスポットをあてた。

語り物を母胎とし、正統的な歴史書に目くばりしながら組み立てられた『演義』の文体は、ことに地の文において、白話《はくわ》(口語)小説とは言い条、かぎりなく文言《ぶんげん》(文語)に近い(本書「解説」参照)。しかし、その語り口はいたって平明であり、講釈師のそれをしのばせる生き生きとしたテンポのよさがある。本書では、そのエッセンスを浮き彫りにするため、選びだした全一六〇項目の名言・名セリフについて、まず、書き下し文をあげ、これに原文と日本語訳を併記するかたちをとった。日本語訳は、筆者が全訳した『三国志演義』(ちくま文庫、全七冊。のちに講談社学術文庫、全四冊)を用いた。なお、項目に立てた名言・名セリフは、『演義』の第一回から第百二十回までの流れにそって配列した。

本書では、書き下し文、原文、日本語訳とともに、それぞれの項目にコメントを付している。このコメントでは、『演義』世界の物語展開にあわせて配列した、それぞれの名言・名セリフがいかなる脈絡で生まれたかを追跡しながら、全体としてストーリーの大筋がつかめるように配慮した。また、視覚的にも楽しみながら、含蓄に富んだ名言・名セリフが味わえるよう、項目ごとに関連する図版を入れた。本書が、『演義』世界を熟知している読者にとっても、まだその面白さにふれていない読者にとっても、奥深い発見の楽しみにみちた物語世界に誘う、よすがとなることを願うものである。

付言すれば、コメントのなかで、必要に応じて陳寿の『正史三国志』およびこれに付された裴松之《はいしょうし》の注に引く諸書に言及した。そのさい、『正史』については「〇〇伝(紀)」と記し(たとえば『正史三国志』「蜀書《しょくしょ》」「諸葛亮《しょかつりょう》伝」は「諸葛亮伝」)、裴松之注の諸書については「〇〇伝(紀)」裴注の『〇〇』(たとえば「武帝紀」裴注の『異同雑語《いどうざつご》』)と記した。

なお、日本語訳については、先に記したとおり「ちくま文庫版」すなわち現在の「講談社学術文庫版」を用い、図版は京都大学人文科学研究所所蔵の「四大奇書第一種」十九巻(明・羅本撰、清・毛宗崗評。江南省城敦化堂刊本同志堂蔵板)に付されたものなどを使用した。

梗概

中平《ちゅうへい》元年(一八四)の黄巾《こうきん》の乱から、魏《ぎ》の曹操《そうそう》、蜀《しょく》の劉備《りゅうび》、呉《ご》の孫権《そんけん》およびその子孫による三国分立をへて、太康《たいこう》元年(二八〇)の呉滅亡、西晋《せいしん》の全土統一にいたるまで、ほぼ百年にわたる「三国志」の時代は文字どおり、疾風怒濤の乱世である。

二世紀中頃、後漢《ごかん》王朝は貪欲な宦官《かんがん》が主導権をにぎり急速に退廃する。これに対し、清流派と呼ばれる知識人層は果敢な批判運動を展開するが、おしつぶされてしまう。中央政局の混乱が深まるにつれて社会不安も激化し、中平元年、道教系の新興宗教「太平道《たいへいどう》」の教祖張角《ちょうかく》は、よるべを失った民衆を糾合して後漢王朝に叛旗をひるがえす。この「黄巾の乱」はたちまち中国全土を席捲し、慌てた後漢王朝は義勇軍をつのって正規軍とともに黄巾討伐に当たらせた。曹操、孫堅《そんけん》(孫策《そんさく》・孫権の父)、劉備など、「三国志」世界の第一世代の英雄には、この黄巾討伐で名乗りをあげた者が多い。

黄巾の乱は討伐軍の奮戦によってまずは鎮圧されたが、中平六年(一八九)、後漢王朝をくつがえす大事件が勃発する。幼い少《しょう》帝の即位直後、宮中が大混乱した隙に、西涼《せいりょう》の凶暴な軍閥董卓《とうたく》が首都洛陽《らくよう》を制圧、少帝を退位させて献《けん》帝を即位させるなど、恐怖政治を断行したのである。董卓の専横は初平《しょへい》三年（一九二）、養子の猛将呂布《りょふ》に殺害されるまでつづく。

董卓の滅亡によって、時代は群雄割拠の乱世へとなだれ落ちる。とりわけ激戦地帯になったのは、政治・文化の中心、華北である。せめぎあいをへて、勝ち残った袁紹《えんしょう》と曹操は、建安《けんあん》五年（二〇〇）、「官渡《かんと》の戦い」で決戦、曹操が勝利をおさめ、華北の覇者となる。出身や軍事力においてひけをとる曹操が勝利したのは、荀彧《じゅんいく》ら清流派系の知識人を傘下におさめ、はやばやと献帝の後見人になるなど、すぐれた戦略を駆使したためである。

曹操が華北の覇者になると、群雄の一人として転変を重ね、曹操と対立するにいたった劉備は居場所を失い、関羽《かんう》・張飛《ちょうひ》をはじめ配下をひきいて、荊《けい》州の支配者劉表《りゅうひょう》のもとに逃げ込む。劉備の運命が好転するのは、臥龍《がりょう》と呼ばれる荊州の逸材、諸葛亮《しょかつりょう》を「三《さん》顧《こ》の礼」によって軍師に迎え、その「天下《てんか》三分《さんぶん》の計《けい》」を指針としてからだった。

しかし、劉備が諸葛亮を得た矢先の建安一三年（二〇八）、北中国を完全制覇した曹操が天下統一をめざし、大軍をひきいて南下を開始する。撃破された劉備は、江東の支配者孫権のもとに諸葛亮を派遣し、孫権と同盟を結び曹操に対抗する運びとなる。孫権は父孫堅、兄孫策の後を継いだ三代目であり、周瑜《しゅうゆ》や魯粛《ろしゅく》など知謀にすぐれたブレーンを擁していた。

建安一三年暮、「赤壁《せきへき》の戦い」において、周瑜ひきいるわずか二万(『演義』では五万)の呉軍は公称百万の曹操の大軍を撃破、奇跡的大勝利をおさめ、曹操の天下統一の夢は挫折する。もっとも大敗を喫したとはいえ、曹操の北中国における覇権は揺るがず、最大の実力者でありつづけた。

「赤壁の戦い」後、孫権と劉備は荊州の支配権をめぐって対立し、建安一六年(二一一)、劉備は自立の拠点を求めて、蜀に進軍する。三年の苦戦をへて、建安一九年、劉備は蜀の支配者となり、建安二三年から二四年にかけて曹操軍と激戦、重要な戦略拠点漢中《かんちゅう》をも手中におさめた。

蜀を領有し漢中争奪戦に勝利したこのころが、劉備の絶頂期である。しかし、そこに暗い影を投げかけたのは、劉備側の軍事責任者として荊州に残留した関羽が、建安二四年暮、孫権軍と曹操軍の挟み撃ちにあい、孫権に殺害されたことだった。

翌建安二五年正月、何かと関羽と因縁の深かった曹操も死去、その死後九か月で、息子の曹丕《そうひ》が即位(文帝)、後漢王朝を滅ぼして魏王朝を立てる。劉備もこの翌年に即位(昭烈帝)、蜀王朝を立てるが、その直後、義弟関羽の報復を期して呉に攻め込む。しかし、あえなく撃退され、黄初《こうしょ》四年（二二三。魏の年号、以下同じ）、諸葛亮に暗愚な息子劉禅《りゅうぜん》を託して死去するにいたる。こうして「三国志」世界は第一世代があいついで退場し、諸葛亮ら第二世代の時代となる。

　第二世代のトップスター諸葛亮は、蜀王朝第二代皇帝となった劉禅を輔佐しつつ、太《たい》和《わ》元年（二二七）、魏の文帝が死去し明《めい》帝が即位した交替期の間隙をついて漢中に進軍、魏への挑戦（北伐）を開始する。諸葛亮の北伐は青龍《せいりゅう》二年（二三四）、魏の司馬懿《しばい》と対戦中、五丈原《ごじょうげん》で陣没するまで、つごう五回（六回ともいう）にわたって敢行された。諸葛亮の死後、暗愚な劉禅を戴きながら、蜀はとにもかくにも三十年もちこたえた。

　一方、呉では、太和三年（二二九）、孫権が即位（大皇帝）、呉王朝を立て、ここに名実ともに魏・蜀・呉の三国分立が確定する。孫権は周瑜・魯粛・呂蒙《りょもう》・陸遜《りくそん》とあいついで有能な軍事責任者に恵まれ、指導者としてまずは順調な手腕を発揮したが、後継者問題でつまずき、晩年はしだいに衰えた。このため嘉平《かへい》四年（二五二）、孫権の死後、呉ではめまぐるしく皇帝が交替し内紛がつづいた。

　北中国を支配する魏も、景初《けいしょ》三年（二三九）、明帝の死後、急速に衰退した。正始《せいし》一〇年（二四九。四月に嘉平と改元）、諸葛亮のライバル司馬懿が実権を掌握した後、その息子司馬師《しばし》、司馬昭《しばしょう》、孫の司馬炎《しばえん》と三代四人がかりで魏王朝簒奪計画を推し進め、泰始《たいし》元年

(二六五)、司馬炎が即位(武帝)、魏を滅ぼして西晋王朝を立てる(この二年前、蜀はすでに実力者司馬昭が総指揮をとる魏に滅ぼされている)。

太康《たいこう》元年(二八〇)、三国のうち最後に残った呉も西晋に滅ぼされる。こうして三国はすべて滅亡、西晋の武帝司馬炎の手で中国全土は統一された。あまたの豪傑・英雄がはげしく戦った「三国志」の時代は終わったのである。

年表

西暦	年号	事柄
一八四	中平元	黄巾の乱勃発。党錮の禁解除。
一八九	六	霊帝死去、少帝即位。外戚何進、クーデタに失敗、宮中大混乱、袁紹らによって宦官みな殺し。董卓の乱。少帝退位、異母弟献帝即位。後漢王朝、実質的に滅亡。
一九一	初平二	清流派の荀彧、曹操のブレーンとなる。
一九二	三	董卓殺され、群雄割拠の乱世はじまる。
一九六	建安元	曹操、後漢の献帝を根拠地の許(河南省許昌市)に迎える。
二〇〇	五	曹操、官渡の戦いで袁紹を撃破し、華北を制覇。
二〇一	六	劉備、曹操に追われ、関羽・張飛ともども荆州(湖北省)に逃げ込む。
二〇七	一二	曹操、北中国制覇。劉備、三顧の礼をもって諸葛亮を軍師に迎える。諸葛亮、天下三分の計を説く。
二〇八	一三	曹操、大軍をひきいて荆州に南下。江東(呉。長江下流域)の支配者孫権、劉備と同盟を組んで曹操と対決。二万の呉軍をひきいた周瑜、赤壁の戦いで曹操の大軍を撃破。以後、荆州の領有をめぐり、孫権(周瑜)と劉備(諸葛亮)の争い激化。
二一〇	一五	周瑜死去。

二一一	一六	劉備、蜀(四川省)に入る。
二一四	一九	劉備、蜀を領有。
二一六	二一	曹操、魏王となる。
二一九	二四	関羽死去。
二二〇	二五	曹操死去。(黄初元年)曹操の長男曹丕、魏王朝を立て即位(文帝)。
二二一	黄初二	劉備即位。蜀王朝成立。張飛死去。劉備、呉に出撃。
二二三	四	劉備死去。劉禅即位。
二二六	七	魏の文帝死去。明帝即位。
二二七	太和元	諸葛亮、漢中へ進軍。
二二八	二	諸葛亮、第一次北伐。第二次北伐。
二二九	三	孫権即位。呉王朝成立。
二三四	青龍二	諸葛亮、五丈原で死去。
二三九	景初三	魏の明帝死去。
二四九	嘉平元	司馬懿、クーデタをおこし、魏の実権を掌握。
二五一	三	司馬懿死去。
二五二	四	孫権死去。
二六三	景元四	蜀滅亡。
二六五	泰始元	司馬懿の孫司馬炎、即位(魏滅亡、西晋王朝成立)。
二八〇	太康元	呉滅亡。西晋、中国全土統一。

三国鼎立図

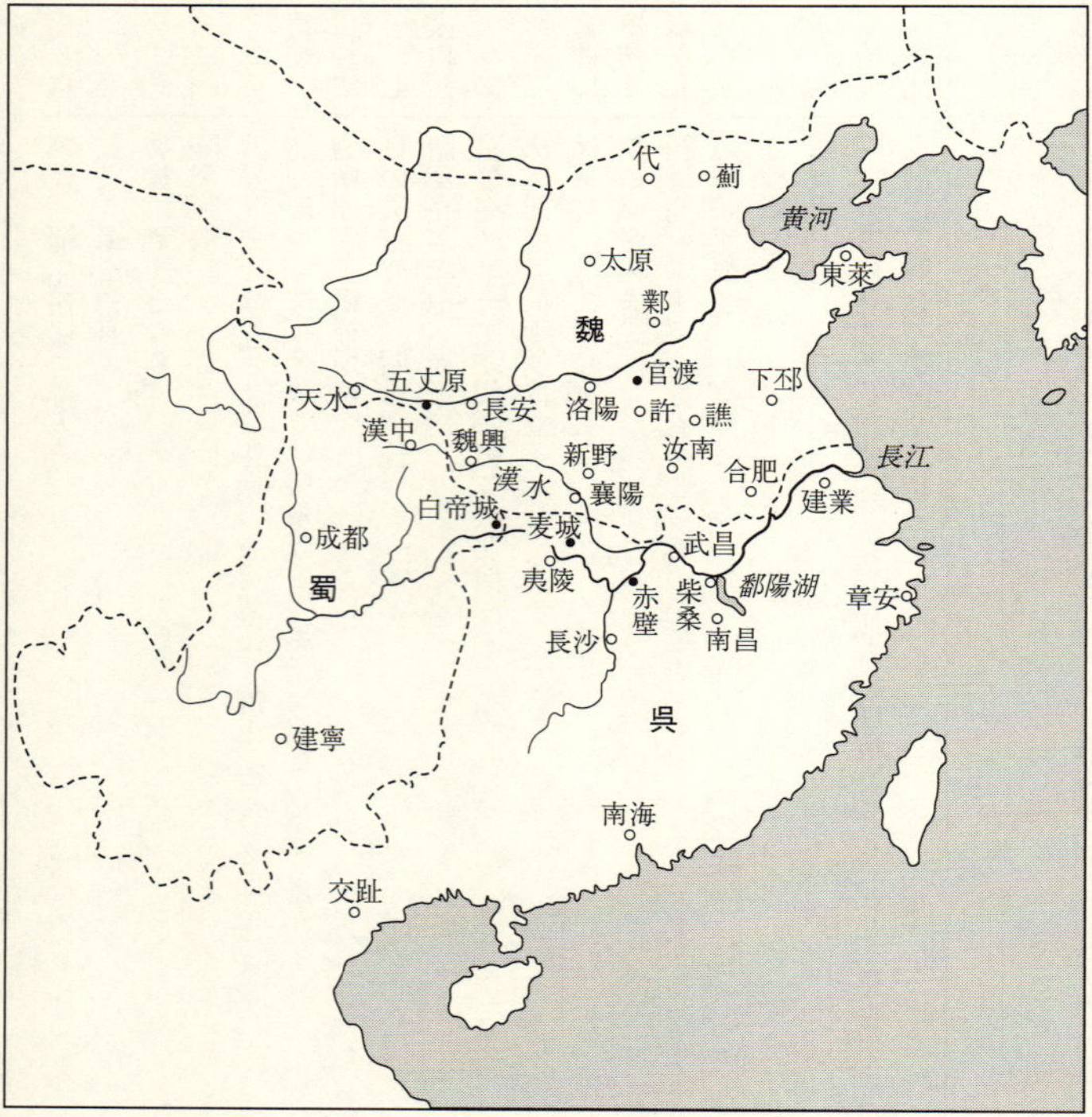

代
薊
黄河
太原
東萊
鄴
魏
官渡
下邳
天水
五丈原
長安
洛陽
許
譙
漢中
魏興
新野
汝南
長江
合肥
漢水
襄陽
建業
白帝城
麦城
成都
武昌
夷陵
赤壁
柴桑
鄱陽湖
章安
蜀
長沙
南昌
呉
建寧
南海
交趾

目次

1

乱世の開幕

――得て何ぞ喜ぶに足らん、失いて何ぞ憂うるに足らん

分久必合、　分《わ》かるること久《ひさ》しければ必《かなら》ず合《がっ》し、
合久必分。　合《がっ》すること久《ひさ》しければ必《かなら》ず分《わ》かる。

（そもそも天下の大勢は、）分裂が長ければ必ず統一され、
統一が長ければ必ず分裂するものである。

（第一回）

『三国志演義』第一回の冒頭を飾る名言である。戦国《せんごく》の乱世に覇を競った七国（韓《かん》・魏《ぎ》・趙《ちょう》・斉《せい》・燕《えん》・楚《そ》・秦《しん》）は秦に併合され、秦の滅亡後、項羽《こうう》の楚と劉邦《りゅうほう》の漢《かん》が争ったが、けっきょく漢が楚を併合し天下を統一した。漢もいったん滅亡し、後漢《ごかん》の光武帝《こうぶ》によって再興されたものの、献帝《けん》の代についに滅亡、魏《ぎ》・蜀《しょく》・呉《ご》の三国に分裂するにいたる。『演義』は物語世界の開幕に先立ち、以上のように、中国の長い歴史において分裂の時代と、統一・統合の時代が交互に存在したことを、巨視的な観点から実例をあげつつ明らかにする。

これは、後漢末の大乱世から三国分立をへて、西晋《せいしん》による天下統一にいたるまで、ほ

ぼ百年にわたる『演義』の物語時間の枠組みをあらかじめ提示したエピグラフ(題辞)だといえよう。

分裂と統合、乱世と治世が交替するという考え方は、『孟子《もうし》』の「天下の生ずるや久しきも、一治《いっち》一乱《いちらん》たり」(滕文公《とうぶんこう》篇)以来、中国の人々には馴染み深いものである。

『演義』最終回(第一百二十回)の末尾に、「これ(西晋の太康《たいこう》元年〈二八〇〉)以後、三国はすべて西晋の皇帝司馬炎《しばえん》の手に帰し、天下は一つの王朝のもとに統一された。これぞいわゆる「天下の大勢は、合すること久しければ必ず分かれ、分かるること久しければ必ず合す」ということなのである」とある。第一回の冒頭が「合すること久しければ必ず分かる」と、乱世の到来を暗示するのに対し、これは、「分かるること久しければ必ず合す」と、統一の時代になったことを明示するものである。こうしてみごとに首尾結合させつつ、『演義』世界は幕を閉じる。

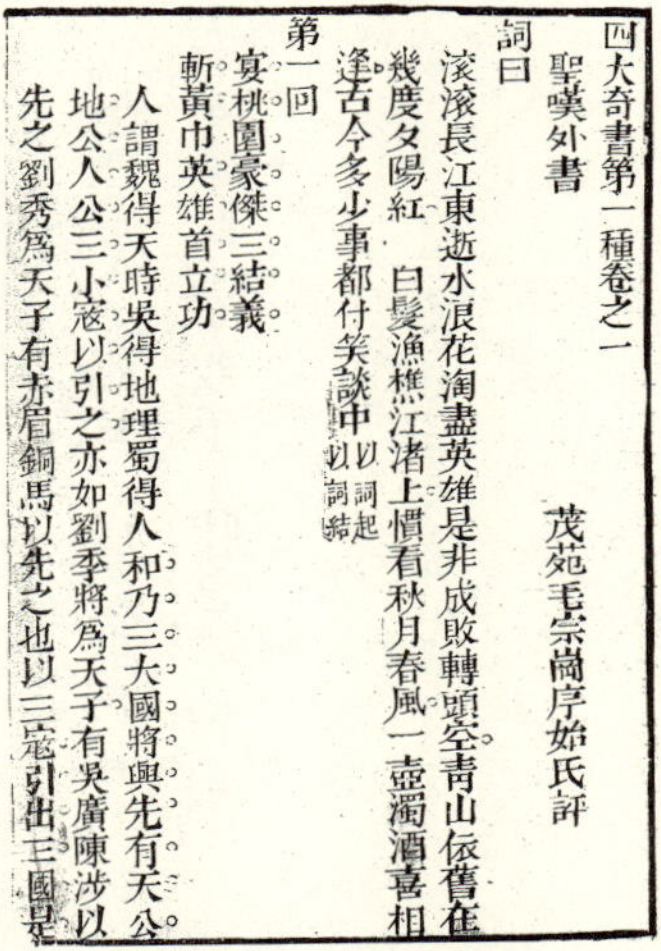
四大奇書第一種卷之一
聖嘆外書
茂苑毛宗崗序始氏評
詞曰
滾滾長江東逝水浪花淘盡英雄是非成敗轉頭空青山依舊在幾度夕陽紅　白髮漁樵江渚上慣看秋月春風一壺濁酒喜相逢古今多少事都付笑談中　以詞起以詞結
第一回
宴桃園豪傑三結義
斬黃巾英雄首立功
人謂魏得天時吳得地理蜀得人和乃三大國將興先有天公地公人公三小寇以引之亦如劉季將爲天子有吳廣陳涉以先之劉秀爲天子有赤眉銅馬以先之也以三寇引出三國是

毛宗崗の評を付した『三国志演義』の巻頭

両耳垂肩、　両耳《りょうみみ》　肩《かた》に垂《た》れ、
双手過膝。　双手《そうしゅ》　膝《ひざ》を過《す》ぐ。

両耳は肩まで垂れ、
両手は膝の下まで届く。

（第一回）

『演義』第一回初登場の場面で、劉備《りゅうび》の風采と出自を紹介した言葉の一部である。このくだりは、「身長は七尺五寸、両耳は肩まで垂れ、両手は膝の下まで届き、目は自分の耳を見ることができ、顔は冠の玉《ぎょく》のように白く、唇は紅をさしたようだった。彼は前《ぜん》漢《かん》の中山靖王《ちゅうざんせい》劉勝《りゅうしょう》の後裔で、景帝《けい》の玄孫《げんそん》にあたる」となっている。ちなみに、当時の一尺は約二十三センチ。

この叙述は『正史三国志』の「先主伝《せんしゅ》」を踏襲したものだが、大耳の部分について、「先主伝」では「ふり返ると自分の耳を見ることができた」とある。『演義』の叙述はこれを極端に誇張したもの。大耳は『演義』世界における劉備のトレードマークであり、以後、彼を罵る場合に「大耳野郎」という表現が、しばしば用いられる。

付言すれば、劉備の義兄弟の関羽《かんう》・張飛《ちょうひ》の風采は、初登場の場面で以下のように紹介される(いずれも『演義』第一回)。先に劉備と出会う張飛は、「身長八尺、彪《ひょう》のような頭にドングリ眼《まなこ》、燕のような顎《あご》に虎ヒゲ、雷のような大音声」、ついで劉備・張飛と出会う関羽は、「身長九尺、顎ヒゲの長さは二尺、重棗《ちょうそう》(熟したナツメ)のような赤い顔、紅をさしたような赤い唇、鳳凰《ほうおう》の眼に蚕《かいこ》のような眉」というぐあいだ。

このように人間離れのした、ほとんど異相の神ともいうべき、はなばなしい風貌をもつ三人がめぐりあい、いよいよ『演義』世界の幕が切っておとされる。

劉備(『歴代帝王図巻』)

不求同年同月同日生、

但願同年同月同日死。

同年同月同日《どうねんどうげつどうじつ》に生《う》まるるを求《もと》めず、

但《た》だ同年同月同日《どうねんどうげつどうじつ》に死《し》せんことを願《ねが》う。

同年同月同日に生まれなかったことは是非《ぜひ》もないとしても、
ひたすら同年同月同日に死なんことを願う。

（第一回）

中平《ちゅうへい》元年（一八四）、道教の一派「太平道《たいへいどう》」の教祖張角《ちょうかく》は数十万の信者を組織し、後漢王朝に叛旗をひるがえした。いわゆる黄巾《こうきん》の乱である。慌てた後漢王朝は各地に立て札を出して義勇軍をつのり、前漢王朝の後裔とされる劉備の故郷涿《たく》県（河北省涿州市）にもこの募集の知らせが回ってきた。劉備が超人的な豪傑、関羽・張飛と運命的な出会いをしたのはこのときである。

たちまち意気投合した劉備・関羽・張飛は、張飛の家の桃園で天地の神々を祭り、義兄弟の契りを結ぶ。ここにあげた言葉はこの名場面「桃園結義《とうえんけつぎ》」を象徴するセリフである。以後、劉備・関羽・張飛は乱世に乗り出し、はげしい転変を繰り返すが、死ぬときはいっしょと願う最初の桃園結義にそむくことなく、生涯にわたって絶対的な信頼関係を保ちつづけた。この桃園結義はむろん『三国志演義』の虚構だが、彼ら三人がけっして裏切り裏切られることのない信頼関係、任侠の論理をつらぬいたのは、まぎれもない史実である。

いずれにせよ、他者をまるごと信じることが困難な時代を生きる者にとって、まさに単純明快、羨むべき健やかな人間関係のありかただといえよう。

天地を祭り桃園(とうえん)に義を結ぶ

子治世之能臣、
乱世之奸雄也。

子《し》は治世《ちせい》の能臣《のうしん》、
乱世《らんせい》の奸雄也《かんゆうなり》。

君は治世の能臣、
乱世の奸雄だ。

（第一回）

人物鑑定の名手とされた許劭《きょしょう》の言葉。これが曹操《そうそう》評価の原点となる。

曹操の出自にはうさんくさいところがあった。父の曹嵩《そうすう》が位の高い宦官曹騰《かんがんそうとう》の養子だったのだ。宦官は去勢《きょせい》され、宮廷内部で用いられる男性。皇帝の側近として力をふるう場合も多い。後漢末、宦官およびこれと結託する悪徳官僚グループと、これを批判する良心派知識人グループ（清流派）の対立が激化した。醜悪な宦官派に連なる家系の出身であることは、若い曹操には負い目だったとおぼしい。それもあってか、曹操は反抗的な不良少年だったが、そんな彼に傑出した政治的才能の萌芽を見出した人物がいる。清流派の名士橋玄《きょうげん》である。

橋玄の紹介で、曹操は許劭と近づきになり、ここにあげた絶妙の鑑定を引き出す。「奸雄」とは奸智に長けた英雄の意だから、ふつうはけっして誉め言葉ではないが、曹操はわが意を得たりと大喜びし、これを機に勉学にはげんで、さっそうと官界にデビューしたのだった。ちなみに、この話は「武帝紀」裴《はい》注の『異同雑語《いどうざつご》』に見えるものである。

つまるところ、清流派知識人の間では、このように早くから曹操は乱世において悪賢い奸雄になるという共通認識があった。にもかかわらず、後年、最良の軍師となった荀《じゅん》彧《いく》を筆頭に多くの清流派知識人が曹操の傘下に入り、彼のために力を尽くした。彼ら清流派知識人は後漢末の大乱世状況を救うことができるのは、食えない奸雄性はあるにせよ、とびぬけた知力をもつ曹操のような人物でなければならないと判断したのであろう。

曹操(『三才図会』)

枳棘叢中、
非棲鸞鳳之所。

枳棘叢中《ききょくそうちゅう》、鸞鳳《らんほう》を棲《せい》する所《ところ》に非《あら》ず。

イバラだらけの草むらは、
鳳凰の住む場所ではない。

（第二回）

黄巾の乱討伐で手柄を立てた劉備はコネがないため、なかなか論功行賞にあずかれなかったが、ようやく安喜県《あんきけん》（河北省定州市東南）の尉《い》（警察署長）に任命され、関羽・張飛をひきつれて赴任した。しかし、まもなく朝廷から「軍功によって官職についた者を監査し、不適任者は罷免する」と詔が下り、安喜県にも督郵《とくゆう》（郡の長官の属官。所轄の県を監査し、役人の勤務評定などを担当する）が監査にやって来る。

この督郵は強欲かつ傲慢な男であり、賄賂を出さない劉備にむかっ腹をたて、罪をかぶせて罷免しようとしたため、怒った張飛は督郵をなぐり殺そうとした。このとき、関羽がこの言葉を言い、「督郵を殺し、官位を棄てて帰郷し、別に将来の大計を立てたほうがましだ」と、劉備に勧めた。しかし、劉備は督郵の命をとることはせず、馬つなぎの杭に縛りつけた督郵の首に印綬《いんじゅ》(官吏の身分を証明する印とその紐)をひっかけて、辞任の意をあらわし、関羽・張飛とともにそのまま逐電したのだった。

ちなみに、この言葉は『後漢書《ごかんじょ》』「循吏《じゅんり》伝」に見える「枳棘は鸞鳳を棲する所に非ず」を踏まえたものである。枳棘はからたちやイバラなどトゲのある悪木、鸞鳳は神聖な鳥、鳳凰を指す。関羽は力一点張りの張飛と異なり教養も高く、『春秋左氏《しゅんじゅうさし》伝《でん》』を愛読していたとされる。そんな関羽が故事成句を引用しつつ、けっきょく張飛と同様、督郵を殺せという暴力的結論を引き出すところが、いかにも乱世の豪傑らしく、なかなか面白い。また、「先主伝」では、暴力をふるったのは劉備自身だとされる。三人とも乱世の男なのだ。

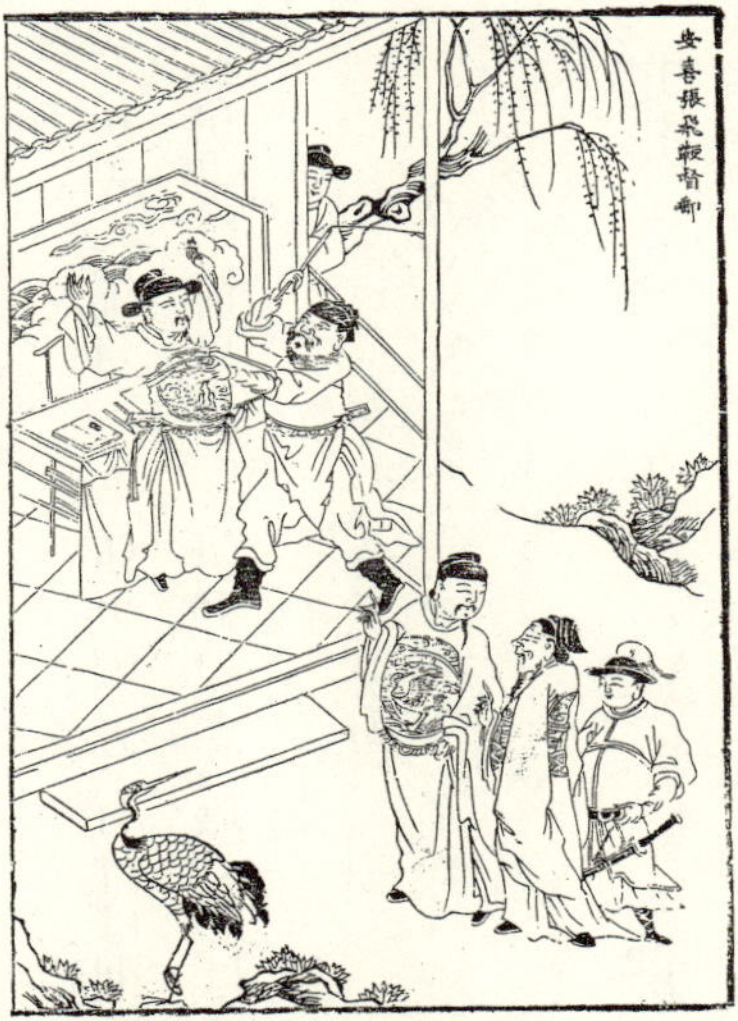

安喜にて張飛　督郵を鞭うつ

有伊尹之志則可、
無伊尹之志則簒也。

伊尹《いいん》の志《こころざし》有《あ》れば則《すなわ》ち可《か》なるも、
伊尹《いいん》の志《こころざし》無《な》くんば則《すなわ》ち簒《さん》なり。

伊尹《いいん》の志があれば許されるが、ない場合は簒奪《さんだつ》だ。

（第三回）

中平《ちゅうへい》六年（一八九）、宦官のいいなりだった霊《れい》帝が死去し、幼い少《しょう》帝が即位すると、外戚（少帝の叔父）の何進《かしん》が主導権をにぎった。凡庸な何進は現在の甘粛省一帯に根を張る獰猛な軍閥董卓《とうたく》を呼び寄せ、宦官派を一掃しようと図る。しかし、何進は危険を察知した宦官に殺害され、反宦官派の有力メンバーだった袁紹《えんしょう》らは軍勢をひきいて宮中に乱入、宦官を皆殺しにしてしまう。この大混乱のなかで、大軍を率いて首都洛陽《らくよう》に到着した董卓は、またたくまに洛陽を制圧し、恐怖政治を断行する。

この言葉は、主導権をにぎった董卓が少帝を退位させ、異母弟の陳留《ちんりゅう》王（のちの献帝）を即位させようとしたとき、黄巾の乱討伐に功績のあった重臣盧植《ろしょく》がこれに反対して述べたもの。伊尹《いいん》とは殷《いん》の初代天子、湯《とう》王の宰相だった人物。伊尹は第三代天子の太甲《たいこう》が暴君であったため、太甲を放逐し天子の職務を代行した。三年後、太甲が反省し行いを改めると、伊尹は代行を下り、太甲を迎え入れたとされる。

盧植はこの故事を引いて、董卓が皇帝交替を強行しようとするのを制止した。これは董卓に面とむかって、あなたには伊尹の誠意はないと言い放ったも同然なのだから、なんとも大した度胸である。ちなみに、「董卓伝」裴注の『献帝紀《けんてい》』にも、盧植が伊尹の故事を引いて退位に反対したという記述はあるが、この発言は見えない。けっきょく、盧植のがんばりも空しく、董卓は皇帝交替を断行し、後漢王朝は実質的に滅亡した。

董卓　議して陳留王を立つ

良禽択木而棲、　良禽《りょうきん》は木《き》を択《えら》んで棲《す》み、
賢臣択主而事。　賢臣《けんしん》は主《しゅ》を択《えら》んで事《つか》う。

良い鳥は枝を選んでとまり、
賢明な臣下は主君を選んで仕える。

（第三回）

首都洛陽を制圧した董卓が少帝を廃し陳留王を皇帝に立てようとしたとき、盧植のみならず、幷《へい》州（山西省太原市西南）の刺史《しし》（長官）丁原《ていげん》も猛反対した。丁原には養子の猛将呂《りょ》布《ふ》がついており、董卓もうかつに手をだせない。そこで董卓は呂布を味方にすべく、配下の李粛《りしゅく》をさしむけ説得させた。これはそのときの李粛の言葉である。丁原を見限り、董卓に仕えよというわけだ。李粛に言いくるめられた呂布は丁原を殺して董卓の養子となるが、けっきょく董卓をも殺害し、流転のはてに曹操によって滅ぼされる。

呂布の場合は芳しくない結果になったが、臣下にも主君を選ぶ権利があるとするこの言葉じたいは、『演義』世界でしばしば見られる。たとえば、黄巾あがりの楊奉《ようほう》の部将だった徐晃《じょこう》は、曹操配下の満寵《まんちょう》にこの言葉によって説得され、以後、曹操軍団の中核的部将となった(第十四回)。徐晃のように最初に仕えた主君を見限り、自分の能力を買ってくれる第二のすぐれた主君に鞍替えするケースは、『演義』世界には少なくない。総じて、こうした転身が許容されるのは一度だけであり、二度三度となると、転変つねなき無節操と非難される。転身には不退転の覚悟がいるということである。

付言すれば、この言葉の典拠としては、『春秋左氏伝』哀公十一年の、「鳥は則《すなわ》ち木を択《えら》ぶも、木は豈《あ》に能《よ》く鳥を択ばんや」があげられる。

呂布　丁建陽を刺殺す

燕雀安知鴻鵠志哉。

燕雀《えんじゃく》安《いず》くんぞ鴻鵠《こうこく》の志《こころざし》を知《し》らんや。

燕や雀のような小さな鳥には、
鴻鵠のような大きな鳥の志などわかるはずがない
(小人に英雄の志などわかるはずがない)。

(第四回)

中平六年(一八九)、驍騎校尉《ぎょうきこうい》(後漢の五校尉の一つ。宿衛の兵を司る)として洛陽にいた曹操は董卓の殺害を図るが、未遂に終わったため、慌てて洛陽を脱出、故郷の譙郡《しょう》(安徽省亳州市)に向かった。しかし、すでに董卓の手がまわっており、途中で関所の守備兵に捕らえられ、県令のもとに連行された。県令は夜中になると、ひそかに曹操を牢から出し、なぜ厚遇してくれた董卓を殺そうとしたのかと問いただした。この言葉はこの尋問に対する曹操の答えである。おまえのような小役人に、逆賊董卓を討ち取り、国家の禍を除こうとする大いなる志などわかるはずがない、というわけだ。これを聞いた県令は、自分は陳宮《ちんきゅう》あざな公台《こうだい》という者だと名乗り、曹操の意気に感じて官職を捨て、ともに逃亡すると申し出る。こうして曹操は絶体絶命の危機を脱し、陳宮とともに逃避行をつづけたのだった。ちなみに、「武帝紀」の本文および裴注では、この県令を陳宮だとは特定していない。『演義』の創作である。

陳宮を動かした曹操の上述の言葉は、もともと紀元前三世紀、秦末の混乱期に反乱をおこした徴用兵のリーダー陳勝《ちんしょう》が不遇時代に、彼をみくびった雇い主に浴びせた捨てゼリフである(『史記』「陳渉世家」)。以来、この言葉はこのときの曹操のように、不遇な者や逆境にある者が、自分を評価しない者に反撃を加えつつ、みずからを鼓舞する場合にしばしば用いられる。

曹孟徳　董卓を殺さんことを謀る

寧教我負天下人、
休教天下人負我。

寧《むし》ろ我《わ》れをして天下《てんか》の人《ひと》に負《そむ》かしむるも、
天下《てんか》の人《ひと》をして我《わ》れに負《そむ》かしむる休《な》かれ。

私が天下の人を裏切ろうとも、
天下の人に私を裏切るような真似はさせぬ。

（第四回）

逃亡中の曹操は県令の陳宮に助けられ、ともども逃避行をつづけること三日、成皋《せいこう》（河南省滎陽《けいよう》県西北）に住む父の義兄弟呂伯奢《りょはくしゃ》を訪ね、一夜の宿を借りようとする。呂伯奢はお尋ね者の曹操を快く受け入れ、近くの村に酒を買いに行く。そのあと、曹操は誤解にもとづく大事件をおこしてしまう。曹操と陳宮をもてなすべく、豚を殺そうとしていた呂伯奢一家八人を、自分たちを殺そうとしているのだと思い込み、皆殺しにしたのである。

のみならず、曹操はもどって来た呂伯奢と出会うや、後難を恐れ、何も知らない彼まで殺害してしまう。ここにあげた言葉は、仰天した陳宮が難詰したとき、曹操が吐いたセリフである。曹操のあまりの冷血ぶりに愛想をつかした陳宮はここで袂《たもと》を分かち、のちに呂布の参謀となって曹操と戦い、敗北し生け捕りになっても屈服せず、処刑されるにいたる(五七頁参照)。

『演義』世界において、曹操の奸雄性を端的に示すものとしてどぎつく描かれる、この呂伯奢一家殺人事件の顚末、および上記の言葉は、「武帝紀」裴注の諸書、とりわけ東晋《とうしん》の孫盛《そんせい》著『雑記《ざつき》』を下敷きにしたものである。いずれにせよ、この曹操の徹底的な人間不信の表明は、いかにも善悪のかなたに飛翔する「乱世の奸雄」らしい名セリフだといえよう。

呂伯奢(『増像全図三国演義』)

人中呂布、人《ひと》の中《なか》に呂布《りょふ》あり、
馬中赤兎。馬《うま》の中《なか》に赤兎《せきと》あり。

人のなかに呂布《りょふ》あり、
馬のなかに赤兎あり。

（第五回）

『演義』世界にはあまたの英雄・豪傑が登場するが、すぐれた容貌と抜群の軍事能力を兼ね備えた美将（美貌の将軍）といえば、呂布《りょふ》、馬超《ばちょう》、周瑜《しゅうゆ》の三人に指を屈するであろう。ここにあげたのは、初平《しょへい》元年（一九〇）、袁紹《えんしょう》や曹操らの諸侯連合軍が董卓《とうたく》の陣取る虎牢関《ころうかん》（河南省滎陽《けいよう》県西北）に攻めよせたとき、当時、董卓の猛将だった呂布がさっそうと姿を見せたくだりである。

「三つに分けて束ねた髪に紫金のかぶとを載せ、四川《しせん》産の紅錦の百花袍《ほう》を着て、獣面呑頭の連環《れんかん》の鎧をつけ、鎧の上から玲瓏《れいろう》獅蛮《しばん》（獅子と異民族の王をあらわした図案）の腰帯を締めている。弓矢を身につけ、手には画戟《がげき》を持ち、風にいななく赤兎馬《せきとば》に乗り、まさしく「人のなかに呂布あり、馬のなかに赤兎馬あり」といった風情である」というわけだ。その後、呂布は後漢王朝の重臣王允《おういん》の要請を受けた美女貂蟬《ちょうせん》に操られ、養父の董卓を殺害するにいたる(二六頁参照)。呂布は『演義』世界きっての剛勇無双の猛将だが、このように美女との艶っぽい絡みもあるため、早くから美将伝説が流布したものと思われる。

ちなみに、馬のなかの馬たる赤兎馬は、呂布が曹操によって滅ぼされたあと、曲折をへて建安《けんあん》五年(二〇〇)、関羽の愛馬となり、以来建安二四年、関羽が孫権に捕らえられ殺害されるまで、片時も離れずつき従った。関羽の死後、「赤兎馬は数日間、秣《まぐさ》を口にせず、絶命した」(二八六頁参照)とされる。なんとも雄々しくも愛おしい名馬だといえよう。

虎牢関に　三(み)たり呂布と戦う

天下可無洪、　天下《てんか》に洪無《こうな》かる可《べ》きも、
不可無公。　公無《こうな》かる可《べ》からず。

私がいなくとも天下に差し支えはありませんが、
公《との》がいらっしゃらないわけにはいきません。

（第六回）

初平元年（一九〇）、董卓討伐にむけ、袁紹《えんしょう》を盟主とする諸侯連合軍が結成された。連合軍の足並みはそろわず、いらだった曹操は自軍をひきいて董卓軍を猛追撃する。しかし、逆に董卓の部将徐栄《じょえい》の軍勢に包囲され、徐栄の放った矢が肩に命中、伏兵に捕らえられてしまう。このとき曹洪《そうこう》があらわれて伏兵を斬り殺し曹操を救いだした。この言葉は、負傷した曹操が「わしはここで死ぬ。おまえは早く逃げろ」と言ったときの曹洪の答えである。かくして曹操は曹洪の馬に乗せられ、背負われて川をわたり、ようやく窮地を脱したのだった。

ちなみに、この言葉は「洪《こう》」と「公《こう》」が韻を踏んでおり、また「可無洪」「不可無公」

とたたみかけているところに、表現としての絶妙のおもしろさがある。

この約二十年後の建安一六年(二一一)、曹操はもう一度、曹洪の捨て身の助力によって命拾いをした(二一七頁参照)。曹洪は曹操の従兄弟《いとこ》であり、やはり従兄弟の曹仁《そうじん》や同族の夏侯惇《かこうとん》(曹操の父曹嵩《そうすう》が夏侯惇の叔父)らとともに、当初から曹操軍団の中核をなす存在だった。人間不信が売り物の奸雄曹操は、そのじつ、桃園結義の劉備・関羽・張飛に負けないほど、これら血縁の猛将と深い信頼関係に結ばれていたことを、見落としてはならないだろう。

曹洪・夏侯惇ら(『全図繡像三国演義』)

濃眉大眼、
闊面重頤、
威風凜凜。

濃眉《のうび》大眼《だいがん》、
闊面重頤《かつめんじゅうい》、
威風凜凜《いふうりんりん》。

濃い眉に大きな目、
幅広い顔に二重顎《あご》、
きりりとした風格の持ち主だ。

（第七回）

劉備軍団にその人ありと知られる、頼もしい猛将趙雲《ちょううん》あざな子龍《しりゅう》の初登場である。初平二年（一九一）ごろから、劉備の学友である群雄の一人、公孫瓚《こうそんさん》は幽《ゆう》州（北京市西南）を領有し、冀《き》州（河北省臨漳県西南）を支配する袁紹と局地戦をくりかえした。「盤河《ばんか》」の戦いで、公孫瓚が袁紹の部将文醜《ぶんしゅう》に追いつめられたとき、上記のようにきりりとした風貌の趙雲が颯爽と登場、公孫瓚の危機を救い、これが縁で公孫瓚配下の部将となる。

趙雲は「常山《じょうざん》の趙子龍」と呼ばれるように、常山郡真定《しんてい》県（河北省正定県南）の出身。最初、袁紹の配下となったが、袁紹に失望し、公孫瓚に身を寄せた。しかし、公孫瓚は彼を警戒して重用せず、またまた失意に陥る。そんなとき、公孫瓚の加勢に来た劉備とめぐりあい、二人はたがいに離れがたい思いをいだく。やがて袁紹と公孫瓚の間に講和が成立し、劉備は趙雲に、「且《しば》らく身を屈して之《こ》れに事《つか》えよ、相見《あいまみ》ゆるに日有り（しばらくしんぼうして彼〈公孫瓚〉に仕えられよ。またいつか会える日もあるでしょう）」と言いのこし、二人は涙ながらに別れた。

趙子龍　盤河に大いに戦う

けっきょく趙雲が念願かなって劉備のもとに馳せ参じたのは、公孫瓚が袁紹に滅ぼされて自殺した二年後の建安六年（二〇一）、劉備が曹操に追われて汝南《じょなん》（河南省平輿《へいよ》県北）まで南下したときだった（九三頁参照）。

百姓有倒懸之危、
君臣有累卵之急。

百姓《ひゃくせい》に倒懸《とうけん》の危《き》有《あ》り、
君臣《くんしん》に累卵《るいらん》の急《きゅう》有《あ》り。

今、民衆は生きるか死ぬかの危険にさらされ、
漢の君臣は滅亡の瀬戸際まで追いつめられている。

（第八回）

後漢王朝の重臣王允《おういん》の言葉。王允は凶暴な董卓《とうたく》を排除するために、絶世の美女である歌妓貂蟬《ちょうせん》を用いて、董卓と養子の猛将呂布《りょふ》の間を裂く「連環《れんかん》の計」を立てた。まず貂蟬を呂布のもとに嫁がせる約束をしたあと、董卓に献上する。そのうえで貂蟬が二人を操って反目させ、呂布に董卓を殺害させる、というものである。上記は、王允が貂蟬を説得するさいに述べたもの。「倒懸」は体をさかさにつるすことで、非常な苦しみのたとえであり、「累卵」は卵をつみかさねることで、大いなる危険のたとえである。

王允に懇願された貂蟬は難役をみごとにやってのけ、初平三年（一九二）、呂布はついに董卓を殺害した。その後、『演義』世界では、貂蟬は呂布の側室となり、建安三年（一

九八）、呂布が曹操に滅ぼされるまで、行をともにしたとされる。

ちなみに、『演義』世界にはもうひとつ、「連環の計」がある。建安一三年（二〇八）、「赤壁《せきへき》の戦い」のさい、呉軍の総司令官周瑜《しゅうゆ》の意を受けた龐統《ほうとう》は曹操と会見し、戦船を連結させれば動揺が少なくなると、まことしやかに提案した。曹操はこの龐統の「連環の計」を真に受け、うかうかと戦船を連結させたために、火攻めをかけられるや、あっというまに船団が全焼し、壊滅的な打撃を受けた（一八八頁参照）。これはまた、艶っぽい貂蟬の「連環の計」とはうってかわった、なんとも殺伐たる計略ではある。

鳳儀亭に　（呂）布　貂蟬に戯る

邕雖不才、
亦知大義。

邕《よう》不才《ふさい》と雖《いえど》も、
亦《ま》た大義《たいぎ》を知《し》る。

私は不才ではありますが、
それでも大義は知っております。

（第九回）

後漢末の著名な学者蔡邕《さいよう》の言葉である。実権を掌握した董卓が名士を召聘したさい、蔡邕も「来ないなら一族皆殺しにするぞ」と脅され、やむなく召聘に応じた。董卓は彼を気に入り、侍中《じちゅう》（皇帝の近臣）に任命した。やがて董卓は呂布に殺害され、その屍が市にさらされたとき、蔡邕はあえてその屍に伏して慟哭《どうこく》するという挙に出た。

この言葉は、呂布をそそのかして董卓を殺害させた重臣王允に、董卓は逆賊なのになぜ慟哭したりするのかと、詰問されたときの蔡邕の答えの一部である。これにつづけて蔡邕は、「どうして国に背いて董卓に肩入れすることがありましょうか。ただ、一時期、董卓の知遇を得たことに感慨をもよおし、思わず彼のために慟哭したのです」と言う。

しかし、王允は納得せず、蔡邕を処刑したため、「当時の士大夫《したいふ》でこれを聞き、涙を流さない者はいなかった」(第九回)とされる。

王允が、董卓のために慟哭した蔡邕を殺す話は、すでに「董卓伝」裴注の『後漢書』に記されている。もっとも、ここでは上記の蔡邕の言葉は見えない。「三国志」世界には、たとえ悪人でも厚遇してくれた人物が滅ぼされたとき、危険を犯してその屍にすがり、慟哭する者がしばしば出現するが、その意気を評価し処罰しないのが通例だ。大学者蔡邕を強引に処刑した王允はいかにも偏狭であり、やがて自分も董卓の凶暴な部将李傕《りかく》・郭汜《かくし》の攻撃をうけ身を滅ぼす羽目になる。なお、蔡邕の娘で著名な詩人の蔡琰《さいえん》については二六四頁参照。

蔡邕(『増像全図三国演義』)

面如冠玉、　面《おもて》は冠《かんむり》の玉《ぎょく》の如《ごと》く、
眼若流星、　眼《まなこ》は流星《りゅうせい》の若《ごと》く、
虎体猿臂、　虎《とら》の体《からだ》に猿《さる》の臂《うで》、
彪腹狼腰。　彪《ひょう》の腹《はら》に狼《おおかみ》の腰《こし》。

冠の玉のような顔《かんばせ》、流星のような眼、
虎の体に猿の臂、彪の腹に狼の腰。

（第十回）

抜群の武勇とすぐれた風貌をあわせもつ「西涼《せいりょう》の猛将」馬超《ばちょう》の初登場である。西涼は現在の甘粛省を中心とする地域。初平三年（一九二）、王允と呂布が董卓を殺害した二か月後、董卓の部将李傕と郭汜が攻め寄せ、首都長安（この二年前、諸侯連合軍の攻勢をうけた董卓は洛陽から長安に遷都を強行）を制圧、この混乱のなかで呂布は逃亡し、王允は李傕らに殺害された。

李傕・郭汜の専横に憤激した、西涼太守の馬騰《ばとう》と盟友の幷州刺史《しし》韓遂《かんすい》は大軍を率いて長安に攻め寄せた。このとき、馬騰の息子馬超(当時一七歳)は李傕・郭汜の軍勢を蹴散らす大殊勲をあげる。上記の言葉はさっそうと戦場に姿をあらわした馬超の雄姿を描いたものである。

この初登場の場面についで、馬超が『演義』世界を揺さぶる活躍をみせるのは、十九年後の建安一六年(二一一)、父の馬騰を殺した曹操に報復すべく挙兵、出陣して来た曹操に猛攻を加え、追いつめるくだりである。

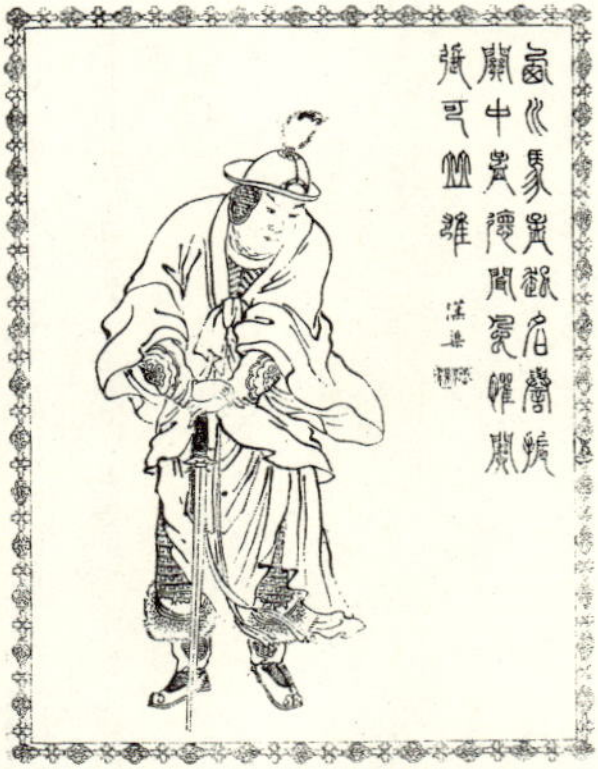
馬超(『増像全図三国演義』)

このとき、曹操の前に姿を現わした馬超を、『演義』はこう描いている。「生まれつき白粉《おしろい》を塗ったように色白、唇は紅をさしたようであり、腰は細く肩は広く、声は雄々しく、力にあふれ勇猛そのものだった」(第五十八回)。

馬超はけっきょく曹操との戦いに敗れ、流転を重ねたはてに、建安一九年、劉備に降伏、以後、蜀軍の主力部将となり、ようやく心身ともに落ち着いたのだった。ちなみに、劉備は戦場ではじめて馬超を見たとき、その非凡ないでたちとずばぬけた風格に感嘆して、「人は「錦の馬超」と言うが、なるほど評判どおりだ」(第六十五回)と言ったとされる。

此吾之子房也。　此《こ》れ吾《わ》れの子房也《しぼうなり》。

彼はわしの子房《しぼう》だ。

（第十回）

清流派知識人のホープ荀彧《じゅんいく》を獲得し、大喜びしたときの曹操の言葉。子房《しぼう》は前漢の高祖劉邦《りゅうほう》の名参謀張良《ちょうりょう》のあざなである。荀彧は最初、袁紹《えんしょう》に身を寄せたが、人を使う度量はないと失望し、曹操なら乱世を治めることができると、その傘下に入り名軍師となった。荀彧が曹操につくや、その甥の荀攸《じゅんゆう》をはじめ、程昱《ていいく》、郭嘉《かくか》ら優秀な清流派の人材が大挙して曹操の傘下に入り、曹操政権の基盤はみるみるうちに厚くなった。『演義』には明確な年代が記されていないが、「荀彧伝」では、荀彧が曹操のもとに馳せ参じたのは、初平二年（一九一）だとされる。

ちなみに、配下を歴史上の傑物になぞらえる表現方法は、曹操の大いに好むところである。たとえば、剛勇無双の親衛隊長、典韋《てんい》を得たときには、「此れ古《いにしえ》の悪来《あくらい》也（こやつは古の悪来だ）」（第十回）と、殷《いん》の亡国の天子紂《ちゅう》王の配下、大力で有名な悪来になぞらえ、

荀彧（『増像全図三国演義』）

大満悦している。また、典韋の死後、曹操の親衛隊長となった猛将許褚《きょちょ》を「子は真に吾れの樊噲《はんかい》也（おまえはほんとうに私の樊噲だ）」（第十四回）と、やはり劉邦の猛将樊噲になぞらえ称賛したりしている。

「悪来」の典韋は、建安二年（一九七）、曹操が弱小群雄の張繡《ちょうしゅう》を討伐し、不覚の大敗を喫したさい、壮絶な戦死を遂げた。このとき、曹操は「わしは長男（曹昂《そうこう》）と愛する甥（曹安民《そうあんみん》）を死なせたが、深い痛みを感じない。ただ典韋のためにのみ慟哭するのだ」（第十六回）と言い切る。一方、「子房」の荀彧は後年、曹操との亀裂が深まり、建安一七年（二一二）、自殺に追いこまれる。典韋はまずは「幸福な死」を遂げたが、荀彧の場合は「不幸な死」というほかない。

小時聰明、
大時未必聰明。

小時聰明《しょうじそうめい》なるも、
大時《だいじ》未《いま》だ必《かなら》ずしも聡明《そうめい》ならず。

小さいとき頭がよくても、
大人になって賢くなるとは限らないさ。

（第十一回）

孔子の第二十代目の子孫孔融《こうゆう》は神童だった。これは、一〇歳のとき、面識のない清流派の名士李膺《りよう》のもとを訪れたさい、たまたま来合わせた陳韙《ちんい》という人物が孔融を評した言葉。

李膺の家では、折紙付きの名士か親類しか奥へ通さないしきたりだった。このため、李膺邸の座敷に上げてもらうことが名士の証《あかし》となり、「登龍門《とうりゅうもん》（龍門に登る）」と称された。しかし、孔融は「自分は李府君の親類だ」と称して座敷に上り、李膺からわけを聞かれると、自分の先祖の孔子と李膺の先祖老子（老子の姓は「李」とされるため、李膺の「李」とひっかけて先祖だとした）が、師弟の間柄だったから、「代々よしみを通じているこ

曹操　兵を興して父仇を報ず

とになる」と言ってのけ、李膺や居合わせた客を感心させた。遅れて来た陳韙はこの話を聞くと、上記のように意地悪く批評した。このとき孔融は、「おっしゃるとおりだとすれば、あなたは子供のころ、きっと頭がよかったのでしょうね」と言い返し、陳韙を恐れ入らせた。

この話は魏晋の名士のエピソード集『世《せ》説新語《せつしんご》』「言語篇」に収められたものだが、初平四年（一九三）、北海《ほっかい》郡（山東省昌楽県西）の太守だった孔融初登場の場面で紹介される。

孔融はその後、紆余曲折をへて曹操に身を寄せ、文人としても名を馳せる。しかし、諷刺性に富む才気が裏目にでて、建安一三年（二〇八）、曹操に殺される（一五八頁参照）。この話は「栴檀《せんだん》は双葉より芳し」、毒を含んだ才気のゆえに身を滅ぼした、孔融の幼き日の姿を彷彿とさせる。

今日之事、
天与不取、
悔不可追。

今日《こんにち》の事《こと》、
天《てん》の与《あた》うるに取《と》らざれば、
悔《く》ゆるも追《お》う可《べ》からず。

今日の事は、天が与えた機会なのですから、もし取らなかったならば、あとから悔やんでも追いつかないでしょう。

(第十二回)

初平四年(一九三)、徐州《じょ》(山東省郯城《たんじょう》県)の支配者陶謙《とうけん》の配下に父と弟を殺された曹操は大軍を率い、陶謙の支配する徐州に猛攻をかけた。翌興平《こうへい》元年(一九四)、陶謙の要請をうけ、北海郡の太守孔融《こうゆう》は救援に向かい、たまたま孔融のもとにいた劉備も軍勢を集めて徐州へ急行する。おりしも曹操の根拠地兗《えん》州(山東省金郷県西北)に呂布《りょふ》が攻めこんだため、曹操軍は撤退のやむなきにいたる。こうして危機は去ったものの、劉備に惚れこんだ陶謙は徐州の支配権を譲ろうとする。しかし、劉備はあくまで辞退しつづけ、みか

陶恭祖　三たび徐州を譲る

ねた孔融が口添えをする。これはそのときの孔融の言葉である。

このときは辞退したものの、まもなく陶謙が死去すると、劉備はその遺言をうけて徐州の牧《ぼく》(長官)となる。流転を繰り返した劉備はようやく根拠地を得たのだった(すぐ呂布に追い出されるが)。

仁と義が売りものの劉備は他人の領域を犯すことを忌避し、この後もしばしばこの言葉に類する忠告を受けている(二二四・二二八頁など参照)。嫌がるポーズをとりながら、けっきょく徐州を皮切りに、荊《けい》州や蜀を領有したのだから、どうして劉備もただ者ではない。

昔高祖保関中、
光武拠河内。
皆深根固本、
以正天下。

昔《むかし》　高祖《こうそ》は関中《かんちゅう》を保《たも》ち、
光武《こうぶ》は河内《かだい》に拠《よ》る。
皆《み》な根《ね》を深《ふか》くし本《もと》を固《かた》めて、
以《もっ》て天下《てんか》を正《ただ》す。

昔、前漢の高祖は関中を保持し、後漢の光武帝は河内に依拠しました。二人とも深く根を下ろし、しっかりと基礎を固めることによって、天下を制圧したのです。

（第十二回）

曹操があわてて兗《えん》州にとって返したのは、呂布がかつて曹操と袂を分かった陳宮《ちんきゅう》を参謀とし、曹操の根拠地兗州に攻めこんだからだった。

足もとに火のついた曹操が呂布と激戦を繰り返すうち、徐州の支配者陶謙《とうけん》が死去、濡れ手に粟で劉備が後任の地位につく。これを知り、激怒した曹操が徐州に軍を進め、劉備を殺すと言ったとき、軍師荀彧《じゅんいく》は上記のように諫めた。

徐州に進撃した隙に、呂布に根拠地の兗州を奪われでもしたら、元も子もなくすことになる。前漢の高祖(劉邦《りゅうほう》)と後漢の光武帝(劉秀《りゅうしゅう》)がそれぞれ根拠地の関中(函谷関《かんこくかん》以西)、河内(河南省武陟《ぶちょく》県西南)を確保したうえで、天下を制圧した例にならうべきだ、と。

曹操　定陶に　呂布を破る

曹操はこの忠告を受け入れ、夏侯惇《かこうとん》と曹仁《そうじん》に兗州の拠点を守備させ、みずから軍勢をひきいてまず東のかた陳《ちん》(河南省淮陽《わいよう》県)を攻めとって軍糧を調達し、ついで汝南《じょなん》・潁川《えいせん》へと矛先を向け黄巾の残党を撃破して、大量の金銀・絹・食糧を手に入れた。この黄巾の残党退治のさい、一族郎党数百人をひきい自立していた豪傑許褚《きょちょ》が、曹操に帰順する一幕もあった。

兗州周辺部を平定し底力をつけた曹操は、興平二年(一九五)、呂布を撃破し根拠地兗州を完全に回復する。名軍師荀彧の描いた構図どおりの展開になったわけだ。ちなみに、荀彧の発言にある「関中」「河内」は、現在でも「根拠地」の意味で用いられている。

一方、兗州から追い出された呂布は陳宮の助言により、徐州を支配した劉備に身を寄せる。劉備の受難のはじまりである。

夫行非常之事、
乃有非常之功。

夫《そ》れ非常《ひじょう》の事《こと》を行《おこな》いて、
乃《すなわ》ち非常《ひじょう》の功《こう》有《あ》り。

そもそも非常手段によって大事を行ってこそ、
常ならぬ功績をあげることができるのです。

（第十四回）

建安元年（一九六）、董卓《とうたく》配下の凶暴な部将、李傕《りかく》・郭汜《かくし》によって長安から連れ出され、流浪を重ねた献帝《けん》はようやく首都洛陽《らくよう》にもどったものの、不安定な日々を送っていた。このとき、荀彧《じゅんいく》は曹操に、義兵をおこして献帝を救援するよう提案する。この意見にしたがい、曹操は軍勢を派遣して、李傕・郭汜の軍勢を追いはらう。上記の言葉は当時、献帝に仕えていた董昭《とうしょう》の曹操に対する進言である。董昭は、献帝を洛陽から曹操の拠点である兗州《えん》の許《きょ》（河南省許昌市）に移すべきだとし、「どうか将軍には決断なさってください」と迫った。

曹操は飛躍と決断をうながす、この董昭の進言を聞き入れ、献帝を許に移してその後見人となり、袁紹ら他の群雄を押しのけて、一歩ぬきんでた地位を確保した。緻密な状況把握と大胆な決断こそ、乱世を生き抜くための最大のポイントだということである。

付言すれば、「董昭伝」でも大筋は以上のとおりであり、ここにあげた董昭の言葉もそっくり同じである。董昭はその後、曹操政権の重臣となって、曹操が魏公から魏王へと権力者の階段を駆け上がる後押しをし、魏王朝を立てた曹操の息子の文帝曹丕《そうひ》、さらには曹丕の息子の明帝曹叡《そうえい》に仕えて高位高官を占め、八一歳まで生きた。泥水をくぐることなど平気のへいざ、なんともしたたかな人物というほかない。

鑾輿(らんよ)を遷し　曹操　政(まつりごと)を秉(と)る

得何足喜、　得《え》て何《なん》ぞ喜《よろこ》ぶに足《た》らん、
失何足憂。　失《うしな》いて何《なん》ぞ憂《うれ》うるに足《た》らん。

得たところで喜ぶには足りぬ、
失ったところで憂えるには足りぬ。

（第十四回）

曹操との死闘に敗れ兗州から追い出された呂布は、徐州を支配した劉備のもとに身を寄せる。劉備は呂布を小沛《しょうはい》（江蘇省沛県）に駐屯させるが、これが禍《わざわい》のもとになる。

建安元年（一九六）、徐州領有を狙う曹操のために、荀彧はまず「二《に》虎競食《こきょうしょく》（二頭の虎が食物を争う）の計」を立て、詔勅を下して劉備を正式に徐州の牧に任命する一方、密書を送って呂布を殺害させようとした。これに失敗すると、荀彧は「駆虎呑狼《くこどんろう》（虎を駆りたてて狼をやっつける）の計」を立て、淮南《わいなん》（安徽省寿県東南）に依拠する袁術《えんじゅつ》のもとに使者を送って、劉備が淮南を攻撃しようとしているとデマ情報を流した。これにひっかかった袁術がたちまち徐州へ攻め込んできたため、劉備は張飛に徐州の本城を守備させ出陣した。

この間に予期せぬ事件がおこる。留守居役の張飛が泥酔して、呂布の舅にあたる曹《そう》豹《ひょう》を鞭打ったため、怒った曹豹が呂布をそそのかして徐州城を乗っ取らせたのである。呂布の夜襲をうけた張飛はかろうじて城外に脱出、盱眙《くい》(江蘇省盱眙県東北の盱眙山)の劉備の陣に駆けこむ。上記の言葉は、張飛の報告を聞き、徐州を失ったことを知った劉備がため息まじりに言ったもの。たしかに劉備は陶謙から徐州を譲られたさいも、再三辞退したうえでしぶしぶ承諾しており、概して支配欲の稀薄な人物だったといえよう。何が何でもほしいものは手に入れたい曹操と、露骨な欲望を発散することを忌避する劉備。『演義』世界における二人の中心人物の対照的なキャラクターが、ここでもくっきりと浮き彫りにされている。

呂布　月夜に徐州を奪う

兄弟如手足、
妻子如衣服。

兄弟《きょうだい》は手《て》足《あし》の如《ごと》く、
妻子《さいし》は衣《い》服《ふく》の如《ごと》し。

兄弟は手足のようなものであり、
妻子は衣服のようなものだ。

（第十五回）

前条に記したとおり、劉備と関羽が袁術軍と対戦中、張飛は呂布《りょふ》に徐州の本城を乗っ取られるという大失敗をやらかした。劉備は「得たところで喜ぶには足りぬ、失ったところで憂えるには足りぬ」と、張飛を責めようとはしなかった。しかし、関羽は「いま、城は失うわ、嫂嫂《サオサオ》（姉上すなわち劉備夫人を指す）は捕虜にされるわ、いったいどうする気だ」と、きびしく張飛をなじり、恥じ入った張飛はやにわに剣を抜いて自刎《じふん》（みずから首をはねること）しようとする。

上記の言葉は、このとき劉備が張飛の手から剣をとりあげながら、言ったもの。これにつづけて、劉備は「衣服は破れてもなお繕うことができるが、手足は断たれれば、どうしてつなぐことができよう」と述べる。義兄弟関係を最重視する任侠の論理そのものである。かくて、劉備は死ぬときはいっしょという「桃園結義」の誓いを繰り返して、声をあげて泣き、張飛と関羽も感涙にむせんだのだった。

この後、袁術は呂布に多額の報酬を約束し劉備を挟み撃ちにしようと誘いをかけるが、約束をはたさず、怒った呂布は劉備に小沛にもどるようもちかける。呂布自身は乗っ取った徐州の本城に居座るという虫のいい話だ。しかし、劉備は「身を屈して分を守り、そうやって天の与えてくれた機会を待つのだ」と、憤懣やるかたない張飛・関羽をおさえて、小沛に駐屯する。

呂奉先　轅門に戟を射る

打たれ強い劉備はこうしてむりをせず、流れに身をまかせながら、何度もどん底から這い上がって行くのである。

子義乃信義之士、

必不背我。

子義《しぎ》は乃《すなわ》ち信義《しんぎ》の士《し》なり、

必《かなら》ず我《わ》れに背《そむ》かず。

子義《しぎ》（太史慈《たいしじ》のあざな）は約束を守る男だ、

けっして私を裏切ったりはしない。

（第十五回）

魏・蜀・呉の三国分立の一翼をになう、呉の孫氏政権の初代孫堅《そんけん》は、荒くれ軍団を率いて黄巾の乱討伐で名をあげ、群雄の一人となった。しかし、その果敢さがあだとなり、初平四年（一九三）、荊州の支配者劉表《りゅうひょう》を攻撃したさい、単騎で戦場を偵察中、劉表の部将黄祖《こうそ》の手の者に射《い》殺された。ときに三七歳。

当時、一九歳だった長男孫策《そんさく》は父と因縁の深い袁術に身を寄せ、興平《こうへい》二年（一九五）、父配下の部将程普《ていふ》・黄蓋《こうがい》・韓当《かんとう》らを核とする軍団をひきいて自立、江東進撃を開始する。以後、孫策は幼馴染みの天才的軍事家周瑜《しゅうゆ》と協力して難敵を撃破し、またたくまに江東（長江下流域）を制覇する。孫策は父譲りの果敢な攻撃精神にあふれる武将であり、江東の人々から「孫郎《そんろう》（孫の若様）」、「江東の小覇王」と呼ばれ敬愛された。ちなみに盟友の周瑜は「周郎《しゅうろう》」と呼ばれた。

攻撃型とはいえ、孫策には部下を徹底的に信頼する度量があった。江東に依拠する劉《りゅう》繇《よう》配下の部将だった太史慈《たいしじ》との関係には、そんな孫策の魅力があふれている。かつて劉繇と対戦中、孫策は太史慈と一騎打ちをしたことがあった。やがて孫策に生け捕りにされた太史慈は人柄にうたれて配下となり、六十日の期限を切って、敗走した劉繇の軍勢を連れて来ると約束、孫策のもとを離れる。

孫策　大いに太史慈と戦う

上記の言葉は、配下の部将がこぞって「太史慈は帰って来ない」と言ったとき、孫策が述べたもの。はたせるかな、太史慈は約束の六十日目の正午、一万余の軍勢をひきいてもどって来る。太宰治の「走れメロス」を思わせる名場面である。

夫除一人之患、
以阻四海之望。
安危之機、
不可不察。

夫《そ》れ一人《いちにん》の患《かん》を除《のぞ》きて、
以《もっ》て四海《しかい》の望《ぼう》を阻《はば》む。
安危《あんき》の機《き》、
察《さっ》せざる可《べ》からず。

そもそも禍《わざわい》の種となる一人を殺すことで、天下の人望を失っていいわけはありません。これが失敗と成功の分かれ道、どうかご明察ください。

（第十六回）

建安元年（一九六）、劉備は呂布《りょふ》に徐《じょ》州の本城をあけ渡し、小沛《しょうはい》に駐屯したのもつかのま、張飛が呂布の買い集めた馬を強奪したため、怒った呂布に猛攻をかけられ、許都の曹操のもとに逃げ込む羽目になる。このとき、曹操の参謀の荀彧《じゅんいく》や程昱《ていいく》は、劉備は英雄だから、いま始末しなければ、禍《わざわい》の種になると主張した。しかし、郭嘉《かくか》あざな奉孝《ほうこう》だけは、英雄の誉れ高い劉備を殺せば、天下の知謀の士が疑心暗鬼になり、英雄・豪傑を召聘できなくなると反対した。上記の言葉は、このときの郭嘉の発言の一部である。曹操は郭嘉の意見に賛成して、劉備を豫《よ》州(安徽省亳州《はくしゅう》市)の牧に推薦し、軍勢と食糧を与えて豫州に赴任させた。

郭嘉は曹操の大勢のブレーンのなかでも、ここぞというときにもっとも的確な助言をした人物である。建安五年、曹操は袁紹《えんしょう》との「官渡《かんと》の戦い」に勝利したあと、建安七年から一二年まで、五年の歳月をかけて大遠征をおこない、北中国を完全に制覇した。郭嘉はこの北中国制覇の最大の功労者だったが、最終局面で不幸にも病死した。このとき曹操は大声で泣きながら、「奉孝が死んだのは、天が私を喪《ほろぼ》すということだ」と歎いた(一二七頁参照)。

郭嘉(『増像全図三国演義』)

郭嘉の死の翌年(建安一三年)、「赤壁の戦い」で惨敗を喫した曹操は、「もし奉孝が生きていれば、けっしてわしにこんな大失敗をさせることはなかっただろう」(第五十回)と慨嘆し、程昱ら参謀たちを恥じ入らせた。曹操がいかに深く郭嘉を愛し信頼していたかを示す話だといえよう。

丞相践麦、
本当斬首号令、
今割髪以代。

丞相《じょうしょう》は麦《むぎ》を践《ふ》み、
本《もと》もと当《まさ》に斬首《ざんしゅ》して号令《ごうれい》すべきを、
今《いま》 髪《かみ》を割《さ》きて以《もっ》て代《か》う。

丞相は麦を踏み、本来、さらし首にすべきところ、
いま髪を切ってその代わりとする。

（第十七回）

建安三年（一九八）、曹操は、先に思わぬ不覚をとった張繡《ちょうしゅう》が荊《けい》州（湖北省）の支配者劉《りゅう》表《ひょう》と手を組み、不穏な動きを示したため、征伐に向かった。行軍の途中、曹操は村々の長老や地方官に対し、「ちょうど麦の実る季節に、やむをえず兵を起こすことになったが、大将も兵卒も麦畑を通過するさい、踏み荒らしたならば、ひとしなみに斬首に処す」と告げ知らせた。これを聞いた人々は感激して、曹操軍を歓迎したのだった。

ところが、なんと曹操の乗った馬が麦畑に飛び込み、麦を踏み荒らすという事故がお

こる。曹操は芝居気たっぷり、自刎《じふん》して罪に服そうとするが、知恵袋の郭嘉《かくか》に尊い身分の者には刑罰を加えないものだと制止される。そこで、首の代わりに髪を切り取り、この旨を全軍の将兵に知らしめる。その告知がこれである。

曹操がみずから軍令を厳守する姿勢を示したため、将兵はふるえあがり、誰も軍令に違反しなくなったという。『演義』はこの話を記した後、詩を挿入し、「方《はじめ》て見る　曹瞞《そうまん》の詐術《さじゅつ》の深きを（曹操の詐術の深さ　ここにあらわに）」と批判している。たしかに、この話には住民向けの仁愛にみちたポーズ、将兵に軍令を遵守させるための手管等々、曹操のあざといまでの読みの深さが顕著にあらわれている。

曹操　兵を興して張繍を撃つ

公儀表非俗、
何故失身於賊。

公《こう》は儀表《ぎひょう》　俗《ぞく》に非《あら》ざるに、
何故《なにゆえ》に身《み》を賊《ぞく》に失《うしな》うや。

貴公は風格も並はずれてりっぱであるのに、
どうしてまちがって逆賊に仕えているのか。

（第十八回）

関羽は曹操の名将張遼《ちょうりょう》と深い因縁に結ばれた間柄であった。これは最初の出会いのとき、関羽が当時、呂布《りょふ》配下の部将だった張遼に向かって言った言葉である。張繡《ちょうしゅう》征伐に向かった曹操は、袁紹《えんしょう》が許都《きょと》攻撃のかまえを見せたため、急遽、帰還する。許都攻撃は回避されたが、軍師の荀彧《じゅんいく》と郭嘉《かくか》はいずれ袁紹と決戦すべきだと主張、そのためにはまず劉備と連携して、徐《じょ》州の呂布を征伐しなければならないと提案した。ところが、劉備あての曹操の密書が手違いで呂布の手に落ち、怒った呂布は張遼らに劉備の駐屯する小沛《しょうはい》を攻撃させた。劉備は曹操に救援を求める一方、関羽・張飛とともに小沛の守りを固めた。このとき、攻め寄せた張遼に向かって関羽が上記のように言ったところ、痛いところをつかれた張遼はうつむき、攻撃を加えようとせず撤退したのだった。

戦況は曹操自身のひきいる大軍の到着とともに逆転し、けっきょく呂布は曹操に処刑される(五九頁参照)。このとき、張遼は降伏を拒否するが、処刑される寸前、関羽の嘆願によって助けられ曹操に降伏、以後、曹操軍きっての名将となる。この後も、関羽と張遼の因縁はつづく。関羽と張遼、この二人の勇者の敵味方を超えた深い共感にみちた関係性は、「三国志」世界にさわやかな風を送り込んでいる。

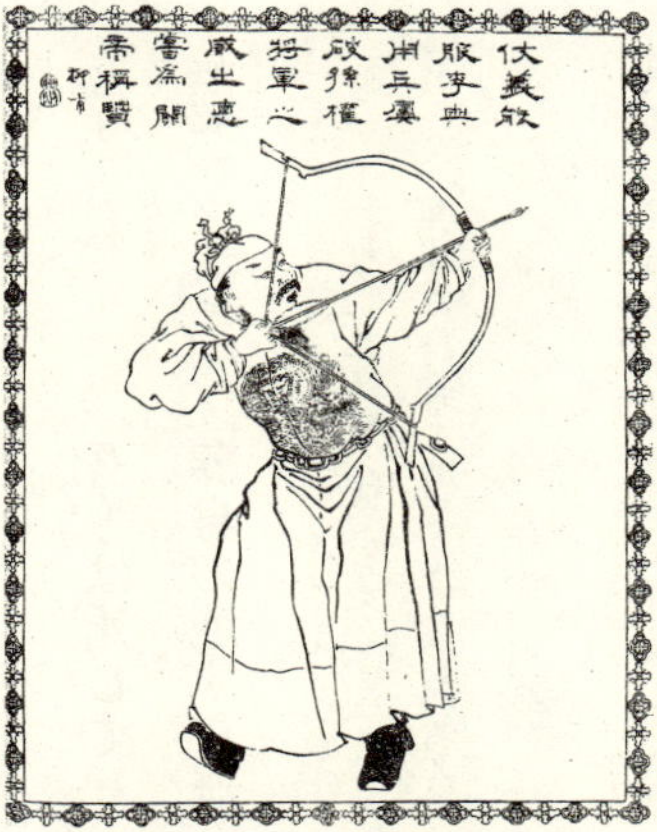

張遼(『増像全図三国演義』)

吾等死、

無葬身之地矣。

吾等《われら》は死《し》して、

葬身《そうしん》の地《ち》すら無《な》からん。

われわれは死んでも、

埋葬される土地さえないだろう。

（第十九回）

呂布の参謀陳宮《ちんきゅう》は冷酷な曹操に失望し、呂布についた経歴の持ち主である（一九頁参照）。曹操軍の攻撃を受けた呂布が徐州と小沛を失い、唯一残された下邳《かひ》（江蘇省睢寧《すいねい》県西北）の拠点を堅守していたとき、陳宮は遠征してきた曹操軍の疲労と食糧不足をついて、積極的に攻勢に出るよう提言した。しかし、呂布は妻の厳《げん》氏と側室の貂蟬《ちょうせん》に泣きつかれ、その提言を受け入れようとしなかった。上記の言葉は、このとき陳宮がため息まじりに述べたものである。

けっきょく陳宮の危惧どおり、呂布は失敗を重ねて曹操に生け捕りにされ、陳宮もまた生け捕りになった（五八頁参照）。このとき、曹操に「どうして呂布のような男に仕えたりしたのか」と聞かれると、陳宮は、「呂布は無為無策の男だが、おまえのように奸計を弄したりしないからだ」ときっぱり言い返し、端然と刑についたのだった。

陳宮は正史ではさほど重要な人物ではなく、「呂布伝」裴《はい》注の『典略』に略伝が見えるだけである。ここには、最初、曹操につき従っていたが、「その後、疑心を抱き、呂布に従うようになった」と記されている。『演義』では、曹操をあくまでも拒否し抵抗した点が強調され、好意的に扱われている。それなりの気骨をもちながら、呂布のような無能な主君にしか出会えなかったことは、陳宮の悲劇だったというべきであろう。

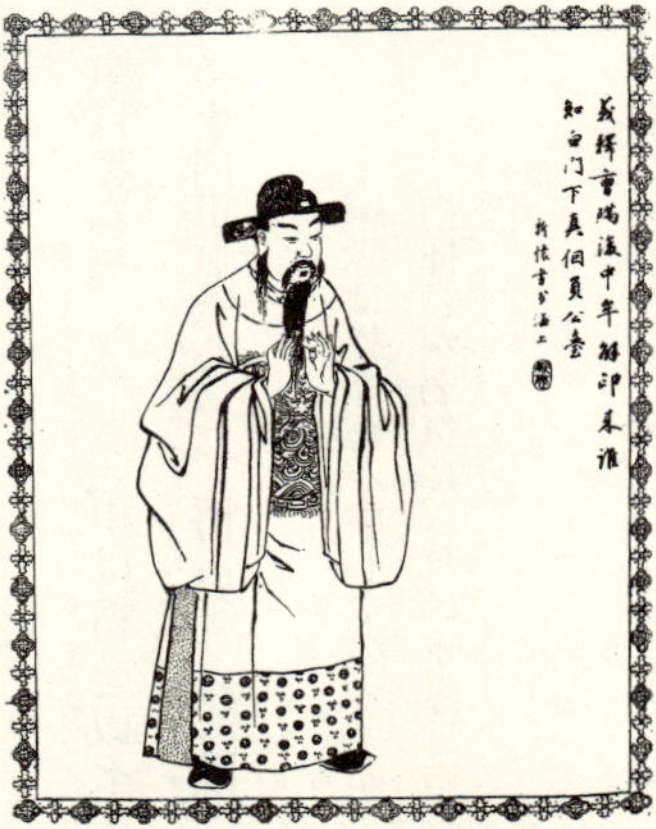
陳宮（『増像全図三国演義』）

軍《ぐん》は将《しょう》を以《もっ》て主《しゅ》と為《な》し、
将衰《しょうおとろ》うれば則《すなわ》ち軍《ぐん》に戦心《せんしん》無《な》し。

軍以将為主、
将衰則軍無戦心。

軍隊は指揮官が中心なのですから、
指揮官が弱気になれば軍隊は戦闘意欲を失います。

（第十九回）

下邳《かひ》に立てこもる呂布《りょふ》を包囲すること二か月、攻めあぐねた曹操が退却しようと言いだしたとき、参謀の荀攸《じゅんゆう》が曹操を鼓舞すべく述べたもの。曹操は意外にも敵と対戦中に嫌気がさして弱気になり、参謀たちに諫められて元気になる場合が多い（一〇六頁参照）。このときも、荀攸の言葉で気をとりなおした曹操は、下邳城に水攻めをかけて、ついに陥落させ、呂布は参謀の陳宮《ちんきゅう》や部将の張遼《ちょうりょう》らとともに曹操のもとに連行されたのである。

軍隊の要は指揮官であり、指揮官の気力こそ最重要という主張は、『演義』でよく見られる。これは軍隊にかぎらず、いつの世もどの分野においても、通用する話かもしれない。

ちなみに、このとき、呂布は曹操にむかって、「明公《との》の悩みの種は、私一人だけだ。その私が屈服したのだから、公《との》が総大将となり、私が副将となったならば、天下は難なく平定できますぞ」と命乞いをし、呂布の剛勇を知る曹操は心を動かされる。しかし、その場に居合わせた劉備が、二人の養父(丁原《ていげん》・董卓《とうたく》)を裏切った呂布の無節操さを指摘したため、曹操もついに心をきめ、怒った呂布は「是《こ》の児《じ》こそ最も信無き者なり(こいつこそ、いちばん信用できないのだぞ)」と、劉備を罵りながら処刑されたのだった。呂布の言葉は、一見、善良そのものの劉備の本質をついたものともいえる。曹操の支援によって呂布の攻撃をかわした劉備は、やがて曹操に逆ねじをくわせ、自立するのだから。

白門に　曹操　呂布を斬る

使成王殺召公、
周公可得言不知耶。
使《も》し成王《せいおう》 召公《しょうこう》を殺《ころ》さば、
周公《しゅうこう》は知《し》らずと言《い》うを得可《うべ》けんや。
もし成王《せい》が召《しょう》公を殺したとすれば、
周《しゅう》公は「知らなかった」ですまされますか。
（第二十回）

呂布を滅ぼしたあと、許都に凱旋した曹操は、献帝をないがしろにして威勢をふるい、自分の意に添わない者を排除しはじめた。かくて、袁紹《えんしょう》・袁術《えんじゅつ》の親戚にあたる太尉《たいい》の楊《よう》彪《ひょう》を、献帝の命令だと称して処刑しようとした。

しかし、たまたま許都に来ていた北海《ほっかい》太守の孔融《こうゆう》(三五頁参照)が上記のように諫めたため、曹操も諦め、罷免・追放するにとどめた。なお、楊彪の息子が楊修《ようしゅう》である(二二二・二六五・二六九頁参照)。

この言葉にみえる成王は周《しゅう》の武《ぶ》王の子、周《しゅう》公(旦《たん》)は武王の弟で成《せい》王の叔父にあたる。幼くして父の後を継いだ成王は、摂政となった周公の尽力を得て周王朝の基礎を固め、また遠い親戚である召《しょう》公の輔佐も得て善政をしく。

　ここで孔融は、献帝を成王、楊彪を召公、曹操を聖人の誉《ほま》れ高い周公にたとえて、曹操の自尊心を巧みにくすぐりながら、楊彪の処刑を阻止しようとしているのである。歴史上の人物を引き合いに出して説得しようとする高度なテクニックは、いかにも目から鼻にぬける才子、孔融らしい。

献帝(『増像全図三国演義』)

投鼠忌器。　鼠《ねずみ》に投《とう》ずるに器《うつわ》を忌《い》む。

鼠に物を投げつけたいが、
そばの器物を壊すのが心配で投げられない。

（第二十回）

呂布《りょふ》滅亡後、劉備は曹操の監視のもと、関羽・張飛らの配下とともに許都に居住することになる。このとき、劉備は献帝の叔父にあたると認定され、以後、「劉皇叔《こうしゅく》」と呼ばれる。

一方、曹操は天子の位を奪うべく、献帝を郊外の狩り場に誘いだして、朝廷側の臣下のようすを探ろうとする。このとき、心ある人びとを憤激させる事件がおきた。曹操が献帝の弓矢を借りて大鹿を射殺し、献帝に代わって歓呼をうけたのである。劉備・関羽・張飛も狩猟に参加していたが、関羽はこうした曹操のやりかたに激怒し、青龍刀《せいりゅうとう》をふりあげて、曹操に斬りかかろうとする。その瞬間、劉備が目配せして制止したため、事なきをえた。

許都にもどったあと、関羽がなぜ止めたのかとたずねると、劉備は上記の成句を引きながら、「弟《おまえ》が一時の怒りにまかせて、軽率に行動を起こし、万一やり損なって、天子がおケガでもされたら、逆にわれらの罪になったことだろう」と説明したのだった。

この成句は、『漢書』「賈誼《かぎ》伝」に「里諺《ことわざ》に曰く、「鼠に投ぜんと欲して器を忌む」……」とあるのが古い用例である。古来、民間に流布する成句だったとおぼしい。後世、邪悪な取り巻きを退治したいが、大切な主君を傷つけないかと心配だ、という意味でよく用いられる。

曹孟徳　許田にて射猟す

この狩猟事件は大きな波紋をよぶ。まず、曹操の仕打ちに立腹した献帝が重臣の董承《とうしょう》に曹操討伐を示唆する密詔《みっしょう》（秘密の詔）を与える。これを受けた董承が数人の朝臣および西涼《せいりょう》太守の馬騰《ばとう》と劉備に呼びかけて連判状を作成、クーデタ計画を進めるのである。

吾心生一計、　吾《わ》れ心《こころ》に一計《いっけい》を生《しょう》じ、
以鞭虚指曰、　鞭《むち》を以《もっ》て虚《むな》しく指《さ》して曰《いわ》く、
前面有梅林。　前面《ぜんめん》に梅林《ばいりんあ》有りと。
軍士聞之、　軍士《ぐんし》は之《こ》れを聞《き》き、
口皆生唾、　口《くち》に皆《み》な唾《つば》を生《しょう》じ、
由是不渇。　是《こ》れに由《よ》りて渇《かっ》せず。

（行軍中の兵士が渇きに苦しんでいるとき）わしは一計を案じ、鞭で虚空を指さして、「前方に梅の林があるぞ」と言ってやった。兵士はこれを聞くと、みな口のなかに唾を出し、おかげで渇きをとめることができた。

（第二十一回）

密詔を受けた董承に誘われて連判状に署名し、曹操討伐のクーデタ計画に加わった劉

備は、曹操から呼び出しがかかり、びくびくしながら丞相《じょうしょう》の役所に出向く。あにはからんや、このとき曹操は劉備の謀反に気づかず、上記の話を自慢げに語り、酒宴に誘うのである。

この言葉は、魏晋の名士のエピソード集『世説新語』「仮《か》譎《けつ》篇」に見えるもの。「仮譎」は他人を欺くずる賢い言動を指し、『世説新語』のこの篇のトップスターは曹操である。「仮譎篇」にはこのほか、曹操が暗殺の危険を防ぐべく、奸計を弄した話も見える。その一つは、「人がわしに危害を及ぼそうとすると必ず胸騒ぎがする」と言いふらし、側近の小者に「命に別条はないから」と言い含めたうえで、刀をもって接近させ、

董承　密かに衣帯の詔を受く

「胸騒ぎがする」と小者を捕らえ、委細かまわず処刑する。かくして謀反気のある者は、曹操の霊感のすごさにふるえあがり、手も足も出なくなったというものだ。してやったりと、みずからの「仮譎」を誇る曹操が、その実、劉備に欺かれているのだから、このくだりはなかなかユーモラスな味わいがあるともいえよう。

龍能大能小、
能升能隠。
大則興雲吐霧、
小則隠介蔵形。
升則飛騰於宇宙之間、
隠則潜伏於波濤之内。
方今春深、
龍乗時変化、
猶人得志而縦横四海。
龍之為物、
可比世之英雄。

龍《りゅう》は能《よ》く大《だい》 能《よ》く小《しょう》、
能《よ》く升《のぼ》り能《よ》く隠《かく》る。
大《だい》なれば則《すなわ》ち雲《くも》を興《おこ》し霧《きり》を吐《は》き、
小《しょう》なれば則《すなわ》ち介《かい》に隠《かく》れ形《かたち》を蔵《ぞう》す。
升《のぼ》れば則《すなわ》ち宇宙《うちゅう》の間《かん》に飛騰《ひとう》し、
隠《かく》るれば則《すなわ》ち波濤《はとう》の内《うち》に潜伏《せんぷく》す。
方今《ほうこん》、春深《はるふか》く、
龍《りゅう》は時《とき》に乗《じょう》じて変化《へんか》すること、
猶《な》お人《ひと》の志《こころざし》を得《え》て四海《しかい》に縦横《じゅうおう》するがごとし。
龍《りゅう》の物《もの》為《た》る、
世《よ》の英雄《えいゆう》に比《ひ》す可《べ》し。

龍は大きくなることもできれば小さくなることもでき、上昇することもできれば潜伏することもできる。大きくなれば雲を起こし霧を吐き、小さくなれば塵《ちり》や芥《あくた》のなかに隠れて姿を現わさない。上昇するときには宇宙を飛翔し、潜伏するときには波間にひそむ。今、春が深まり、龍が時節に乗じて変化するさまは、志を得た人間が天下を自由自在に往来するようなものだ。龍はまさしく人間世界の英雄にたとえられよう。

（第二十一回）

青梅　酒を煮て英雄を論ず

劉備を呼び酒宴に誘った曹操はますます上機嫌。宴たけなわになったころ、急に空模様がわるくなり、はるか彼方に竜巻がまきおこる。これは、そのとき曹操が竜巻を指さしながら、劉備に述べた長《ちょう》口舌《こうぜつ》。

中国において、龍の図像は五千年以上前から器物や墳墓に描かれてきた。時代の経過とともにその神秘性はつよまる一方であり、二世紀初め、後漢の許慎《きょしん》が著した辞書『説文解字《せつもんかいじ》』において、「龍は鱗《うろこ》のある動物の長であり、暗くなることもできれば明るくなることもでき、短くなることもできれば長くなることもできる。春分には天に昇り、秋分には淵にひそむ」と記されるにいたる。ここに指摘される龍の変幻自在の性格は、上記の曹操の言葉と一致するものである。さすが抜群の文才の持ち主だけに、このくだりの曹操の表現は流暢そのものである。

このあとつづいて曹操は当代の英雄は誰かとたずね、劉備は袁術《えんじゅつ》、袁紹《えんしょう》、劉表《りゅうひょう》、劉《りゅう》璋《しょう》らの名をあげる。しかし、曹操はすべて否定して、彼らのごときはものの数にも入らないと笑い、「今、天下の英雄といえるのは使君《きみ》とわししかおらぬ」と言う。劉備は警戒されたかと仰天し、思わず手に持っていた箸を落としてしまう。ちょうどこのとき雷鳴がとどろき、これにことよせて、なんとかその場をとりつくろった。これは曹操と劉備が向かい合う『演義』の有名な場面である。曹操は大らかに才子ぶりを発揮し、劉備は終始、受身にまわりながらその上手をゆくのだ。

後漢末軍閥割拠図

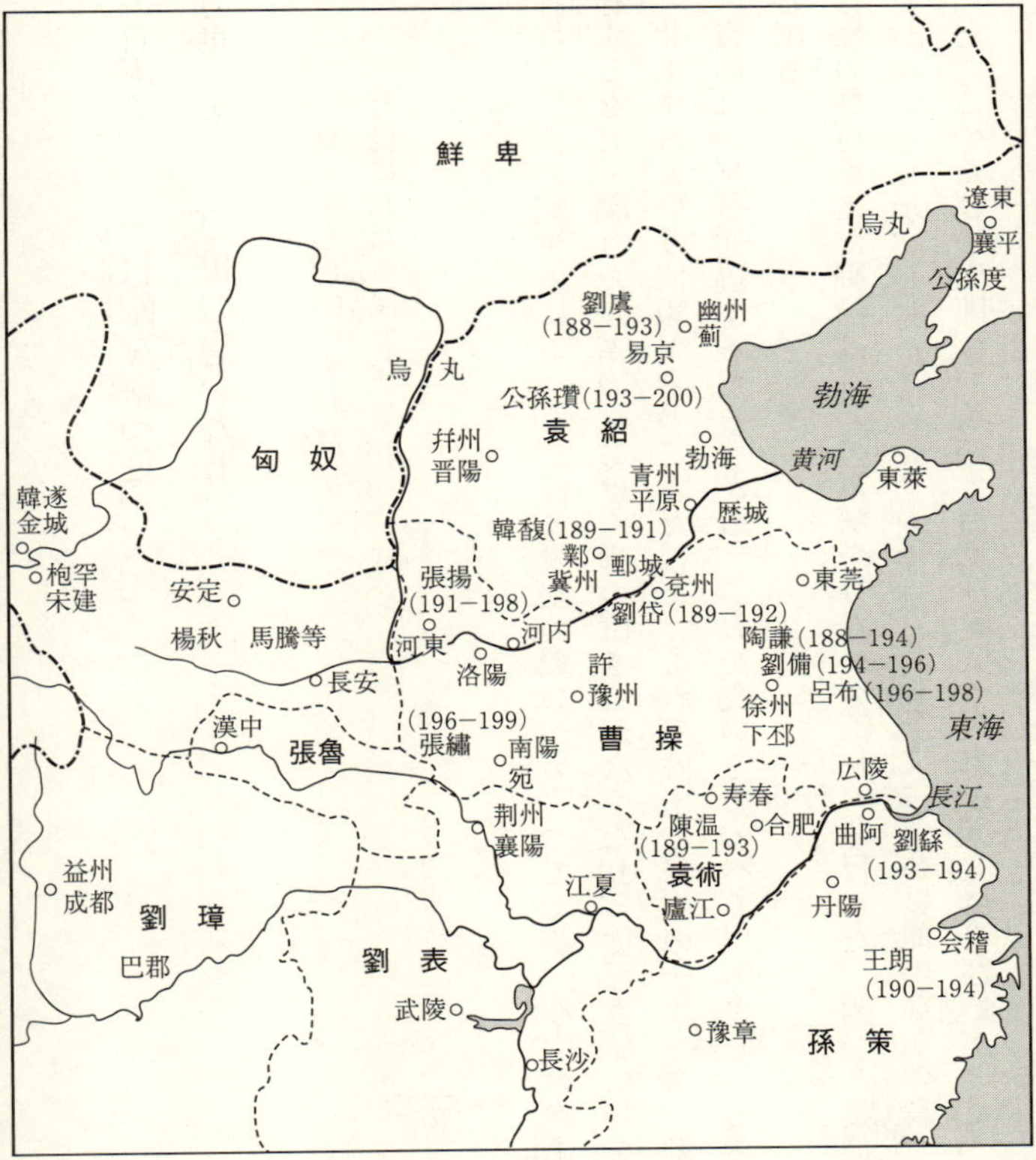
鮮卑
遼東
襄平
公孫度
烏丸
劉虞
(188−193)
幽州
薊
易京
公孫瓚(193−200)
烏丸
勃海
匈奴
袁紹
并州
晋陽
勃海
黄河
東萊
青州
平原
歴城
韓遂
金城
韓馥(189−191)
鄴
冀州
鄄城
枹罕
宋建
安定
張揚
(191−198)
兗州
東莞
劉岱(189−192)
楊秋　馬騰等
河東
河内
陶謙(188−194)
劉備(194−196)
呂布(196−198)
洛陽
長安
許
豫州
徐州
下邳
東海
漢中
張魯
(196−199)
張繡
南陽
宛
曹操
広陵
寿春
長江
荊州
襄陽
陳温
(189−193)
合肥
曲阿
劉繇
(193−194)
益州
成都
劉璋
江夏
袁術
丹陽
廬江
会稽
巴郡
劉表
王朗
(190−194)
武陵
豫章
孫策
長沙

一日縦敵、万世之患。

一日敵《いちにちてき》を縦《はな》つは、万世《ばんせい》の患《うれ》いなり。

一日、敵を自由にすれば、万世にわたる禍《わざわい》となる。

（第二十一回）

許都《きょと》で曹操の監視下にあった劉備に脱出の機会がめぐってくる。淮南《わいなん》の袁術《えんじゅつ》が皇帝を僭称《せんしょう》するなど、驕りたかぶったあげく身の置き場がなくなり、従兄袁紹に身を寄せるべく、北上するという情報が入ってきたのだ。これぞ脱出と自立のチャンス。劉備は曹操に、袁術は徐州を通過するだろうから、これを食いとめるべく出陣させてもらいたいと申し出る。

曹操の許可をえた劉備は五万の軍勢をひきいて徐州へ急行した。関羽と張飛になぜ慌てて出陣するのか、と聞かれると、劉備はこう答えた。「私は籠のなかの鳥、網のなかの魚だ。このたびの出陣は、魚が大海に泳ぎ入り、鳥が大空に飛びあがって、籠や網の束縛から逃れるようなものなのだ」。さすがどん底から群雄の一人にのし上がっただけのことはある。このあたりの劉備はすこぶるしたたかであり、奸雄曹操のほうがコケにされている。

出張中だった曹操の参謀の程昱《ていいく》と郭嘉《かくか》が許都に帰還し、劉備出陣の話を聞くや、慌てて曹操に諫言を呈した。上記の言葉はこのとき郭嘉が述べたものである。なお、この言葉は、『春秋左氏伝』僖《き》公三十三年の「一日敵を縦《はな》つは、数世の患いなり」にもとづく。

許褚（『増像全図三国演義』）

しまったと思った曹操は、猛将許《きょ》褚《ちょ》に五百の軍勢を率いて劉備の後を追わせ、帰還を命じさせるが、後の祭であった。曹操はつかのま敵（劉備）を自由にしたために、「万世の患い」を抱えることになったのだから、まさに油断大敵、悔やんでも悔やみきれない大失敗だった。

将在外、

君命有所不受。

将《しょう》 外《そと》に在《あ》れば、

君命《くんめい》も受《う》けざる所有《ところあ》り。

大将たる者、外にあるときには、

君主の命令でも承知しない場合がある。

（第二十一回）

首尾よく許都《きょと》を離れて出陣した劉備は、途中で許褚《きょちょ》に追いつかれ、曹操の命令だとして帰還をうながされる。このとき上記の言葉を吐いて、許褚を追い返した。

この言葉は、『史記』「孫子《そんし》（孫武《そんぶ》）伝」に見える「将《しょう》 軍に在れば、君命も受けざる所有り」にもとづくものだが、『演義』世界ではよく用いられる常套的な表現である。それにしてもこの成句は、なかなか含蓄の深い言葉である。現代においても、それぞれの現場で活動する人々は、あえて上部の迂遠な命令に反し、臨機応変に決断しなければならないときがあると思われる。そんなときにこの言葉は勇気を与えてくれるにちがいない。

この後、劉備は徐州に攻め寄せてきた袁術《えんじゅつ》軍を撃破し、進退きわまった袁術は一斗あまりの血を吐いて憤死する。袁術滅亡後、劉備は兵馬を手元に残して徐州に居座った。怒った曹操は徐州刺史《しし》の車冑《しゃちゅう》に命じて劉備を討たせようとするが、逆に車冑は劉備軍によって撃破され殺されてしまう。かくして劉備は呂布《りょふ》に奪われてから三年ぶりに徐州に入城、自立の拠点を回復する。しかし、曹操が劉備の裏切りを見過ごすわけもなく、劉備の前途はますます多事多難だった。

関雲長　襲いて車冑を斬る

2

華北に覇を争う

——忠言は耳に逆らう

操贅閹遺醜、
本無懿徳。
僄狡鋒協、
好乱楽禍。

操《そう》は贅閹《ぜいえん》の遺醜《いしゅう》にして、
本《もと》より懿徳《いとく》無《な》し。
僄狡《ひょうこう》は鋒《ほこさき》のごとく協《かな》い、
乱《らん》を好《この》み禍《わざわい》を楽《たの》しむ。

曹操は宦官の醜悪な子孫であり、もともとすぐれた徳など持ち合わさない。すばしこくてずる賢く、鋒《ほこ》の先のように鋭くて、混乱を好み災禍を楽しむ者である。

（第二十二回）

建安四年（一九九）、河北の支配者袁紹《えんしょう》は、いよいよ曹操との決戦を決意する。これに先立ち、各地の長官に向けて曹操征伐の正当性を示すべく、袁紹は書記の陳琳《ちんりん》に命じて檄文《げきぶん》（味方をたたえ、敵を攻撃するプロパガンダの文章）を書かせた。これは、「袁紹の為に豫《よ》州に檄す」と題された、その檄文の一部である。陳琳はこの文体の名手であり、ここにあげた檄文は傑作中の傑作にほかならない。

陳琳はここでまず「宦官の醜悪な子孫」という曹操の根本的な弱みをついて攻撃の火蓋を切り、種々の角度から徹底した悪意をもって、罵詈《ばり》雑言《ぞうごん》を浴びせかける。

この檄文が届いたとき、曹操はひどい頭痛で横になっていたが、目を通した瞬間、全身ゾッと総毛だち、体中から汗が出て、いつのまにか頭痛はすっかり治っていたという。陳琳の檄文の威力が知れようというものだ。

だが、さすがは曹操、すぐにショックから立ち直り、笑いながらこう言い放つ。「「文事ある者は必ず須《すべか》らく武略を以て之れを済《な》すべし(文に関することをおこなう者は、必ず武略によってこれを成し遂げねばならない)」というものだ。陳琳の文章はすばらしいが、袁紹の武略の不足はいかんともしがたい」。ちなみに、これは『史記』「孔子《こうし》世《せい》家《か》」の「文事ある者は必ず武備あり」にもとづく表現である。

曹操　兵を分かちて袁紹を拒(ふせ)ぐ

鷙鳥累百、鷙鳥累百《しちょうるいひゃく》、
不如一鶚。一鶚《いちがく》に如《し》かず。

鷙鳥が百羽集っても、
一羽の鶚《みさご》に及ばない。

（第二十三回）

曹操軍と袁紹軍は黎陽《れいよう》(河南省浚《しゅん》県東北)で対峙したが、戦いを交えるにいたらず、曹操は許都《きょと》に帰還する。孔融《こうゆう》は決戦するさきに、まだ態度を決めていない張繡《ちょうしゅう》と劉表《りゅうひょう》を帰順させるべきだと進言し、曹操は両者のもとに使者を派遣することにした。張繡は曹操に帰順し、残る劉表への使者として、孔融は若い友人、禰衡《でいこう》を推薦する。

上記の言葉は、このとき孔融が天子に捧げた上表文「禰衡を薦《すす》むる表」に見えるもの。鷙鳥はツバメの別名、鶚は鷹の類。孔融は、無能な者が百人集っても一人の有能な人物すなわち禰衡にはかなわない、と売り込んだのである。ちなみに、この表現はもともと『漢書《かんじょ》』「鄒陽《すうよう》伝」に見える。

ところが、孔融のおかげで曹操に召された禰衡は、反抗精神をむきだしにして言いたい放題、すっかり曹操の機嫌を損ねてしまう。腹立ちまぎれに曹操は、禰衡を太鼓係にするが、禰衡は朝廷のお歴々の面前で素っ裸になり、悠然と着替えをしてから太鼓を打ち出す始末。禰衡は当時の名士であり、殺すのもはばかられる。手を焼いた曹操は、禰衡がきっと問題を起こすだろうと予測し、劉表のもとに送りつける。案の定、禰衡は劉表を怒らせ、劉表は彼を癇癪もちの配下、黄祖《こうそ》のもとにまわす。禰衡は黄祖を罵ってカンカンに怒らせ、ついに処刑される。この「一羽の鶚《みさご》」禰衡こそ、一代の狂士といえよう。

禰衡　衣を裸(ぬ)ぎて曹操を罵る

遭此難遇之時、
乃以嬰児之病、
失此機会。
大事去矣。
可痛惜哉。

此《こ》の遇《あ》い難《がた》き時《とき》に遭《あ》いて、
乃《すなわ》ち嬰児《えいじ》の病《やまい》を以《もっ》て、
此《こ》の機会《きかい》を失《うしな》う。
大事《だいじ》去《さ》れり。
痛惜《つうせき》す可《べ》けんや。

このまたとない機会にありながら、たかが赤ん坊の病気でみすみす好機を逸するとは。大事去れりだ。なんと残念なことよ。

（第二十四回）

建安五年（二〇〇）、献帝の密詔を受けた董承《とうしょう》らの曹操討伐クーデタ計画が事前に発覚する。連判状に署名した同志は、許都にいなかった劉備と馬騰《ばとう》をのぞいて、すべて処刑されてしまう。怒りのおさまらない曹操は劉備を滅ぼすべく、大軍をひきいて徐州《じょ》へ進撃する。あわてた劉備は袁紹のもとに使者を送り救援を求めた。

袁紹の参謀田豊《でんぽう》はこれを機に出兵し、曹操の留守をついて許都を攻撃すべきだと提案するが、袁紹は幼い末息子の病気を理由に出陣を拒否する。上記の言葉はこのとき、絶好の機会を逸する袁紹の柔弱さに失望した田豊が、杖で地面を叩いて悔しがりながら述べたもの。田豊はこの後、情勢のよめない袁紹が、劉備を撃破して意気あがる曹操軍と戦いをまじえようとしたとき、敢然と異を唱え、投獄されてしまう。袁紹のように優柔不断で、優秀な配下の意見を受け入れられないリーダーは、乱世ではけっして生き残れないのだ。

玄徳　匹馬もて冀州に奔(はし)る

さて、劉備は、徐州の本城を配下の糜竺《びじく》と簡雍《かんよう》にまかせて、張飛とともに小沛《しょうはい》(江蘇省沛県)を守備し、関羽には下邳《かひ》(江蘇省睢寧《すいねい》県西北)を守らせて、「掎角《きかく》の計(前後あい呼応して敵に当たる形勢)」をなし、袁紹の救援を待った。しかし、救援は得られず、曹操の猛攻を受けて三拠点とも陥落、劉備は単騎で落ちのび、袁紹のもとに身を寄せるはめになる。
このとき劉備とはぐれた張飛は血路をひらいて脱出し、なんと山賊になってしまう。
関羽については次項参照。

吾今只降漢帝、不降曹操。

吾《わ》れ今只《いまた》だ漢帝《かんてい》に降《くだ》るのみ、曹操《そうそう》に降《くだ》らず。

今はただ漢の皇帝に降伏するのであって、曹操に降伏するのではない。

（第二十五回）

曹操軍の攻撃を受けて徐州と小沛が陥落し、下邳《かひ》を死守していた関羽は孤立無援、絶体絶命の危機に瀕する。このとき、関羽の前にかつて命を助けた張遼《ちょうりょう》（五四頁参照）があらわれ、曹操に帰順するよう説得する。

曹操が最初に関羽の剛勇を知ったのはこの十年前、諸侯連合軍が董卓《とうたく》軍と交戦したときだった。このとき、関羽は曹操の勧める熱い酒を辞退して出撃するや、連合軍が手こずる董卓の猛将華雄《かゆう》の首をあっというまに斬りとってもどって来た。このとき酒はまだ温かかったというから、なんとも凄い早業だ（『演義』第五回）。以来、曹操は関羽に惚れ込んでいたので、これを機に、傘下におさめようとしたのである。

張遼　義もて雲長に説く

関羽はなかなか承知しなかったが、張遼の必死の説得を受け、曹操が三つの条件をのんでくれるなら帰順すると言明する。上記の言葉は、そのとき関羽が第一の条件としたものである。ちなみに、第二の条件は下邳城内にいる劉備の二夫人（甘《かん》夫人と糜《び》夫人）を礼遇すること、第三の条件は劉備の行方がわかりしだい曹操のもとを辞去すること、であった。敗北のどん底にありながら、あくまで筋を通そうと粘りぬく関羽の心意気が光る話である。

一方、曹操は第三の条件だけはのめないと難色を示すが、張遼に説得され、ついに三つの条件を承知する。かくして関羽は曹操にしたがい、二夫人を守って許都に移る。曹操はご馳走攻め、贈り物攻めにするが、劉備一筋の関羽の心を動かすことは、ついにできなかった。

事主不忘其本、
乃天下之義士也。
主《しゅ》に事《つか》えて其《そ》の本《もと》を忘《わす》れず、
乃《すなわ》ち天下《てんか》の義士《ぎし》也《なり》。

主君に仕え、根本を忘れないとは、まことに天下の義士だ。

（第二十五回）

曹操は関羽に金銀・絹・美女等々を贈り、ひんぱんに宴会を催して、気を引くが、関羽はまったく受けつけない。曹操からの贈り物で関羽が喜んで受け取ったのは、唯一かつての呂布《りょふ》の愛馬、赤兎馬《せきとば》だけだった（以後、赤兎馬は関羽が死ぬまで同行する）。関羽があまりに感謝するので、曹操がわけを聞くと、関羽は、これは千里の名馬だから、「兄上（劉備）の居所がわかれば、一日で対面することができます」と答えた。曹操は愕然として後悔するばかりだった。

そこで、張遼に関羽の本音を探らせると、関羽はこう言った。曹操の厚意には感謝しているが、劉備とはともに死のうと誓った仲ゆえ、冥土の果てまでついてゆく。ただし

雲長　馬に策(むちう)ちて顔良を刺す

手柄を立て曹操に恩返ししてから立ち去るつもりだ、と。上記はこの話を聞いた曹操が、あくまでも主(劉備)を忘れない義の人、関羽を称賛して述べた言葉である。それでも曹操は、関羽に手柄を立てさせなければ引きとめられると考えたが、そうもいかなくなる。

まもなく袁紹《えんしょう》が参謀田豊《でんぽう》の反対を押し切り(八一頁参照)、大軍を率いて出撃、白馬《はくば》(河南省滑県東南)で曹操軍と対戦する。曹操軍は袁紹の猛将顔良《がんりょう》に押しまくられ手も足も出ない。そこで、関羽を呼び寄せると、関羽は赤兎馬に乗り青龍刀をかざして敵陣に突っ込み、またたくまに顔良の首をかき切ってもどって来る。感激した曹操は関羽を漢寿亭侯《かんじゅていこう》に封じ、ますます尊重した。関羽はさらに袁紹のもう一人の猛将文醜《ぶんしゅう》をも斬り殺す。この二つの大手柄はやがてこれを曹操への置き土産として、劉備のもとへ帰る伏線となる(九一頁参照)。

上盈其志、　上《うえ》は其《そ》の志《こころざし》を盈《み》たし、
下務其功。　下《した》は其《そ》の功《こう》を務《つと》む。
悠悠黄河、　悠悠《ゆうゆう》たる黄河《こうが》よ、
吾其済乎。　吾《わ》れ其《そ》れ済《わた》らんや。

上の者は野心に憑《つ》かれ、下の者は功名にはやる。
悠々たる黄河よ、渡って帰れぬわが運命《さだめ》とは。

（第二十六回）

「白馬の戦い」で、関羽に猛将顔良《がんりょう》を討たれた袁紹は、さらにもう一人の猛将文醜《ぶんしゅう》に十万の軍勢をひきいて黄河を渡らせ、曹操軍に攻撃をかけようとした。このとき、袁紹の参謀の沮授《そじゅ》は延津《えんしん》に本陣を置き、軍勢を分けて官渡《かんと》（河南省中牟県東北）に派遣すべきだと、慎重策を提案する。しかし、袁紹は愚かにもこの妥当な提案をしりぞける。上記の言葉は、このとき沮授がため息まじりにもらしたものである。

顔良(『増像全図三国演義』)

後の話だが、沮授は袁紹を諫めつづけて怒りを買い、陣中で監禁されてしまう。このため、袁紹が「官渡の戦い」で敗北したさい、逃げそこなって曹操の捕虜になるが、降伏を拒否する。のみならず、脱走して袁紹のもとに逃げ帰ろうとして捕まり、ついに処刑された。彼は予感どおり黄河を渡って北へ帰ることはできなかったのである。「三国志」世界には転身を重ねる者もいれば、沮授のように不甲斐ない主君にあえて愚直に仕えつづける者もいる。まさに人それぞれ、みずから選んだ道をとことんまで歩むしかないというべきか。

さて、曹操軍の攻撃に向かった文醜の軍勢は、曹操の計略にひっかかって大混乱に陥ったあげく、大将の文醜は関羽に討ち取られる。このとき、袁紹のもとに身を寄せていた劉備も文醜とともに出撃、関羽の健在を確認し喜びにひたる。やがて関羽も劉備が袁紹のもとにいるとの情報を得て、二夫人を守って曹操のもとを立ち去る決意を固めるのである。

人生天地之間、無終始者、

非君子也。

吾来時明白、

去時不可不明白。

人《ひと》の天地《てんち》の間《かん》に生《う》まれて、終始無《しゅうしな》き者《もの》は、

君子《くんし》に非《あら》ざる也《なり》。

吾《わ》れ来《き》たる時明白《ときめいはく》なれば、

去《さ》る時《とき》も明白《めいはく》ならざる可《べ》からず。

人として天地の間に生まれながら、首尾一貫しないようでは、りっぱな男と言えません。私はここに来るときも態度をはっきりさせて来たのですから、立ち去るときもはっきりさせないわけにいきません。

（第二十六回）

関羽は袁紹の猛将顔良と文醜を討ち取った後、劉備が袁紹のもとにいるとの情報を得る。そのころ曹操のもとにも劉備の消息が伝わり、曹操は警戒をつよめる。そんなおりしも、関羽のもとに袁紹の配下が劉備の手紙をもってやって来る。曹操に帰順し、桃園の誓いに背いたのではないかと、問いただす内容だった。関羽は誓いに背

関雲長　金を封じ印を掛(か)く

いたりはしないと断言したうえで、上記の言葉を述べる。曹操に身を寄せたとき、三条件（八四頁参照）をつけ、態度をはっきりさせてから来たのだから、立ち去るときも暇乞いをして、きっちりケリをつけたいと言うのである。いかにも律義な関羽らしい発言である。

　しかし、関羽が別れに来ると察知した曹操は会おうとせず、張遼も病気を理由に対面しようとしない。困惑した関羽は人をやって曹操に、旧主（劉備）が袁紹のもとにいることが判明したので、立ち去る旨を記した手紙を届けさせ、「新恩厚しと雖《いえど》も、旧義忘れ難《がた》し（新たに受けた恩愛がいかに深くとも、昔からの義理は忘れ難いのです）」と別れを告げた。

　かくして、関羽は赤兎《せきと》馬《ば》を除いて、曹操からの贈り物はすべてそのまま残し、劉備の二夫人を守って、許都をあとにした。もっとも、すんなり事が運ぶわけもなく、これから関羽は血みどろの修羅場をくぐらねばならなかった。これについては次項参照。

雲長天下義士。
恨吾福薄、
不得相留。
錦袍一領、略表寸心。

雲長《うんちょう》は天下《てんか》の義士《ぎし》なり。
恨《うら》むらくは吾《わ》れ福薄《ふくうす》く、
相《あ》い留《とど》むるを得《え》ず。
錦袍一領《きんぽういちりょう》、略《ほ》ぼ寸心《すんしん》を表《あらわ》す。

雲長《うんちょう》どのは天下の義士だ。わしに福が薄く、引き留められないのが残念だ。錦の戦袍《ひたたれ》一着を受け取ってくれ。わしの気持ちだ。

（第二十七回）

関羽が贈り物に封印し、漢寿亭侯《かんじゅていこう》の官印を置いて、立ち去ったことを知った曹操は、「こういう人物こそ、わしは心から尊敬する」と感嘆した。さらに、路銀と戦袍《ひたたれ》を餞別に贈りたいと言い、配下を引き連れ後を追う。しかし、関羽は路銀を受け取らず、曹操は戦袍だけでも受け取ってもらいたいと言う。上記の言葉は、このとき曹操が関羽に語りかけたもの。関羽は警戒して馬から下りず、曹操の部将が捧げ持った戦袍を刀の先に

関雲長　独り千里を行く

ひっかけて受け取り身にまとうと、「後日またお目にかかることもあるでしょう」と別れを告げ、去って行った。

見てのとおり、曹操は剛直で義理固い関羽に惚れ込んでおり、関羽も曹操の厚意に深い感謝の念を抱いていた。『演義』は彼らの敵味方を超えた稀有の信頼関係を鮮やかに描きあげる。曹操と関羽の因縁はまだまだつづく。彼らの再会の詳細については一九〇頁参照。

こうして曹操と爽やかに別れたものの、通行手形をもらわなかったために、関羽は行く先々の関所で阻止される。そこで、強行突破しかないと覚悟をきめ、五つの関所の六人の守将を血祭りにあげながら、ひたすら先を急ぐ。『演義』第二十七回「美髯《びぜん》公 千里単騎を走らせ、漢寿侯 五関に六将を斬る」の叙述は、阿修羅のような関羽の壮絶な姿を活写し、圧巻である。曹操はそんな関羽の真情にうたれ、関所破りを許したうえ、自軍の部将に追撃してはならないと命じる。このくだりの曹操も、まことにあっぱれというほかない。

雲奔走四方、
択主而事、
未有如使君者。
今得相随、
大称平生。
雖肝脳塗地、
無恨矣。

雲《うん》は四《し》方《ほう》に奔《ほん》走《そう》し、
主《しゅ》を択《えら》びて事《つか》うるも、
未《いま》だ使《し》君《くん》の如《ごと》き者《もの》有《あ》らず。
今《いま》 相《あ》い随《したが》うを得《え》て、
大《おお》いに平生《へいぜい》に称《かな》う。
肝脳《かんのう》地《ち》に塗《まみ》ると雖《いえど》も、
恨《うら》み無《な》し。

私(趙雲《ちょううん》)は天下を走りまわり、主君を選んで仕えてまいりましたが、使君のような方はいらっしゃいませんでした。これからお仕えさせていただければ、宿願を果たせます。たとえ肝脳が地に塗《まみ》れても、けっして後悔いたしません。

(第二十八回)

劉玄徳　古城に義を聚(あつ)む

袁紹《えんしょう》のもとを離れた劉備は汝南《じょなん》(河南省平輿《へいよ》県北)で、曹操側の五関の六将を斬って脱出して来た関羽、県の長官を追放し県城を占拠していた張飛と首尾よくめぐりあう。また、劉備の行方をさがしていた趙雲との再会も果たす(劉備と趙雲の最初の出会いについては二四頁参照)。上記は、劉備につき従うことを願う、趙雲の真情あふれる言葉である。劉備はむろん大喜びで受け入れ、以後、趙雲は劉備軍団にその人ありと知られる頼もしい存在となる。

ちなみに、この命がけの忠節を誓う、「肝脳地に塗《まみ》ると雖《いえど》も……(肝臓や脳ミソが泥まみれになっても……)」というなまなましい表現は、『演義』世界に頻出するものである。趙雲自身、後年(建安一三年)、劉備軍が曹操の大軍と凄絶な戦いを交えた「長坂《ちょうはん》の戦い」のさい、ふたたびこの言葉を口にしている(一六六頁参照)。

さて、劉備は曹操と対立し袁紹と袂を分かって孤立無援になったものの、関羽・張飛および趙雲と再会し、関羽は死ぬまで行を共にする部将の周倉《しゅうそう》と養子の関平《かんぺい》とめぐりあう。劉備主従にとって汝南時代はどん底であると同時に、新たな出発の時期だったといえよう。

吾命在天。
妖人決不能為禍。
何必禳耶。

吾《わ》が命《めい》　天《てん》に在《あ》り。
妖人《ようじん》は決《けっ》して禍《わざわい》を為《な》す能《あた》わず。
何《なん》ぞ必《かなら》ず禳《はら》わんや。

私の運命を定めるのは天です。妖術使いが禍《わざわい》を及ぼすことなどありえません。お禳《はら》いなど無用です。

（第二十九回）

建安五年（二〇〇）、曹操と袁紹の天下分け目の「官渡《かんと》の戦い」の幕が切って落とされるころ、江東を制覇した孫策《そんさく》は、この隙に曹操の根拠地許都《きょと》を攻撃しようとした。しかし、若き野心家孫策の賭けは思わぬ事故によって頓挫する。狩猟の途中、一人でいるところを刺客に襲われ、瀕死の重傷を負ったのである。刺客は、孫策が許都攻撃を図っていると、曹操に密告しようとして発覚、孫策に殺された呉郡《ごぐん》太守許貢《きょこう》の食客三人だった。療養中、孫策の病状をいっきょに悪化させる事件がおこる。迷信や妖術を否定する孫策は、庶民はむろんのこと、部将や官吏も熱狂的に崇拝する道士の于吉《うきつ》を逮捕し、火あぶりの刑に処した。このため、于吉の亡霊に祟られて孫策は衰弱するのである。上記の言葉は、神を祭り禍をはらうよう勧める母の呉太夫人《ごたいふじん》に対し、孫策がその必要はないとしたもの。おのれの力以外、何ものにも頼ろうとしない合理主義者孫策の面目躍如たる発言といえよう。

上記の言葉には、孔子が重病にかかり、弟子の子路《しろ》が神々に祈禱したいと申し出たとき、「丘《きゅう》(孔子の本名)の禱《いの》ること久し」と言い、ことさら祈禱するなと制止した故事(『論語』述而《じゅつじ》篇)と、共鳴するものがある。孔子も神秘主義を排除する理性の人だった。ちなみに、于吉の話は「孫策伝」には見えず、裴《はい》注に引く『江表伝《こうひょうでん》』および『捜神記《そうしんき》』に見える。『演義』はこれを誇張し、孫策退場の道具立てとしたのである。

孫策　怒りて于神仙を斬る

若挙江東之衆、
決機於両陣之間、
与天下争衡、
卿不如我。
挙賢任能、
使各尽力以保江東、
我不如卿。

江東《こうとう》の衆《しゅう》を挙《あ》げて、
機《き》を両陣《りょうじん》の間《かん》に決《けっ》し、
天下《てんか》と争衡《そうこう》するが若《ごと》きは、
卿《けい》　我《わ》れに如《し》かず。
賢《けん》を挙《あ》げて能《のう》を任《にん》じ、
各《おの》おの力《ちから》を尽《つ》くさしめて以《もっ》て江東《こうとう》を保《たも》つこと、
我《わ》れ卿《けい》に如《し》かず。

（第二十九回）

江東の軍勢を挙げて、戦場で伸《の》るか反《そ》るか勝負をし、天下分け目の戦いをすることにかけては、おまえは私にかなわない。しかし、賢明な人物や有能な人材を任用し、それぞれに力を尽くさせて、江東の地を守りぬくことにかけては、私はおまえにかなわない。

今わのきわに孫策が弟孫権《そんけん》に言いのこした言葉である。たしかに孫権には孫策のように乾坤一擲《けんこんいってき》の大勝負に賭ける、攻撃型の軍事的指導者としての才能も度胸もない。しかし、孫権には優秀な部下を掌握し、存分に力を発揮させながら、粘り強く政権を維持する政治的指導者としての実力がある。江東(長江下流域)の小覇王《しょうはおう》とうたわれた一世の風雲児、孫策は弟孫権の持ち味を十分に評価したこの遺言をのこして絶命した。ときに建安五年(二〇〇)、孫策二六歳。

これに先だち、孫策は内政責任者の張昭《ちょうしょう》らを枕辺に呼び寄せ後事を託した。しかし、幼馴染みの盟友周瑜《しゅうゆ》は、巴丘《はきゅう》(江西省峡江県)に駐屯中であり、死に目に会えなかった(次項参照)。ちなみに、孫策は「江東の二喬《にきょう》」と美貌をうたわれた喬氏姉妹の姉(大喬《だいきょう》)を、周瑜は妹(小喬《しょうきょう》)を妻にしており、その意味でも深い因縁で結ばれた間柄だった。

孫権　衆を領(ひき)いて江東に拠る

このとき、孫権はまだ一九歳だったが、孫策が評価した堅実な性格とはうらはらに、「紫髯碧眼《しぜんへきがん》」、すなわち青い目に紫色のヒゲという、はなばなしい異相の持ち主だった。この若き異相の支配者は以後、ものがたい内政責任者の張昭と大胆な攻撃精神あふれる軍事責任者周瑜に支えられ、江東の孫氏政権を強化してゆく。

得人者昌、　人《ひと》を得《う》る者《もの》は昌《さか》え、
失人者亡。　人《ひと》を失《うしな》う者《もの》は亡《ほろ》ぶ。

人を得る者は栄え、
人を失う者は亡ぶ。

（第二十九回）

孫策の臨終に間にあわなかった周瑜《しゅうゆ》が柩の前で慟哭していると、孫策の母呉太夫人《ごたいふじん》が現われ、内政のことは張昭《ちょうしょう》に、外政のことは周瑜に相談するようにという、孫策の遺言を伝えた。周瑜は「肝脳《かんのう》を地《ち》に塗《まみ》れさせても（九三頁参照）、知己《ちき》の恩に報いる覚悟です」と誓う。このとき、孫権が周瑜に「私は父や兄の事業を受け継ぎましたが、どんな方法でこれを守っていけばよいでしょうか」とたずねると、周瑜は上記のように答えた。周瑜はこうして広く流布する成句を用いながら、すぐれた人物の輔佐が必要だと説き、古くからの友人魯粛《ろしゅく》を推薦したのである。

魯粛は大資産家の御曹司であり、太っ腹で鷹揚な人物だった。魯粛を訪れた周瑜は、

魯粛(『増像全図三国演義』)

非凡な人物を任用し腕をふるわせる孫権こそ、選ぶに値する君主だと説得する。これを聞いた魯粛はさっそく孫権に会いに行き、たちまち意気投合する。

こうして、周瑜、魯粛、さらには諸葛瑾《しょかつきん》(諸葛亮の兄)ら有能な人材が孫権をもりたて、江東の孫権政権は上昇気流に乗ることになる。まさに「人を得《う》る者は昌《さか》え」るである。

なお、周瑜は魯粛を説得するさい、後漢初期の重臣馬援《ばえん》が光武帝(後漢初代皇帝)に対して、「当今の世は、但《た》だ君の臣を択《えら》ぶのみに非ず、臣も亦《ま》た君を択ぶ(今の世の中では、君主が臣下を選ぶだけでなく、臣下もまた君主を選ぶのです)」と、述べた言葉を引いている。これは先にあげた「良禽《りょうきん》は木を択んで棲《す》み、賢臣は主を択んで事《つか》う」(一四頁参照)と同義であり、こうした考え方は後漢末の乱世における共通認識だったとおぼしい。

我軍雖衆、而勇猛不及彼軍。
彼軍雖精、而糧草不如我軍。
彼軍無糧、利在急戦。
我軍有糧、宜且緩守。
若能曠以日月、
則彼軍不戦自敗矣。

我《わ》が軍《ぐん》は衆《しゅう》と雖《いえど》も、勇猛《ゆうもう》は彼《か》の軍《ぐん》に及《およ》ばず。
彼《か》の軍《ぐん》は精《せい》と雖《いえど》も、糧草《りょうそう》は我《わ》が軍《ぐん》に如《し》かず。
彼《か》の軍《ぐん》　糧無《りょうな》ければ、利《り》は急戦《きゅうせん》に在《あ》り。
我《わ》が軍《ぐん》　糧有《りょうあ》れば、宜《よろ》しく且《しば》らく緩守《かんしゅ》すべし。
若《も》し能《よ》く曠《むな》しくするに日月《じつげつ》を以《もっ》てすれば、
則《すなわ》ち彼《か》の軍《ぐん》は戦《たたか》わずして自《おの》ずから敗《やぶ》る。

わが軍は多勢ではありますが、勇猛さでは敵の軍勢にかないません。敵は精鋭ではありますが、食糧と秣《まぐさ》についてはわが方にかないません。敵には食糧がないのですから、速戦のほうが有利です。わが方は食糧があるのですから、まずは持久戦に持ちこむべきです。月日を引き延ばすことができれば、敵は戦わずして敗北するでしょう。

（第三十回）

沮授(『増像全図三国演義』)

曹操と雌雄を決すべく、袁紹《えんしょう》が大軍をひきいて官渡《かんと》へ向かうにあたり、すでに投獄されていた参謀の田豊《でんぽう》は手紙を送って、いまは守りに徹すべきだと反対する(八一頁参照)。しかし、袁紹はこれを無視して軍を進め、官渡の北の陽武《ようぶ》(河南省原陽県東南)に陣営を築く。このとき、参謀の沮授《そじゅ》(八七頁参照)は上記の言葉を述べて、あせらず持久戦に持ち込むべきだと主張する。これは曹操軍の弱点を見抜いた卓見だったが、袁紹は受け入れることができず、逆に士気を挫《くじ》くやつだと、沮授を監禁してしまう。

総じて、袁紹の参謀のうち、田豊と沮授は読みの深い慎重派であり、逢紀《ほうき》と審配《しんぱい》はやみくもな積極派だった。袁紹は一見、威勢のいい後者に惑わされて、けっきょく墓穴を掘る。

ちなみに、上記の沮授の発言は対句を用いつつ、条件別に袁紹軍と曹操軍の優劣を比較する論法によっており、理路整然とした説得力がある。にもかかわらず袁紹を説得できなかったのは、沮授の責任ではなく、袁紹に理解力も判断力もなかったということである。

一方、曹操は参謀の荀攸《じゅんゆう》の「わが軍は精鋭ぞろいで、一人で十人の敵を相手にできる者ばかりです。しかし、利は速戦にあります。だらだら引き延ばせば、食糧と秣《まぐさ》が不足し、憂慮すべき事態になります」という意見に賛成し、一気に全軍を進撃させて袁紹軍と戦わせる。見てのとおり、荀攸の見解は袁紹の参謀沮授のそれとぴったり一致するものである。曹操の機敏さと比べるとき、袁紹の鈍さ、愚かさはまったく言語道断というほかない。

公以至弱当至強、
若不能制、必為所乗。
是天下之大機也。……
此用奇之時、断不可失。

公《こう》は至弱《しじゃく》を以《もっ》て至強《しきょう》に当《あ》たり、
若《も》し制《せい》する能《あた》わざれば、必《かなら》ず乗《じょう》ずる所《ところ》と為《な》る。
是《こ》れ天下《てんか》の大機《たいき》也《なり》。……
此《こ》れ奇《き》を用《もち》うるの時《とき》なり、断《だん》じて失《うしな》う可《べ》からず。

明公《との》は劣勢の極みの軍勢をもって、優勢の極みの軍勢と対決しておられるのですから、勝利を得られないときは、必ず敵につけこまれてしまいます。今こそ天下分け目の大勝負の時です。……今こそ奇策を用いる時機であり、断じて逸してはなりません。

（第三十回）

曹操は建安五年（二〇〇）の八月から九月まで、全軍をあげて袁紹軍に当たらせながら、官渡の陣地を守りつづけた。しかし、袁紹軍は手ごわく、思わしい戦果をあげることができない。

兵士は疲労し、食糧や秣《まぐさ》も乏しくなったため、曹操は官渡を放棄して許都に帰りたくなり、許都で留守を預かる軍師の荀彧《じゅんいく》に手紙を届けて意見を聞いた。上記はこれに対する荀彧の返信の一部である。

ここで荀彧は弱気になりかけた曹操を叱咤激励し、ぎりぎりの瀬戸際である今こそ、じつは絶好のチャンスであり、敵の意表をつく奇策によって、形勢を大逆転させるべきだと説く。冷静にして豪胆、荀彧はまことの名軍師だというべきであろう。

曹操　官渡に袁紹を破る

これを見て、元気を取りもどした曹操は官渡の陣地を死守する決意を固める。おりしも、曹操の部将徐晃《じょこう》の部下が袁紹軍の間者を捕まえ、袁紹の部将韓猛《かんもう》が本陣まで兵糧を運んで来るとの耳寄りの情報を得る。得たりやおうと、曹操は徐晃に数千の軽騎兵をひきいて、韓猛の輸送部隊を襲撃させ、食糧や秣をことごとく焼いてしまう。これで曹操軍の士気は大いにあがる。一方、慌てた袁紹は部将の淳于瓊《じゅんうけい》に二万の軍勢をひきい、兵糧の貯蔵庫である烏巣《うそう》（河南省原陽県東北。官渡の北東）に向かわせ、守りを固めさせた。

膠着状態に入っていた袁紹軍と曹操軍の対戦はここに急転直下、はげしく動きはじめる。

忠言逆耳。
豎子不足与謀。

忠言《ちゅうげん》は耳《みみ》に逆《さか》らう。
豎子《じゅし》　与《とも》に謀《はか》るに足《た》らず。

「真心からの諫めの言葉は相手に聞き入れられない」ということであり、「青二才はともに大事を計画するに足りない」ということだ。

（第三十回）

荀彧《じゅんいく》にさとされた曹操はやる気十分、天下分け目の「官渡の戦い」も曹操側に有利な方向に展開しはじめる。しかし、その実、曹操軍の食糧はすでに底をついており、曹操は許都の荀彧のもとに使者を派遣し、すみやかに食糧を補給させようとした。ところが、その手紙を持った使者が袁紹軍に捕まり、袁紹の参謀許攸《きょゆう》の前に引き出されてしまう。

許攸は袁紹にこの旨を報告し、食糧不足の曹操軍を攻撃する一方、一手の軍勢に許都を急襲させる両面作戦を展開すべきだと提案する。しかし、袁紹は、「曹操は詭計《きけい》の多いやつだ。この手紙は敵を誘う罠だ」などと難色を示す。そのとき、根拠地の鄴《ぎょう》にいる審配《しんぱい》から手紙がとどく。そこには許攸の違法行為が書き連ねられ、共犯の息子や甥は逮

袁紹(『増像全図三国演義』)

捕したと記されていた。激怒した袁紹は許攸を叱り飛ばし、許攸のせっかくの名案も無効となる。

上記の言葉は、このとき袁紹に徹底的に失望した許攸が吐いたもの。ともに出典があり、「忠言は耳に逆らう」は『孔子《こうし》家語《けご》』、「豎子《じゅし》与に謀るに足らず」は『史記』「項羽《こうう》本紀」に見える。このうち後者は、漢楚《かんそ》の戦いのさい、「鴻門《こうもん》の会」において項羽が劉邦《りゅうほう》を殺しそこなったとき、優柔不断な項羽に失望した軍師の范増《はんぞう》が吐いた有名な言葉である。

まもなく許攸は袁紹の陣地を脱出し曹操に投降する。曹操は昔馴染みの許攸が投降して来たと聞くや、はだしで飛び出し手を叩いて喜びながら出迎えた。猜疑心が強くて陰湿な袁紹とは対照的に、とくにこの時期の曹操には陽性でふっきれたところがあり、そこが大きな魅力である。

吾以恩遇之、
雖有異心、
亦可変矣。

吾《わ》れ恩《おん》を以《もっ》て之《こ》れを遇《ぐう》すれば、
異心《いしん》有《あ》りと雖《いえど》も、
亦《ま》た変《へん》ず可《べ》し。

恩愛をもって遇したならば、たとえ二心《ふたごころ》を抱いていたとしても、その気持ちを変えることができよう。

（第三十回）

投降した許攸《きょゆう》は曹操に重要な情報を提供する。袁紹はすべての食糧や軍需物資を烏巣《うそう》に備蓄し、部将の淳于瓊《じゅんうけい》に守備させている。しかし、淳于瓊は飲酒にふけり無防備だから奇襲をかければ、袁紹軍はたちまち大混乱に陥るにちがいない、と。これを聞いた曹操は官渡の本陣に周到な守備態勢をしいたうえで、みずから五千の軍勢をひきい烏巣を急襲する。この奇襲作戦は図に当たり、袁紹軍の命綱である烏巣の基地は炎上、灰燼《かいじん》に帰す。

曹操　烏巣に粮草を焼く

袁紹の部将、張郃《ちょうこう》が烏巣の救援に向かおうとしたとき、参謀の郭図《かくと》は曹操が出撃している隙に、官渡の本陣を突くべきだと主張、本陣には備えがあるはずだと言う張郃と対立するが、けっきょく袁紹は郭図の案を採用する。

かくて、不本意ながら張郃は部将の高覧《こうらん》とともに、曹操の本陣の攻撃に向かったが、案の定、待ちかまえていた夏侯惇《かこうとん》・曹仁《そうじん》・曹洪《そうこう》らに撃破され、血路を開いて脱出する始末だった。

自分の策が失敗したことを覚った郭図は、張郃と高覧に責任をなすりつけようとし、袁紹にあらぬことを吹きこむ。進退きわまった二人は、ついに手勢をひきいて曹操に投降した。

上記は、二人が偽装降伏して来たのではないかと言う夏侯惇に対し、曹操が述べた言葉である。

曹操の見込みどおり、張部は以後、曹操軍の剛勇をもって鳴る中核的部将となる。この先にも曹操は張遼《ちょうりょう》（五四頁参照）をはじめ、敵側から優秀な人材を吸収し、みずからの陣容を強化してきた（関羽だけは失敗したが）。彼は人材こそ最高の資産だと熟知していたのである。

当紹之強、
孤亦不能自保、
況他人乎。

紹《しょう》の強《つよ》きに当《あ》たっては、
孤《こ》も亦《ま》た自《みずか》ら保《たも》つ能《あた》わず、
況《いわ》んや他人《たにん》をや。

袁紹《えんしょう》が強大だったときには、わしでさえ身を保つことができなかったのだから、
まして他の者はなおそうだったにちがいない。

（第三十回）

烏巣《うそう》を焼いて袁紹軍の糧道を断ち、許攸《きょゆう》・張郃《ちょうこう》らを得て意気あがる曹操は、休まず袁紹の本陣に総攻撃をかけた。戦意を喪失し浮き足だった袁紹軍は総崩れとなり、大敗北を喫した。袁紹は鎧《よろい》かぶとを身につける暇もなく、下の息子の袁尚《えんしょう》を引き連れ、わずか八百騎余りだけをひきいて、ほうほうのていで黄河を渡って逃げ去ったのだった。
袁紹軍の戦死者は八万人以上、陣地にあった金銀財宝や書物はすべて置き去りにされた。こうして袁紹が残していった書物のなかから、一束の手紙が出てきた。すべて許都

や曹操の軍中の者がこっそり袁紹に送ったものだった。当初は曹操の十倍はあろうかという、強大な軍勢を有した袁紹に先手を打って取り入り、曹操が敗北したさいの保身をはかる者の小汚い仕業である。

側近の者は「一通一通、姓名を調べ上げ、逮捕して殺すべきです」と言ったが、曹操は上記のように述べて、すべて焼却させ、いっさい追及しようとしなかった。華北の覇権を争い、力にまさる袁紹と死に物狂いの戦いをして完勝した曹操は、このとき余裕たっぷり、自信にあふれていた。

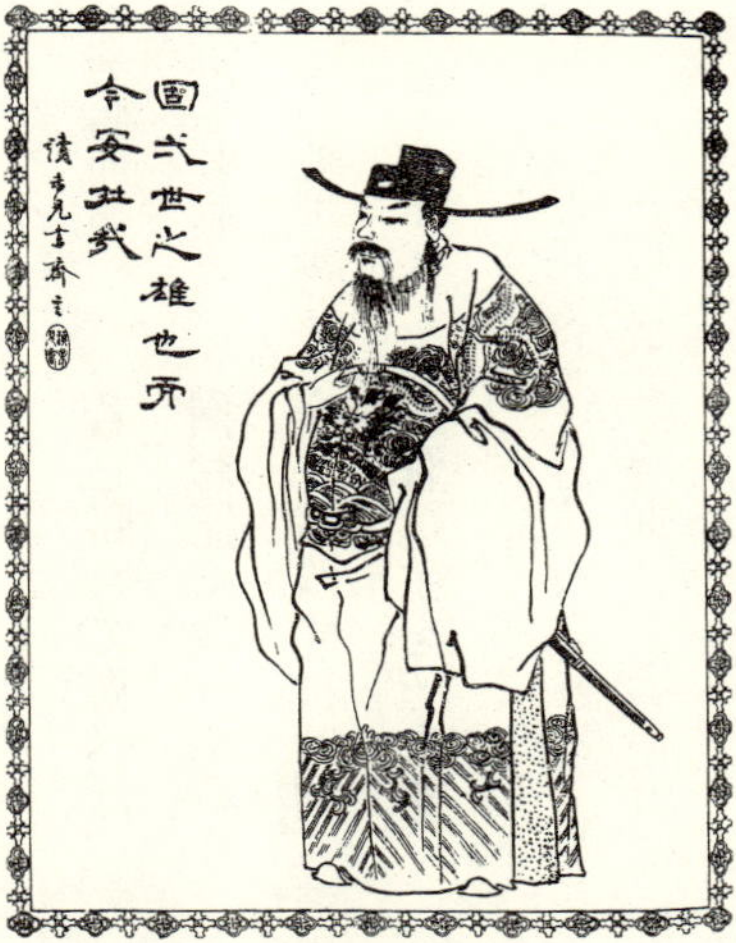

曹操(『増像全図三国演義』)

晩年になると、曹操もとみに権力志向をまし、同時に猜疑心も強くなってゆく。「官渡の戦い」に劇的な勝利をおさめたこのころが、もっとも爽やかに輝いていた時期だといえよう。建安五年(二〇〇)、ときに曹操四六歳。

若勝而喜、
猶能救我。
今戦敗則羞。
吾不望生矣。

若《も》し勝《か》ちて喜《よろこ》べば、
猶《な》お能《よ》く我《わ》れを救《すく》う。
今《いま》 戦敗《せんぱい》すれば則《すなわ》ち羞《は》ず。
吾《わ》れは生《せい》を望《のぞ》まず。

もし勝利して有頂天になれば、私を放免することもありうるが、
今回、敗北して恥ずかしい思いにかられた以上、もう私には生きる望みがない。

（第三十一回）

曹操に完敗した袁紹《えんしょう》は黄河を渡り、根拠地の冀《き》州（河北省臨漳県西南）へと帰還の途につく。慎重策を唱えて袁紹の怒りを買い、投獄されていた田豊《でんぽう》は、獄吏から袁紹敗北の知らせを受けた。獄吏は田豊の言うとおりの結果になったのだから、今後は袁紹も彼を重用するだろうと言うが、田豊はその希望的観測を否定し、「私は死ぬだろう」と予言する。その理由について、「袁将軍は表向きこそ寛容だが、内心は嫉妬深く、忠義を尽く

す臣下のことを思いやらない人だ」と述べて、こう言うのである。

実は、袁紹は最初、田豊にあわせる顔がないと後悔していた。しかし、逢紀《ほうき》が「田豊は獄中で主公《との》が敗北なさったと聞くと、手を打って大笑いしながら、「案の定、私の思ったとおりだ」と申したそうです」と、悪意に満ちた讒言《ざんげん》を吹き込むと、たちまち気が変わり、怒りだす。かくて袁紹は宝剣を持たせた使者を派遣、田豊の首を斬らせようとする。剣を受け取った田豊は、「大丈夫《だいじょうぶ》として天地の間に生まれながら、主君たるべき人を見分けることができずに仕えてしまうとは、無知というほかない。今、殺されても本望だ」と、みずからの不明を歎きつつ、獄中で自刎《じふん》して果てたのである。

曹操　倉亭に袁紹を破る

体面ばかり気にして自分の失敗を認めない袁紹の愚かさはいうまでもないが、その周囲を取り巻き、田豊や沮授《そじゅ》のようなまっとうな人々の足をひっぱる、逢紀らのやりかたも下劣というほかない。これでは、袁紹が滅びの坂を転がり落ちるのもむしろ当然である。

勝負兵家之常、
何可自隳其志。

勝負《しょうぶ》は兵家《へいか》の常《つね》、
何《なん》ぞ自《みずか》ら其《そ》の志《こころざし》を隳《やぶ》る可《べ》けんや。

勝敗は兵家の常、
みずから志を失ってはなりません。

（第三十一回）

建安六年（二〇一）、汝南《じょなん》で態勢を立て直した劉備は、遠征の曹操軍にこてんぱんに撃破され、進退きわまる。

実は、曹操は勢いを盛り返した袁紹軍と倉亭《そうてい》（山東省陽谷県北）で対戦中だったが、これも曹操軍の大勝利に帰し、袁紹は病気になってしまう。かててくわえて、袁紹の後継の座をめぐり、長男袁譚《えんたん》と三男袁尚《えんしょう》のどちらを選ぶか、お家騒動がおこっていた。ここで、袁紹にダメ押しを加えるべきか否か、思案中の曹操のもとに、劉備が許都に急襲をかけようとしているとの知らせが入った。このため、曹操はいったん袁紹攻撃を中止し、急遽、軍勢をひきいて汝南に向かい、大敗を喫した劉備は華北からはじきだされてしまうのである。

このとき、劉備は関羽・張飛・趙雲ら配下の部将に、「私の運命は窮まり、きみたちまで巻き添えにしてしまった」と歎く。すると、関羽は上記の言葉を述べて劉備を励まし、奮い立たせようとする。この関羽の発言を受けて、孫乾《そんけん》が荊《けい》州の支配者劉表《りゅうひょう》に身を寄せる策を提案する。劉表との交渉は首尾よくまとまり、華北に居場所のなくなった劉備一行は、再起を期しつつ荊州に向かう。

玄徳　荊州に敗走す

この「勝負(勝敗)は兵家(軍家)の常」という表現は、『演義』にしばしば見えるものである。軍事家ならずとも、人はさまざまな局面で成功したり失敗したりするものであり、この言葉は落ち込んだときの元気づけ、一種のカンフル剤になるかもしれない。

急之則相救、　之《こ》れを急《いそ》げば則《すなわ》ち相《あ》い救《すく》い、
緩之則相争。　之《こ》れを緩《ゆる》くすれば則《すなわ》ち相《あ》い争《あらそ》う。

事を急げば彼らは助け合いますが、
ゆっくりやれば争います。

（第三十二回）

建安七年（二〇二）、曹操はまたも軍勢を動かし袁紹《えんしょう》攻撃に向かう。このとき、袁紹の三男袁尚《えんしょう》が大敗し、ショックを受けた袁紹は大量の血を吐き危篤となる。袁紹が絶命する寸前、袁尚の実母劉《りゅう》夫人は「尚（袁尚）が後を継いでもいいのですね」とせまり、承諾させる。

袁紹の死後、袁尚の輔佐役の逢紀《ほうき》と審配《しんぱい》はすばやく袁尚を擁立し、これに反発する長男の袁譚《えんたん》および輔佐役の郭図《かくと》・辛評《しんぴょう》との対立が激化する。こうして内部分裂が深まった隙をつき、曹操は袁譚と袁尚を攻めるが、窮地に立った二人がやむなく協力して防戦したため、なかなか袁氏の本拠、冀《き》州城を陥落させられない。上記は、このとき曹操の名

参謀郭嘉《かくか》が述べた言葉。さらに郭嘉はいったん荆州の劉表征伐に向かい、袁氏兄弟に変事がおこるのを待つほうが賢明だと言う。曹操はこの「急がばまわれ」の名案に賛成し、荆州へ向かう。

曹操軍が撤退した後、案の定、袁譚と袁尚は足を引っ張り合って戦い、敗北した袁譚は辛毗《しんぴ》(辛評の弟)を曹操のもとに派遣し、降伏を申し入れる。後の話になるが、辛毗は曹氏の魏王朝の重臣となり、その一徹さによって人々の敬愛の的となる。

袁譚・袁尚　冀州を争う

建安九年(二〇四)、郭嘉の見込みどおり、袁氏兄弟が決裂すると、曹操は冀州城に猛攻をかけ、ついに攻め落とす。このとき、袁尚の輔佐役審配は「私は生きては袁氏の臣となり、死しては袁氏の鬼《き》となるであろう」と、降伏を拒否し処刑された(この言葉については三八二頁参照)。審配は最期に気骨のあるところを示し、死に花を咲かせたというべきであろう。

箭在弦上、
不得不発耳。

箭《や》は弦上《げんじょう》に在《あ》れば、
発《はっ》せざるを得《え》ず。

すでに矢は弦《つる》の上にあったのですから、
放たないわけにはいかなかったのです。

（第三十二回）

曹操が袁氏一族の本拠冀《き》州城を陥落させたあと、さまざまなドラマが展開された。上記の言葉は、袁尚《えんしょう》に仕えていた陳琳《ちんりん》が述べたものである。

陳琳は七六頁で紹介したように、かつて袁紹の書記として檄文《げきぶん》「袁紹の為に豫《よ》州に檄す」を著し、曹操を完膚なきまでに非難・罵倒したことがある。これを根にもつ曹操は、捕虜となった陳琳に向かって、「おまえは本初《ほんしょ》（袁紹のあざな）のために檄文を作ったさい、わしだけに罪を着せておけばよいものを、どうして祖父や父まで辱めたのか」と詰問した。

このとき、陳琳は上記のように答え、なりゆきであり、とめようがなかったのだと、開き直った。これを聞いた左右の者は陳琳を殺すよう勧めたが、曹操は「彼の才能を惜しんで罪を許し、従事に任命した」のだった。くだくだ弁解しない陳琳もあっぱれだが、悪びれたところのない彼の態度を評価し、受け入れた曹操も稀に見る太っ腹だといえよう。

以後、檄文の名手陳琳は、曹操を徹底的にやっつけた筆の方向をあっさり転換して、逆に曹操を褒めちぎり、敵をさんざんこきおろす名調子の檄文をせっせと書きつづける。まったく食えない人物である。

曹操　水を決して冀州を揜(おぼ)れしむ

その後、陳琳は「建安七子《けんあんしちし》」と総称される、曹操傘下の七人の文人、すなわち孔融《こうゆう》(三五頁および七八頁参照)・王《おう》粲《さん》・徐幹《じょかん》・阮瑀《げんう》・応瑒《おうとう》・劉楨《りゅうてい》とともに名を連ね、当時の一流文人として活躍する。

我生受其辟命。
亡而不哭、非義也。
畏死忘義、
何以立世乎。

我《わ》れ生《い》きて其《そ》の辟命《へきめい》を受《う》く。
亡《ぼう》じて哭《こく》さざるは、義《ぎ》に非《あら》ざる也《なり》。
死《し》を畏《おそ》れて義《ぎ》を忘《わす》るれば、
何《なに》を以《もっ》てか世《よ》に立《た》たんや。

私は袁譚《えんたん》どのが生きておられたときに召されて官位についたのですから、亡くなったときに哭さないのは、義にもとります。死ぬのが怖くて義理を忘れたなら、世間に顔向けできません。

（第三十三回）

袁譚《えんたん》の配下だった王修《おうしゅう》の言葉。王修は袁譚が弟袁尚《えんしょう》と骨肉の争いを演じたとき、「兄弟というものは左右の手です」(第三十二回）と諫めて袁譚に嫌われ、追放された人物である。

冀《き》州陥落後、袁譚が刃向かう姿勢を見せたため、曹操は征伐に乗り出し、建安一〇年

（二〇五）、ついに追いつめて殺害、さらし首にする。袁譚の首に対して哭《こく》する者は斬ると命じたにもかかわらず、王修はあえて禁令を破って、喪服を身につけ、首の下で慟哭した。曹操に「死ぬのが怖くないのか」と聞かれたとき、王修は上記のように答え、袁譚の遺体を引き取って、埋葬できれば、死んでも本望だと言ってのける。『演義』世界には、こうして旧主に仁義立てをし、危険を犯して遺体に慟哭する者がしばしば出現する（二八頁参照）。

曹操は、「河北《かほく》の義士のなんと多いことよ。袁氏が彼らを用いることができなかったのが、なんとも惜しまれる。もし用いていたなら、わしはまともにこの地方を見ることもできなかっただろう」と感嘆し、袁譚の遺体の引取りと埋葬を許可した。曹操の言うとおり、袁氏の臣下には田豊《でんぽう》・沮授《そじゅ》・審配《しんぱい》から王修にいたるまで、袁氏に節を立て通した人びとが大勢いた。彼らを忌避し生かしきれなかったことが、袁氏滅亡の最たる原因にほかならない。

田豊（『増像全図三国演義』）

ちなみに、袁紹に愛想をつかして曹操に投

降し、曹操が「官渡の戦い」に勝利するきっかけをつくった許攸《きょゆう》（一〇九頁参照）は、冀州に入城後、不遜な言動がめだつようになり、激怒した許褚《きょちょ》に殺害された。許攸の裏切りは高くついたのである。

奉孝死、
乃天喪吾也。

奉孝《ほうこうし》死せり、
乃《すなわ》ち天《てん》　吾《わ》れを喪《ほろぼ》す也《なり》。

奉孝《ほうこう》が死んだのは、
天が私を喪《ほろぼ》すということだ。

（第三十三回）

袁譚《えんたん》が曹操に滅ぼされた後、袁紹の後継者袁尚《えんしょう》はすぐ上の兄の袁煕《えんき》とともに、砂漠のかなた、烏桓《うがん》（烏丸）族の支配区域に逃げ込む。曹操が追撃しようとしたところ、諸将はみな反対するが、曹操の名参謀、郭嘉《かくか》だけは、烏桓を征伐すべきだと後押しする。かくて、建安一二年（二〇七）、曹操は険しい道のりを越えて遠征し、烏桓族の軍勢を撃破して柳城《りゅうじょう》（遼寧省朝陽市西南）に到達、居場所を失った袁尚と袁煕は遼東《りょうとう》へと向かう。

郭嘉はこの北方遠征の途中で病気になり、易《えき》州（河北省雄県北）で療養していたが、曹操が柳城から帰還する数日前に息をひきとった。上記の言葉は、易州にもどり、郭嘉の死を知った曹操が、大声で泣きながら言ったもの。奉孝《ほうこう》は郭嘉のあざなである。ちなみ

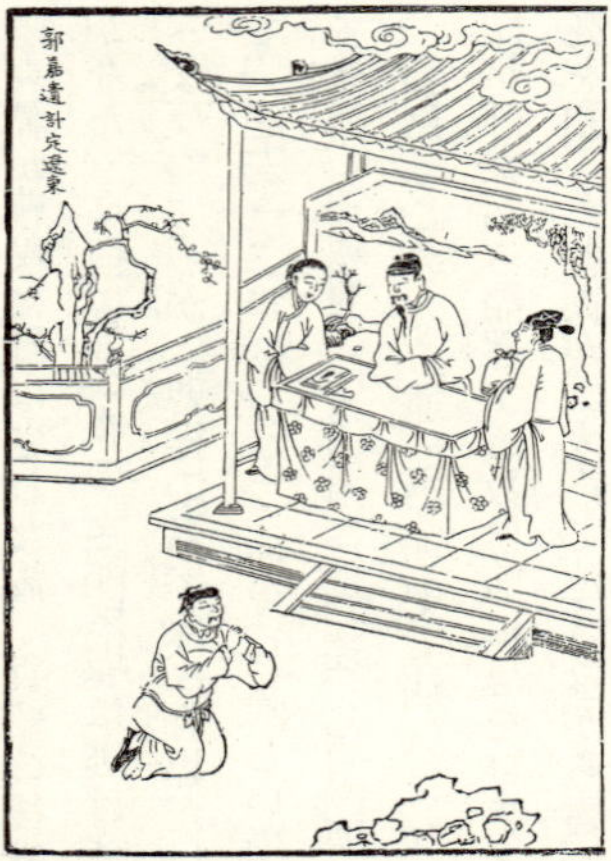

郭嘉　計を遺(のこ)して遼東を定む

に、この曹操の哀悼の表現は、愛弟子顔回《がんかい》が死んだときの孔子の言葉「天予《わ》れを喪《ほろぼ》せり」(『論語』先進《せんしん》篇)に拠っている。

臨終の直前、郭嘉は曹操に次のような手紙を書きのこした。遼東に逃げ込んだ袁尚らを攻撃してはならない、攻撃すれば、公孫康《こうそんこう》(遼東の支配者)と袁尚らが協力することになる。静観していれば、必ず彼らはいがみ合う、と。郭嘉の見込みどおり、まもなく公孫康のもとから袁尚と袁熙の首が届く。こうして袁氏一族は滅亡、曹操は北中国の覇者となる。

曹操の北中国制覇の最大の功労者、郭嘉は一種天才的な軍師であり、曹操との相性もすこぶるよく、絶大な信頼を受けていた。なお、郭嘉については五〇頁もあわせて参照。

3

赤壁の決戦

――酒に対いて当に歌うべし。人生　幾何ぞ今久不騎、髀裏生肉。
日月蹉跎、老将至矣、
而功業不建。是以悲耳。

今久《いまひさ》しく騎《き》せざれば、髀裏《ひり》に肉《にく》を生《しょう》ず。
日月蹉跎《じつげつさた》し、老《お》いの将《まさ》に至《いた》らんとするに、
功業《こうぎょう》建《た》たず。是《ここ》を以《もっ》て悲《かな》しむのみ。

このところ久しく馬に乗りませんので、髀《ふともも》にまた肉がついてきました。志を得ないまま歳月が過ぎ、老いが目前に迫っておりますのに、功業を建てることもできません。このために悲しんでいたのです。

（第三十四回）

華北を追われた劉備が荊州《けい》の劉表《りゅうひょう》に身を寄せると、劉表は劉備を厚遇してくれた。しかし、劉表の後妻蔡《さい》夫人やその弟の蔡瑁《さいぼう》らは、劉備が勢力を強めることを恐れ、劉表に勧めて劉備主従とその軍勢を州都（襄陽《じょうよう》。湖北省襄樊市）から遠ざけ新野《しんや》（河南省新野県）に駐屯させる。ちなみに、このころ荊州では、先妻の生んだ長男劉琦《りゅうき》と蔡夫人の生んだ劉《りゅう》琮《そう》のどちらを劉表の後継者に立てるか、お家騒動がおこりかけていた。

悩んだ劉表は劉備に相談したいと思い、ある日、彼を酒宴に招待した。後継者問題が話題になったとき、立ち入りすぎることを警戒した劉備はつと廁《かわや》に立つ。そのとき、ふと自分の髀《ふともも》に肉がついていることに気づき、思わずハラハラと涙をこぼす。劉表が涙のあとを見て怪訝《けげん》に思い、わけを聞くと、劉備は上記のように答えるのである。「髀肉《ひにく》の嘆《たん》」として人口に膾炙《かいしゃ》するこの言葉は、すでに「先主伝」裴《はい》注の『九州春秋』に見えている。

玄徳　襄陽に会に赴く

劉備が慨嘆するのも道理。彼がこの「髀肉の嘆」を発したのは、曹操が北中国を制覇した建安一二年(二〇七)とおぼしい。だとすれば、建安六年、曹操に撃破され劉表のもとに逃げこんでから、すでに六年の歳月がむなしく過ぎ去っていたのだから。

的盧、的盧、

今日妨吾。

的盧《てきろ》よ、的盧《てきろ》、今日《こんにち》こそ吾《わ》れを妨《さまた》げん。

的盧《てきろ》よ、的盧、今日こそ私に禍《わざわい》をもたらすのか。

（第三十四回）

このころ（建安一二年）、蔡瑁《さいぼう》は口実をもうけて劉備を宴会に招き、殺害しようと謀った。宴会の途中で、危険を察知した劉備は単騎、城外に脱出したが、まもなく檀渓《だんけい》の急流に行く手をさえぎられ、進むに進めなくなった。背後から追っ手が迫り、進退きわまった劉備が馬（的盧《てきろ》）に上記のように呼びかけたところ、なんと的盧は身を躍《おど》らせて跳ね上がり、一躍《ひととび》三丈、またたくまに向こう岸に跳び移った。まさに危機一髪の脱出シーンである。

ちなみに、的盧は馬の名ではなく、ある種の馬の総称である。劉備が乗っていた的盧には、「目の下に涙袋があり、額のあたりに白い斑点」があったとされる。『伯楽相馬《はくらくそうば》経《きょう》』（『世《せ》説新語《せつしんご》』「徳行篇《とくこう》」注に引く）によれば、額の白いところが口から歯までつづく馬を的盧といい、乗る者に禍《わざわい》をもたらす凶馬だという。

じつはこれよりさき、劉表の幕僚伊籍《いせき》が劉備に、的盧は不吉であると忠告したところ、劉備は感謝しつつも、「人の生死には定めがあります。馬が禍をもたらすことなどありえません」と言う場面がある。伊籍は劉備の見識の高さに感服し、この脱出劇でも一役買うことになる。劉備は凶馬と目される的盧のおかげで絶対絶命の危機を脱することができた。馬が禍をもたらすことはないと断言したその心意気が的盧を奮起させたのであろう。

玄徳　馬を躍らせて檀渓を跳ぶ

伏龍鳳雛、
両人得一、
可安天下。

伏龍《ふくりゅう》・鳳雛《ほうすう》、両人《りょうにん》の一《いつ》を得《う》れば、天下《てんか》を安《やす》んず可《べ》し。

伏龍と鳳雛の二人のうち、一人でも得れば、天下を平定することができます。

（第三十五回）

的盧《てきろ》のおかげで檀渓を跳びこえ、危機を脱した劉備は牛飼いの少年に出会う。少年は劉備を隠者の司馬徽《しばき》（道号は水鏡《すいきょう》先生）の屋敷に案内してくれた。司馬徽の姿かたちは「松を思わせ鶴を思わせ」、まさに仙人そのもの。

司馬徽は劉備の身の上を熟知しており、劉備の不遇は、左右にしかるべき人材を得られないことによると言う。関羽・張飛・趙雲らは万人を向こうにまわして戦う猛者《もさ》だが、彼らをうまく使える軍師がいないのが難だというわけだ。さらにまた、司馬徽は荊州には天下の奇才が集っていると言い、上記のように言い継ぐのである。劉備がそれは誰のことかと聞いても、司馬徽は笑って答えない。いうまでもなく、「伏龍」は身をひそめている龍、「鳳雛」は鳳の雛《ひな》を指す。両方ともいまだ世に知られていない逸材のたとえである。

『演義』の物語世界は、この第三十五回あたりから、第二世代の大スター諸葛亮《しょかつりょう》あざな孔明《こうめい》の登場(第三十七回)にそなえて、神秘的な道具立てを凝らしながら、周到に伏線を張りめぐらし、じわじわと興趣を盛り上げてゆく。「伏龍」は諸葛亮、「鳳雛」は龐統《ほうとう》あざな士元《しげん》であることが、明かされるのも、次の第三十六回の末尾近くになってからだ。いずれにせよ、司馬徽の口からこうして「伏龍」すなわち諸葛亮の存在が暗示されることによって、『演義』の物語世界はターニングポイントにさしかかったといえよう。

玄徳　司(馬)徽に遇(あ)う

蓋善善而不能用、
悪悪而不能去者也。

蓋《けだ》し善《ぜん》を善《よみ》するも用《もち》いる能《あた》わず、
悪《あく》を悪《にく》むも去《さ》る能《あた》わざる者也《ものなり》。

思うに、りっぱな人物を好むが、これを用いることができず、
悪人を嫌うが、これを遠ざけることができない輩《やから》なのでしょう。

（第三十五回）

襄陽《じょうよう》の危機を逃がれた劉備が司馬徽《しばき》に一夜の宿を借りると、その夜中、訪問客があった。その人物は司馬徽と親しい間柄らしく、司馬徽に向かって、劉表《りゅうひょう》が「善《ぜん》を善《よみ》し、悪《あく》を悪《にく》む」人物だと聞いたので、会いに行ったが評判倒れで、失望したと告げる。これがそのとき述べた劉表に対する批判である。この訪問客こそ徐庶《じょしょ》あざな元直《げんちょく》であることが、あとで明かされる。

この言葉は、原文および書き下し文を見ると明らかなように、「善善」「悪悪」とリズミカルに同音を重ねつつ、みごとな対句仕立てにしているところに、表現としての面白さがある。意味内容としては、軟弱なお体裁屋で政治センスのない劉表の欠点を容赦な

くついた批判であり、痛烈そのものである。ちなみに、「劉表伝」によれば、劉表は若いころから「八俊」と呼ばれる名士グループの一人に数えられ、容姿もたいへんりっぱだったが、袁紹《えんしょう》と同様、「表向きは寛大でありながら内心は猜疑心が強く……有能な人材がいても用いることができない」等々の致命的欠陥があり、リーダー失格者だったと評される。

それはさておき、この会話を漏れ聞いた劉備は、この人こそ伏龍《ふくりゅう》・鳳雛《ほうすう》ではないかと思い、翌朝、司馬徽に確かめようとしたが、またまた笑っていなされてしまう。おりしも、手勢をひきいた趙雲が迎えに来たため、劉備は司馬徽に別れを告げ、ともども駐屯地の新野へと帰って行く。しかし、劉備の脳裏には以来、伏龍・鳳雛がくっきりと刻みこまれたのだった。

玄徳　新野に徐庶に遇(あ)う

使人殺其母、
而吾用其子、不仁也。
留之不使去、
以絶其子母之道、不義也。
吾寧死、不為不仁不義之事。

人《ひと》をして其《そ》の母《はは》を殺《ころ》さしめ、
吾《わ》れ其《そ》の子《こ》を用《もち》いるは、不仁也《ふじんなり》。
之《こ》れを留《とど》めて去《さ》らしめず、
以《もっ》て其《そ》の子母《しぼ》の道《みち》を絶《た》つは、不義也《ふぎなり》。
吾《わ》れ寧《むし》ろ死《し》すとも、不仁不義《ふじんふぎ》の事《こと》を為《な》さず。

他人(曹操)にその母を殺させ、私がその息子を用いるのは、仁ではない。彼を引きとめて行かせず、母子の道を断ち切るのは義ではない。私は死んでも、そんな不仁不義のやりかたはとらない。

(第三十六回)

荆州の逸材、伏龍《ふくりゅう》・鳳雛《ほうすう》の二人を得たいと切望する劉備の前に、単福《ぜんふく》という人物が出現する。劉備は彼こそ伏龍・鳳雛の一人ではないかと思いつつ、語り合って意気投合し、軍師とする。おりしも江南攻略をもくろむ曹操が、小手調べに曹仁《そうじん》らをさしむけ、新野《しんや》に駐屯する劉備に攻撃をしかけて来るが、劉備は単福の作戦によって、首尾よく撃退する。

この単福こそ司馬徽を訪れ劉表批判をした、徐庶《じょしょ》あざな元直《げんちょく》であった（一三六頁参照）。単福が実は徐庶だということを知る曹操の参謀程昱《ていいく》は、策を弄して徐母《じょぼ》（徐庶の母）を人質に取り、徐庶を劉備から引き離そうとする。母の筆跡を巧妙にまね、殺されるから助けてほしいと記されたニセ手紙を受け取った徐庶は、劉備に事情をうちあけ、暇乞いをした。徐庶を行かせてはならないと反対する配下に対して、劉備が述べた言葉がこれである。

徐庶　走りて諸葛亮を薦(すす)む

配下一同、劉備の慈愛深さに感嘆し、徐庶は別れぎわに友人の諸葛亮を軍師とするよう勧め、諸葛亮こそ「伏龍」であることを明かす。

こうして徐庶が劉備に別れを告げ、曹操のもとにいたったとき、徐母は「光明（劉備）を棄て暗黒（曹操）に身を寄せる」とは、なんたる愚か者かと徐庶を叱りつけ、首をくくって死んでしまう。まさに典型的な烈女だが、これでは老母大事の一念で転身を決意した徐庶は立つ瀬がないともいえよう。

孔明与博陵崔州平、
潁川石広元、
汝南孟公威、
与徐元直四人為密友。……
毎常自比管仲・楽毅、
其才不可量也。

孔明《こうめい》は博陵《はくりょう》の崔州平《さいしゅうへい》、
潁川《えいせん》の石広元《せきこうげん》、
汝南《じょなん》の孟公威《もうこうい》、
与《およ》び徐元直《じょげんちょく》の四《よ》人《にん》と密友《みつゆう》為《た》り。……
毎常《つね》に自《みずか》ら管仲《かんちゅう》・楽毅《がくき》に比《ひ》し、
其《そ》の才《さい》　量《はか》る可《べ》からざる也《なり》。

諸葛孔明は博陵の崔州平《さいしゅうへい》、潁川の石広元《せきこうげん》、汝南の孟公威《もうこうい》、および徐元直《じょげんちょく》（徐庶《じょしょ》）の四人と親友です。……彼はいつも自分を管仲《かんちゅう》や楽毅《がくき》と比較していますが、その才能には測り知れないものがあります。

（第三十七回）

徐庶《じょしょ》に伏龍すなわち諸葛亮の存在を教えられた劉備は、隆中《りゅうちゅう》の臥龍岡《がりょうこう》に住む諸葛亮を

劉玄徳　初めて茅廬を顧(かえり)む

訪問しようとした。その矢先、司馬徽《しばき》（一三四頁参照）がやって来たので、諸葛亮のことを聞いたところ、司馬徽は上記のように答えた。こうして四人の名前を列挙するのは、中国的な羅列の美学といえよう。ちなみに、管仲《かんちゅう》は春《しゅん》秋《じゅう》時代、斉《せい》の桓《かん》公を輔佐して、覇者に押し上げた大政治家、楽毅《がくき》は戦国時代、趙《ちょう》・楚《そ》・韓《かん》・魏《ぎ》・燕《えん》の五国の軍勢をひきいて、斉軍を撃破した燕の将軍である。

司馬徽の話を聞いた劉備は、ただちに関羽・張飛を引き連れて、臥龍岡の諸葛亮の草《そう》廬《ろ》を訪れた。おりあしく諸葛亮は不在だったが、帰る途中で、司馬徽の話に出た崔州平《さいしゅうへい》と偶然、出会う。数日後、雪が降りしきる悪天候をついて、劉備はふたたび張飛・関羽ともども臥龍岡に向かう。張飛は不平満々だったが、諸葛亮に会いたい一念の劉備は問題にしなかった。しかし、またしても諸葛亮は不在であり、この二度目の訪問も空振りに終わる。ただ、このときも、行く途中で司馬徽の話に出た石広元《せきこうげん》と孟公威《もうこうい》に出会い、臥龍岡の草廬では諸葛亮の弟諸葛均《しょかつきん》と面談し、帰り道で諸葛亮の舅である黄承彦《こうしょうげん》と出会って話をする。

というふうに、諸葛亮の周辺の人物は次々に登場するにもかかわらず、当の諸葛亮だけはなかなか顔を見せない。このため、じらされた読者はまだかまだかと諸葛亮の登場を待ち望み、諸葛亮との対面を切望する劉備と、いつしか一体化する。『演義』の作者の独壇場、まことに巧妙な語り口である。さて、三度目の訪問はいかに。これについては次項を参照。

孔明身長八尺、
面如冠玉、
頭戴綸巾、
身披鶴氅、
飄飄然有神仙概。

孔明《こうめい》は身長八尺《しんちょうはっしゃく》、
面《おもて》は冠《かんむり》の玉《ぎょく》の如《ごと》く、
頭《あたま》に綸巾《かんきん》を戴《いただ》き、
身《み》に鶴氅《かくしょう》を披《まと》い、
飄飄然《ひょうひょうぜん》として神仙《しんせん》の概《おもむき》有《あ》り。

諸葛亮は身長八尺、顔は冠に付ける玉《ぎょく》のごとく、頭に綸巾《かんきん》をのせ、身には鶴氅《かくしょう》をつけ、飄々としてまるで仙人のようである。

（第三十八回）

諸葛亮を二度訪ねて会えなかった劉備は、建安一三年（二〇八）正月、三度目の訪問を行った。三度目の正直で、幸い諸葛亮は在宅していたものの、昼寝中でなかなか起きて来ない。このため、いっしょに来た張飛は完全に頭にきて、「見てろ、わしが家の裏にまわって火をつけてやるから。それでも寝てられるもんなら寝てやがれ」と、怒鳴りだす始末だった。

こんな騒動もどこ吹く風、ようやく目覚めた諸葛亮は劉備の来訪を知ると、手早く着替えて挨拶に現われる。上記はこのときの諸葛亮の姿を描いたもの。ちなみに、綸巾《かんきん》は青糸で作った隠者の頭巾、鶴氅《かくしょう》は鶴の羽で作った上衣である。

諸葛亮は琅邪《ろうや》郡陽都《ようと》県(山東省沂南市南)の出身。幼くして父を失い、弟の諸葛均《しょかつきん》とともに、豫章《よしょう》太守になった叔父の諸葛玄《しょかつげん》について江南に渡る(兄の諸葛瑾《しょかつきん》はすでに呉にいた)。しかし、諸葛玄はまもなく失職し、旧知の劉表《りゅうひょう》に身を寄せた。この縁で、諸葛亮は叔父の死後も荊州に留まり、隠遁生活をつづけるが、荊州の土着豪族である黄承彦《こうしょうげん》(一四二頁参照)が惚れ込んで、娘(不器量だが頭がいいことで知られる)と結婚させるなど、逸材ぶりはつとに有名だった。

諸葛亮(清代の南薫殿本)

さて、劉備の真情あふれる「三顧《さんこ》の礼《れい》」に感動した諸葛亮は、初対面の劉備に向かって、かねてから胸中深く秘めた、「天下《てんか》三分《さんぶん》の計《けい》」を説きはじめる。ちなみに、「諸葛亮伝」も大筋の経緯は同様だが、「三顧」という言葉は出てこない。『正史三国志』で、この言葉がはじめて使われるのは、諸葛亮の「出師《すいし》の表《ひょう》」(三一二頁参照)においてである。

曹操勢不及袁紹、
而竟能克紹者、
非惟天時、
抑亦人謀也。

曹操《そうそう》は勢《いきお》い袁紹《えんしょう》に及《およ》ばざるに、
竟《つい》に能《よ》く紹《しょう》に克《か》つは、
惟《た》だに天《てん》の時《とき》に非《あら》ず、
抑《そもそ》も亦《ま》た人《ひと》の謀《はかりごとなり》也。

（第三十八回）

曹操が、勢力では袁紹《えんしょう》におよばなかったにもかかわらず、けっきょく打ち勝ったのは、ただ天の時を得たというのみならず、そもそもこれまた人間の立てた計略によるものです。

ようやく諸葛亮と会談する機会を得た劉備は真摯《しんし》かつ率直に、今後、自分はどうすべきかとたずねかけた。これに対して、諸葛亮はまずこう語り、滔々《とうとう》と自説を述べ始める。その説はあらまし以下のとおり。

すぐれた計略によって強敵袁紹《えんしょう》を打ち破った曹操は、今や百万の軍勢を擁し天子の後

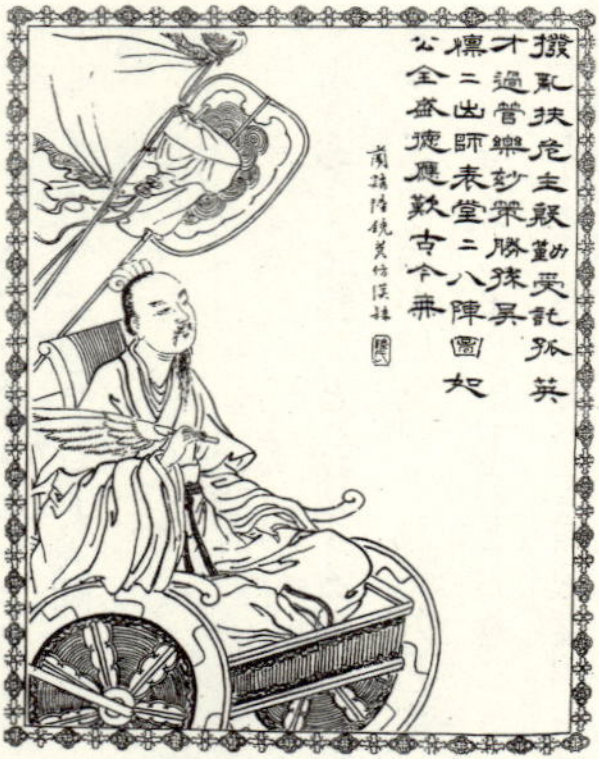

諸葛亮(『増像全図三国演義』)

見人となって北中国を支配している。これは対等に戦える相手ではない。また、孫権《そんけん》は三代にわたって江東(長江下流域)を支配し、その勢力は確固としている。これは味方にすべきで敵にまわしてはならない。北中国と江東が曹操と孫権におさえられている以上、将軍(劉備)に残されているのは、この荊《けい》州と益《えき》州(蜀すなわち四川省)だけだ。荊州の支配者劉表は余命いくばくもなく、益州の支配者劉璋《りゅうしょう》は暗愚で問題にならない。

こうして理路整然と天下の形勢を論じ、劉備に残された道は荊州と益州に依拠することしかないと、明確に指摘したあと、諸葛亮は、「まず荊州を略取して根拠地とし、ひきつづいて西川《せいせん》(益州)を略取して基盤を固め、鼎《かなえ》の足(天下三分《さんぶん》)の形勢を作ってから、中原《ちゅうげん》を攻められるべきです」と述べて、自説を締めくくる。

これは、荊州と益州に劉備を依拠させ、天下統一を射程に入れた三国分立へもってゆこうとする、まことに壮大な「天下三分の計」構想である。これを聞いた劉備は文字どおり目からウロコ、諸葛亮の出馬を懇望するにいたる。

吾受劉皇叔三顧之恩、
不容不出。
汝可躬耕於此、
勿得荒蕪田畝。
待我功成之日、
即当帰隠。

吾《わ》れ劉皇叔《りゅうこうしゅく》の三顧《さんこ》の恩《おん》を受《う》け、
容《まさ》に出《い》でざるべからず。
汝《なんじ》は躬《みずか》ら此《ここ》に耕《たがや》し、
田畝《でんぽ》を荒蕪《こうぶ》するを得《う》る勿《な》からしむ可《べ》し。
我《わ》れの功成《こうな》る日《ひ》を待《ま》ちて、
即《すなわ》ち当《まさ》に帰隠《きいん》すべし。

私は劉皇叔から三顧の恩義を受け、出馬せざるをえなくなった。おまえはみずからここで農耕に励み、くれぐれも田畑を荒れさせてはならんぞ。功業を成し遂げたあかつきには、私はきっとここに帰って来るだろう。

（第三十八回）

劉備に出馬を懇望された諸葛亮は逡巡のあげく、ついに決断し、「犬馬の労を尽くさ

三分を定めて（諸葛）亮　草廬を出(い)づ

せていただきます」と答える。『正史三国志』には明記されていないが、『演義』ではこれを建安一三年（二〇八）正月のこととする。ときに、諸葛亮二八歳。劉備は二十も上の四八歳だった。

上記の言葉は、劉備に仕える決意をした諸葛亮が臥龍岡《がりょうこう》の草廬《そうろ》を立ち去るにあたり、弟の諸葛均に言い残したものである。しかし、諸葛亮はついにこの草廬にもどることはなかった。彼は劉備の軍師として八面六臂《はちめんろっぴ》の大活躍をつづけ、この六年後の建安一九年（二一四）には念願の蜀攻略を果たし、さらにその七年後（二二一）には、蜀王朝を立てて劉備を皇帝にまで押し上げ、まがりなりにも「天下三分の計」を実現させることになる。

さらに、劉備の死後も、諸葛亮は、蜀の建興《けんこう》一二年（魏の青龍《せいりゅう》二年。二三四）、五四歳で、五丈原《ごじょうげん》において陣没するまで北伐を繰り返し、曹氏の魏に挑戦しつづけた。けっきょく草廬を去ってから二十六年にわたり、諸葛亮は寸土ももたない劉備に賭け、知力の限りを尽くして天下を動かし、比類のない名軍師としてみごとに生きたのである。隠遁の夢は果たされなかったけれども、もって瞑《めい》すべしといえよう。

主公求賢若渇、　主公《しゅこう》は賢《けん》を求《もと》むること渇《かっ》するが若《ごと》く、
不記旧恨。　旧恨《きゅうこん》を記《しる》さず。
況各為其主、　況《いわ》んや各《おの》おの其《そ》の主《しゅ》の為《ため》にすれば、
又何恨焉。　又《ま》た何《なん》ぞ焉《こ》れを恨《うら》まん。

主公《との》は喉《のど》が渇いた者が水を欲するように賢者を求めておられ、昔の恨みを根に持たれない方であり、ましてや主君のためにしたことなのだから、恨みになぞ思われるはずがない。

（第三十八回）

劉備が諸葛亮を得たころ、建安一三年（二〇八）春、孫権は江夏《こうか》（湖北省新州県北）に駐屯する、父の仇黄祖《こうそ》（四八頁参照）の征伐に向かおうとしていた。実は、この五年前（建安八年）にも、孫権は黄祖を攻撃したが、配下の部将凌操《りょうそう》が黄祖の部将甘寧《かんねい》に射《い》殺されて、戦況不利となり、やむなく退却した苦い経験があった。

今回の黄祖征伐にさいし、配下の意見が割れて孫権が決断しかねているところに、部将の呂蒙《りょもう》が耳よりの情報を伝える。黄祖の部将甘寧が尽力しても報いられないため降伏を望んでいる。しかし、凌操を射殺した件で、恨まれているのではないかと心配しているので、上記のように告げ、安心させたとのことだった。

孫権は大いに喜び、甘寧を呼び寄せて降伏を受け入れ、意見を聞いたうえで、黄祖攻撃に向かった。この戦いで、甘寧は黄祖の首を斬り取る殊勲をあげ、孫権は父の仇討ちを果たしたうえ、長江中流域へ進出する足がかりを得た。殊勲をあげた甘寧はその後、呉軍の中核的部将の一人となる。しかし、甘寧に射殺された凌操の息子凌統《りょうとう》は納得せず、彼の甘寧への恨みが解けるには、まだまだ長い時間がかかる。

孫権　江を跨いで黄祖と戦う

上記の呂蒙の言葉にある、「主公は賢を求むること渇するが若《ごと》く」という表現は、『演義』世界でしばしば見られるものであり、一四七頁にあげた諸葛亮の弁論のなかにも、「将軍（劉備）は……賢を思うこと渇するが如く」という表現がある。

吾得孔明、
猶魚之得水也。

吾《わ》れ孔明《こうめい》を得《え》たるは、
猶《な》お魚《うお》の水《みず》を得《え》たるがごとし。

私が孔明《こうめい》を得たのは、魚が水を得たようなものだ。

（第三十九回）

諸葛亮が新野《しんや》に来てからというもの、劉備は彼を敬愛し師として待遇した。嫉妬した義兄弟の関羽・張飛は不機嫌になり、劉備に向かって「孔明は若造だ。……兄貴はやつを大事にしすぎだ。それにやつのほんとうの腕前もまだ見ていないじゃないか」などと、文句を言う。上記は、これに対する劉備の答えである。劉備になだめられた二人は、完全に納得したわけではないが、以後、表立って文句は言わなくなる。親密度の高い交際を「水魚の交わり」というのは、このときの劉備の言葉に由来する。この言葉はもともと「諸葛亮伝」に見えるものである。

さて、劉備の絶大な信頼を得た諸葛亮は曹操軍の南下を警戒し、三千の民兵を集めて実戦訓練をはじめる。その矢先、猛将夏侯惇《かこうとん》が十万の軍勢をひきいて、新野めざして攻め寄せて来るとの知らせが入る。実は、軍師の荀彧《じゅんいく》と徐庶《じょしょ》（一三九頁参照）は劉備と諸葛亮を甘く見てはならないと、拙速に新野を攻撃することに反対した。しかし、功を焦る夏侯惇は「諸葛亮はゴミみたいなものだ」などと強気な発言をし、曹操の許可を得て、自信満々、出陣して来たのだった。

夏侯惇の攻撃を前にした劉備が諸葛亮に相談したところ、諸葛亮は関羽と張飛が指示に従わないことが懸念されるので、全権をゆだねられた総帥であることを示す剣と印を貸してもらいたいと言う。むろん劉備は即刻、剣と印を貸し与え、これを見た関羽・張飛は不快感を抑えて、「しばらく言うことを聞いて、お手並み拝見といこうじゃないか」と語り合った。諸葛亮はいかなる「お手並み」を見せたか。これについては次項参照。

夏侯惇（『増像全図三国演義』）

運籌帷幄之中、

決勝千里之外。

籌《はかりごと》を帷幄《いあく》の中《うち》に運《めぐ》らし、

勝《か》ちを千里《せんり》の外《そと》に決《けっ》す。

陣幕のうちで計略をめぐらし、はるか千里の外における勝利を決する。

（第三十九回）

劉備から剣と印を貸し与えられ、指揮権を得た諸葛亮は、夏侯惇《かこうとん》軍を火攻めにかけるべく、関羽・張飛・趙雲さらには劉備に綿密な指示を与えた。すると、関羽は自分たちが出撃している間、軍師（諸葛亮）はどうされるのかと聞く。諸葛亮がこの県城（新野《しんや》城）を守備すると答えると、張飛は「われらがみな死にもの狂いで合戦している間、おまえはなんと家のなかでじっとしているのか。けっこうな話だ」となじった。

上記は、このやりとりを聞いていた劉備が関羽と張飛に、軍師諸葛亮の役割を説いて聞かせた言葉である。これは『史記』「高祖本紀」に、「夫《そ》れ籌《はかりごと》を帷幄《いあく》の中に運《めぐ》らし、勝《か》ちを千里の外に決するは、吾《わ》れ（高祖 劉邦《りゅうほう》）子房《しぼう》（軍師の張良《ちょうりょう》のあざな）に如《し》かず」と、あるのにもとづく。

関羽・張飛のみならず諸将も半信半疑だったが、まずは諸葛亮の指示に従い配置についた。夏侯惇軍が新野の北方、博望坡《はくぼうは》に攻め寄せるや、劉備軍の諸将は夏侯惇軍に壮絶な火攻めをかけた。夏侯惇軍は総崩れとなり、軍師諸葛亮のデビュー作戦はみごと図に当たったのである。

関羽と張飛は新野に凱旋する途中、小さな車に乗った諸葛亮に出会う。二人は車中に端座する諸葛亮の姿を見た瞬間、思わず馬から下り平伏する。新入りの若き軍師諸葛亮と劉備軍団きっての古兵であり、歴戦の猛将たる関羽・張飛の間に、固い信頼関係が成立した瞬間である。関羽・張飛は劉備と同世代だから、諸葛亮より二十も年が上だ。そんな彼らを心服させたのだから、諸葛亮がいかに傑出した軍師だったか、知れようというものだ。

諸葛亮　博望に屯(じんや)を焼く

破巣之下、
安有完卵乎。

破巣《はそう》の下《した》、
安《いず》くんぞ完卵《かんらん》有《あ》らん。

壊れた巣の下に、つぶれない卵なぞあるはずがない。

（第四十回）

諸葛亮に翻弄された夏侯惇が許都に逃げ帰ると、曹操は劉備と孫権を滅ぼすべく、大軍をひきいて江南征伐を敢行する決断を下す。このとき（建安一三年夏）、孔融《こうゆう》（三五・六〇頁参照）は正面切って反対し、曹操を立腹させた。のみならず、曹操のもとを退出した後、「不仁の極みの者（曹操）が仁の極みの人（劉備）を討伐すれば、負けるに決まっている」とつぶやいたのを、彼に敵意を持つ郗慮《ちりょ》なる人物に知られてしまう。郗慮はさっそく曹操のもとに駆けつけてご注進におよび、激怒した曹操は即刻、孔融を逮捕した。

この知らせが孔融の家に届いたとき、幼い二人の息子は将棋を指していた。家臣が逃げるようにうながすと、彼らは上記のように言い、落ち着きはらっていた。案の定、まもなく孔融の家族全員が逮捕・連行され、二人の息子も斬殺された。孔融は曹操に向かって諷刺的言辞を弄することが多く、曹操もついに堪忍袋の緒が切れたのであろう。こうして孔融を処刑したあたりから、曹操は堪《こら》え性《しょう》がなくなり、酷薄さをむきだしにするようになる。

ちなみに、利発な孔融の息子の話は、もともと『世《せ》説新語《せつしんご》』「言語篇」および『後漢《ごかん》書《じょ》』「孔融伝」に見える。もっとも、「孔融伝」ではこれを兄弟ではなく兄妹だとする。七歳の妹は処刑されるとき、九歳の兄に、「死んだらお父さんやお母さんに会えます。それこそ望むところじゃないの」と言いつつ、首斬り役人に首をさしのべ、顔色も変えなかったという。この恐るべき少女像を描いた「孔融伝」のほうが、話としては面白いかも知れない。

孔融(『増像全図三国演義』)

吾兄臨危託孤于我。
今若執其子而奪其地、
異日於九泉之下、
何面目復見吾兄乎。

吾《わ》が兄《あに》は危《あや》うきに臨《のぞ》んで孤《こ》を我《わ》れに託《たく》す。
今若《いまも》し其《そ》の子《こ》を執《と》らえて其《そ》の地《ち》を奪《うば》わば、
異日《いじつ》 九泉《きゅうせん》の下《した》に於《お》いて、
何《なん》の面目《めんぼく》もて復《ま》た吾《わ》が兄《あに》に見《まみ》えん。

兄上(劉表《りゅうひょう》を指す)は危機に臨んで、遺児を私に託されたのだ。
今、ご子息を捕らえて領土を奪えば、将来、冥土に行ったとき、
どうして兄上に顔向けできようぞ。

(第四十回)

曹操が五十万の大軍をひきい江南進撃を開始した矢先、荊州の支配者劉表《りゅうひょう》は死亡した。死の直前、劉表は江夏に駐屯中の長男劉琦《りゅうき》を後継者に指名する旨、遺言状をしたためた。しかし、後妻の蔡《さい》夫人は弟の蔡瑁《さいぼう》らと結託してすばやく手をうち、遺言状を偽造、実子の劉琮《りゅうそう》を後継者に仕立ててしまう。まもなく曹操軍が攻め寄せるとの知らせが入り、

蔡瑁らは他の重臣の反対を押し切って、荊州をあげて曹操に降伏する決定を下す。

新野にいた劉備は何も知らされず、関羽が曹操のもとに降伏書を届けた使者を捕らえ、やっと降伏の情報をつかむありさまだった。おりしも、江夏の劉琦のもとから旧知の伊《い》籍《せき》(一三三頁参照)が訪れる。伊籍は劉備に、劉琮とその一族郎党を一網打尽にし、荊州を奪取すべきだと進言し、諸葛亮も同調する。上記はこれに対して劉備が述べた反論である。

仁愛と義理固さを旨とする劉備らしい決断ではあるが、曹操軍が目前に迫っているおりから、悠長なことは言っていられない。劉備は諸葛亮と相談し、即刻、新野を撤退して南下、ひとまず樊城《はんじょう》(湖北省襄樊市。襄《じょう》陽《よう》のすぐ北)に向かうこととする。かくして、諸葛亮は曹仁《そうじん》の追撃をくいとめるべく、諸将に指示して空城となった新野に曹仁を誘い込んで火攻めをかける。

諸葛亮　火もて新野を焼く

この作戦も図に当たり、曹仁をこてんぱんに撃破して、劉備一行はめでたく樊城に入る。とはいえ、曹操の本隊は無傷であり猛追撃をかけてくるに相違ない。劉備一行は席の暖まる暇もなく、樊城からさらに南の江陵《こうりょう》(湖北省沙市《さし》市)をめざし、必死の逃避行を開始するにいたる。

挙大事者必以人為本。
今人帰我、奈何棄之。

大事《だいじ》を挙《あ》ぐる者《もの》は必《かなら》ず人《ひと》を以《もっ》て本《もと》と為《な》す。
今《いま》人《ひと》の我《わ》れに帰《き》すに、奈何《いかん》ぞ之《こ》れを棄《す》てん。

大事を行おうとする者は、必ず人間を基礎とする。
今、人々は私を頼りにしているのだ。どうして見捨てられようか。

（第四十一回）

劉備一行は樊城《はんじょう》を放棄し江陵へ向かう途中、すでに曹操に降伏した劉琮《りゅうそう》が立てこもる襄陽を通過した。劉琮の叔父、蔡瑁《さいぼう》らが城壁の上から矢を乱射して劉備の入城を阻止したため、劉備はあえて城内に入らず、そのまま江陵に向かう。このとき、劉備には将兵のほかに、曹操の進撃を恐れる新野と樊、さらには襄陽の住民が十万以上もつき従っており、一日に十里余りしか移動できない。このままでは曹操に追いつかれるのは目に見えている。

上記は、民衆を棄てて先を急ぐべきだとする部将たちに向かって、劉備が言った言葉である。仁君劉備の面目躍如たる発言といえよう。付言すれば、「先主伝」の記述もほぼこれと同様であり、この言葉もすでに見えている。

危機を目前にした劉備は、関羽を江夏《こうか》に駐屯する劉琦《りゅうき》のもとに派遣、救援を依頼する一方、張飛を後詰めにして追撃にそなえ、趙雲に家族を守らせて、多数の民衆を引き連れ、ゆるゆると江陵に向かった。しかし、その途中、当陽《とうよう》の長坂《ちょうはん》(湖北省当陽市西南)まで来たとき、ついに曹操軍に追いつかれてしまう。たちまち凄まじい白兵戦となり、劉備主従はちりぢりになって激しく戦いながら、必死で逃げた。この長坂の戦いで、もっともめざましい奮戦ぶりを示したのは趙雲(次項参照)と張飛(一六七頁参照)である。

劉玄徳　江夏に敗走す

ちなみに、曹操に降伏した劉琮と母の蔡夫人は曹操が襄陽に入城した後、けっきょく殺害された。臆病風にふかれてむざむざ命を落としたのだから、愚かの極みというほかない。

為汝這孺子、
幾損我一員大将。
汝《なんじ》這《こ》の孺子《じゅし》の為《ため》に、
幾《ほと》ど我《わ》が一員《いちいん》の大将《たいしょう》を損《そこな》えり。
この小僧め、おまえのために、あやうく私の大事な大将を失うところだった。
（第四十二回）

長坂《ちょうはん》で曹操の大軍に追いつかれた劉備は、精鋭二千余りを率いて迎え撃ったが、多勢に無勢、張飛が血路を開いてくれたおかげで、ようやく戦場から脱出する始末。気がついてみれば、従っているのは百騎余り、家族も趙雲も行方不明だった（諸葛亮は激戦が始まる直前、江夏へ行ったきり音沙汰のない関羽を案じ、みずから江夏へ救援を求めに向かった）。

このとき、趙雲は激戦のさなかで、劉備の二夫人（甘《かん》夫人・糜《び》夫人）と小主人《わかぎみ》の阿斗《あと》を見失い、必死で行方を捜していた。まず甘夫人を捜し当てた趙雲は、彼女を長坂橋に陣取る張飛に渡すや、戦場にとって返す。突撃を繰り返すうち、深傷《ふかで》を負いつつも、阿斗をしっかり抱いている糜夫人を発見するが、足手まといになるのを恐れた糜夫人は趙雲

長坂坡に　趙雲　主(あるじ)を救う

の制止をふりきり、井戸に身を投げ自殺してしまう(阿斗は甘夫人が生んだ子であり、糜夫人の実子ではない)。

かくして、趙雲は阿斗を懐に抱きかかえつつ、死にもの狂いで敵の包囲網を突破し、劉備とめぐりあうことができた。趙雲が宝物のように懐から阿斗を取り出し、劉備に渡した瞬間、劉備は阿斗を地面に投げつけ、上記の言葉を吐くのである。趙雲はわが子より大将たる自分を大切だとする劉備の厚情に感激し、「肝脳《かんのう》を地に塗《まみ》れさせても、このご恩に報いることはできません」(九三頁参照)と、感涙にむせぶのだった。

ちなみに、「趙雲伝」にも、趙雲が阿斗を抱いて危機を脱したという記述が見える。しかし、ここにあげた場面や言葉は見えず、興趣を盛りあげるための『演義』の創作である。

燕人張翼徳在此。　燕《えん》人《ひと》張翼徳《ちょうよくとく》　此《ここ》に在《あ》り。

燕人張翼徳《ちょうよくとく》ここにあり。

（第四十二回）

曹操の大軍の追撃をくいとめるべく、張飛がただ一人、長坂橋《ちょうはんきょう》に陣取っているところに、曹操軍が押し寄せて来る。張飛が雷鳴のような声で、「我れは乃《すなわ》ち燕人張翼徳《ちょうよくとく》なり」と名乗りをあげるや、曹操軍の者はみな脅えて、ワナワナと足をふるわせた。曹操自身も怖気づいた瞬間、張飛はいちだんと声を張り上げ、上記のように「燕人張翼徳　此に在り。誰か敢《あ》えて我《わ》れと一死戦を決せんや（命がけで勝負する者はおらんのか）」と怒鳴った。曹操はその凄まじい気迫に恐れをなし、退却しようという気になる。曹操軍の後方部隊が移動しはじめたのを見た張飛は、矛をかまえて「戦うでもなく、退くでもないとは、どういうわけだ」とどやしつける。その瞬間、曹操の側にいた夏侯傑《かこうけつ》は恐怖のあまり落馬し、曹操をはじめ将兵はワッと逃げ出す。

張飛はこうして裂帛《れっぱく》の気合いをこめて三度、怒鳴りつけることによって、たった一人で曹操の大軍を撃退し、劉備一行の退路を確保した。なんとも凄まじい迫力というほかない。『演義』第四十二回は、この長坂橋における張飛の剛勇ぶりを次のように歌っている。

長坂橋頭　殺気生じ
鎗《やり》を横たえ馬を立て　眼は円《まる》く睜《みは》れり
一声　好《さ》も似たり　轟雷《ごうらい》の震えしに
独《ひと》り曹家百万の兵を退《しりぞ》かしむ

長坂橋のたもとに殺気が生じ、
鎗を横たえ馬を立てて　眼をカッと見開く。
大喝一声　天地を震わせる雷鳴さながら、
百万の曹操軍はもうこれだけでたじたじ。

この張飛と前項で述べた趙雲の大奮戦により、虎口を脱した劉備一行の逃避行はつづく。

劉玄徳[張翼徳]　水に拠りて橋を断つ

鵬飛万里、

其志豈群鳥能識哉。

鵬《おおとり》は万里《ばんり》を飛《と》び、

其《そ》の志《こころざし》 豈《あ》に群鳥《ぐんちょうよ》能く識《し》らんや。

鵬《おおとり》は万里のかなたへと飛翔しますが、多くの鳥にはその志がわからないものです。

(第四十三回)

長坂の戦いにおける絶体絶命の危機を脱した劉備一行は、逃避行の途中、軍勢や船団をひきいて救援に来た関羽、諸葛亮、および劉表の長男劉琦《りゅうき》とめぐりあう。かくて曹操軍の追撃をふりきり、劉琦の駐屯する江夏《こうか》へ向かう。

一方、孫権も窮地に立っていた。荊州の軍勢を吸収、公称百万の大軍をひきいて、長江沿いに進撃中の曹操から、降伏を求める手紙が届けられたのである。主戦論者のブレーン、魯粛《ろしゅく》は江夏の劉琦のもとに出向き、劉備を説得して味方につけるべきだと提案、孫権の許可を得た。たがいに相手を味方にしたいと考える魯粛と諸葛亮の話合いは順調に進み、魯粛は諸葛亮を伴って孫権の駐屯地柴桑《さいそう》(江西省九江市西南)にもどった。

諸葛亮　群儒と舌戦す

実はこのとき、孫権陣営では、行政責任者の張昭《ちょうしょう》を筆頭に、文官の大半は降伏論者だった。諸葛亮はこうした重臣連中と対面するや、三寸不爛《ふらん》の舌をふるって次々に論破する。上記は、張昭が諸葛亮に、自分自身を管仲《かんちゅう》や楽毅《がくき》になぞらえるわりには、劉備の軍師として実績があがっていないと、意地悪く指摘したのに対し、諸葛亮が舌鋒鋭く言い返した言葉である。これは「燕雀安《いず》くんぞ鴻鵠《こうこく》の志を知らんや」(一六頁参照)と、共通した意味をもつ。

多言獲利、
不如黙而無言。

多言《たげん》して利《り》を獲《え》るは、
黙《もく》して言無《げんな》きに如《し》かず。

多言して利益を得ることは、黙って何も言わないことにおよばない。

（第四十三回）

張昭ら文官が、諸葛亮と舌戦を展開し、次々に論破されたとき、孫権の父孫堅《そんけん》の代から仕える宿将黄蓋《こうがい》が登場、文官一同を叱りつける。「孔明どのは当代の奇才だ。……曹操の大軍が国境に迫っているのに、敵を撃退する方法を考えず、いたずらに議論をふっかけるとはなにごとか」。孫権配下の文官には降伏論者が多く、武官には主戦論者が多かった。攻城野戦に明け暮れた老将、黄蓋はむろん後者である。文官を威嚇したあと、黄蓋は上記のように言い、多弁を弄するよりは、孫権と直接、話し合ったほうがよいと勧め、諸葛亮を孫権のもとに案内する。

これよりさき、魯粛は諸葛亮に対して、孫権を戦う気にさせるために、曹操の兵の多

諸葛亮　智もて孫権を激す

さに言及しないよう注意していた。しかし、孫権と対面した諸葛亮は、「この人物は風貌が非凡だ。挑発することはできるが、説得することは不可能だ」と見てとり、故意に曹操の強大さを述べたてて、孫権の対抗心を煽る。この挑発に乗せられた孫権はいったんはむかっ腹を立てるが、やがて諸葛亮の真意がわかり、腹を打ち割って話し合った結果、劉備と手を結んで曹操と戦う決意を固める。

ところが、張昭ら文官がこぞって反対したため、孫権は最後の決断を下すことができない。そのとき、呉《ご》国太《こくたい》(孫権の亡母の妹)から周瑜《しゅうゆ》に相談するよう助言され、孫権はさっそく鄱《は》陽《よう》(江西省波陽県東北)に駐屯中の周瑜を呼び寄せる。周瑜の登場によって、局面は一気に転換する。

江東自開国以来、今歴三世。
安忍一旦廃棄。

江東《こうとう》は開国《かいこく》自《よ》り以来《いらい》、今《いま》に三世《さんせい》を歴《へ》たり。
安《いず》くんぞ一旦《いったん》にして廃棄《はいき》するに忍《しの》びんや。

江東は開国以来、今に至るまで三代を経ているというのに、
どうして一朝にして放棄することができましょうか。

（第四十四回）

周瑜は当初、降伏論に傾いていたが、諸葛亮に曹操の江南攻略の目的は、「二喬《にきょう》」と呼ばれる美女姉妹を得ることにあると挑発されるや、逆上する。実は、「二喬」の姉娘は亡き孫策《そんさく》の妻、妹娘は周瑜の妻だったのである（九九頁参照）。こうして諸葛亮に挑発された周瑜は、一転して主戦論の急先鋒となる。以上は、諸葛亮に肩入れするあまり、ライバルの周瑜に道化の役回りをふりあてる『演義』の描写であり、「周瑜伝」などに見える史実では、周瑜は終始一貫、筋金入りの主戦論者であり、一度も降伏論に傾いたことはない。

それはさておき、『演義』世界の周瑜は、主戦論に転じるや、まず降伏論に固執する

周瑜　計を定めて曹操を破る

張昭《ちょうしょう》を論破する。上記は、張昭の降伏論を「世事にうとい儒者の意見」だと手厳しく批判したあと、周瑜が述べた言葉である。こうして張昭をやりこめたうえで、周瑜は孫権に対し、遠来の曹操軍は水戦に不慣れであること、江南の風土に適応できず病気になる兵士が多いこと等々により、いくら多勢であっても敗北するに相違ないと、きっぱり言い切る。

これで大いに意をつよくした孫権はいきなり腰の剣を抜くや、前にあった机の一角を切り落とし、「今後、また曹操に降伏するなどと言う者がいれば、この机と同じ目にあうぞ」と大見得をきる。かくして、孫権政権はついに曹操との全面対決に踏み切ったのだった。

口似懸河、
舌如利刃、
安能動我心哉。

口《くち》は懸河《けんが》の似《ごと》く、
舌《した》は利刃《りじん》の如《ごと》きも、
安《いず》くんぞ能《よ》く我《わ》が心《こころ》を動《うご》かさんや。

立て板に水の話術、刃のように鋭い舌鋒をふるっても、けっして私の心を動かすことはできないだろう。

（第四十五回）

建安一三年（二〇八）冬、孫権は、周瑜を総司令官、黄蓋《こうがい》・韓当《かんとう》とともに孫堅以来の宿将である程普《ていふ》を副司令官に任命し、水・陸あわせて約五万の軍勢を与えて出撃させた。程普は最初、年下の周瑜が上位であることに不満だったが、その指揮ぶりを見て敬服するようになる。一致団結した呉軍は初戦で、赤壁《せきへき》（湖北省蒲圻《ほき》県西北）に陣どる公称百万の曹操の大軍を打ち負かす。

鋭気を挫かれた曹操が頭を悩ましていると、周瑜の昔馴染みで、今は曹操の幕僚であ

群英会　(周)瑜　蒋幹を智(たばか)る

る蒋幹《しょうかん》が、周瑜を説得し降伏させることができると名乗りでる。かくして、蒋幹は昔話をしに来たという名目で、周瑜を訪れる。上記は、蒋幹の狙いなど百も承知の周瑜が、歓迎の宴をもよおし酔っ払ったふりをして、蒋幹を牽制したさいの発言である。この発言は、自分を認めてくれる主君と出会い、肉親同様の恩愛に結ばれ、禍《わざわい》も喜びも主君とともにする身になれば、どんな論客が出現し、どんなに弁舌をふるっても、「けっして私の心を動かすことはできないだろう」という文脈で述べられている。要は、孫権と私(周瑜)はそんな深い間柄だから、曹操の意を受けて説得しようとしても無駄だ、ということである。

　蒋幹よりはるかに役者が上の周瑜はさらに一芝居うち、降伏後、曹操の水軍の責任者に起用された蔡瑁《さいぼう》と張允《ちょういん》が呉と内通しているかに見せかける。これに引っかかった蒋幹が帰還して曹操にこの旨、報告すると、激怒した曹操は蔡瑁らを処刑してしまう。このあたりは、周瑜の独壇場であり、さしもの老獪な曹操も顔色なしである。

為将而不通天文、
不識地利、
不知奇門、
不暁陰陽、
不看陣図、
不明兵勢、
是庸才也。

将《しょう》と為《な》りて天文《てんもん》に通《つう》ぜず、
地利《ちり》を識《し》らず、
奇門《きもん》を知《し》らず、
陰陽《いんよう》を暁《さと》らず、
陣図《じんず》を看《み》ず、
兵勢《へいせい》に明《めい》ならざれば、
是《こ》れ庸才也《ようさいなり》。

将たる身で、天文に通じず、地の利を識らず、奇門を知らず、陰陽を暁《さと》らず、陣の構えが見抜けず、兵の備えに明るくなければ、凡才です。

（第四十六回）

曹操を罠にかけるほどの知謀の人周瑜《しゅうゆ》も諸葛亮には分が悪く、どんな手を打っても見

諸葛亮　計もて周瑜を伏(ふく)す

抜かれてしまう。周瑜は諸葛亮の抜群の洞察力を警戒し、始末しようと策略をめぐらすが、すべてあっさりいなされてしまう。なかでも、周瑜が十日以内に十万本の矢を調達せよと、無理難題をふっかけたときの、諸葛亮の意表をつく対応は鮮やかというほかない。

このとき、諸葛亮は十日と言わず三日で調達しようと確約、内々で魯粛《ろしゆく》の協力を得て奇想天外な手を打つ。諸葛亮はまず二十隻の快速船と一隻につき三十人の兵士を用意してもらい、約束の三日目の夜、おりしも深い霧が立ちこめるなか、曹操軍の陣取る長江北岸へと船団を発進させる。陣に接近するや、鬨《とき》の声をあげて騒ぎ立てたところ、すわ敵の来襲かと、慌てた曹操軍は雨あられと矢をあびせかけた。その矢はすべて快速船に備えられた乾し草の束に突き刺さり、一隻につき五、六千本にものぼった。こうして諸葛亮はつごう十万本以上の敵の矢を集めると、さっさと退散し、その矢をそっくり周瑜に差し出した。

この矢集め作戦には、諸葛亮の船団の接近をおおい隠す霧が不可欠である。上記は、同船していた魯粛の「どうして今日こんなに深い霧になると、おわかりになったのか」という質問に対する、諸葛亮の答えである。『演義』世界の諸葛亮は、この後、火攻めに不可欠な東南風を祈禱によって吹きおこすなど、「赤壁の戦い」のくだりでは、単に優秀な「将」であることを超えて、風を呼び雨を降らす超能力者、魔術師のイメージがつよい。

背主作竊、主《しゅ》に背《そむ》きて竊《ぬす》みを作《な》すに、
不可定期。期《き》を定《さだ》む可《べ》からず。

主人に背いて盗みを行う場合には、その期日を決めることはできない。

（第四十七回）

長江南岸に陣取る周瑜は初戦で一勝をあげたものの、その後、戦いは膠着《こうちゃく》状態に入り、戦端を開くことができない。そんなとき、老将黄蓋《こうがい》（一七一頁参照）が周瑜を訪れ、火攻めの計を提案する。二人は密談のうえ、黄蓋が曹操に偽装降伏することになるが、疑り深い曹操を信用させるために、「苦肉の計」を実行することになる。作戦会議の席上で、黄蓋が降伏論を唱えて周瑜と対立し、激怒した周瑜が黄蓋をめった打ちにするというものである。

この「苦肉の計」は真に迫るものだった。打たれた黄蓋が血みどろになり何度も失神するほどだったのだから。やがて親しい友人で参謀の闞沢《かんたく》が見舞いに来て、これは「苦肉の計」だとずばり指摘、二人で話し合った結果、弁のたつ闞沢が曹操のもとに、黄蓋の偽装降伏の手紙を届けることになる。闞沢と会った曹操は、これは「苦肉の計」だと断言し、手紙にも降伏の期日が明記されていない点が怪しいと言う。上記は、この曹操の疑念に対する闞沢の弁明である。裏切るとき、期日を定めておくと、手違いが生じた場合、対応できない。そんなことも知らないのかというわけだ。これを聞いた曹操は一転して、黄蓋の降伏を信用する気になる。

いつもは読みの深い曹操が、この「赤壁の戦い」では、こうして周瑜の詐術にころりと引っかかるなど、案外もろい面を見せている。一方、黄蓋や闞沢をはじめ、呉の老将や参謀は意気軒昂として、委細かまわず曹操に捨て身の攻勢をかけつづける。多勢に無勢の呉軍が、曹操の百万の大軍を殲滅《せんめつ》しえたのは、この気合いと執念によるのかもしれない。

闞沢　密かに詐降の書を献ず

短歌行《たんかこう》　其《そ》の一《いち》

対酒当歌
酒《さけ》に対《むか》いて当《まさ》に歌《うた》うべし
酒を目の前にして歌おう、

人生幾何
人生《じんせい》　幾何《いくばく》ぞ
人生は短いのだ。

譬如朝露
譬《たと》えば朝露《ちょうろ》の如《ごと》し
たとえば朝露のようなもの、

去日苦多
去《さ》る日《ひ》は苦《はなは》だ多《おお》し
みるみる時は過ぎてゆく。

慨当以慷
慨《がい》して当《まさ》に以《もっ》て慷《こう》すべし
気持ちを高ぶらせ　心をふるいたたせよ、

憂思難忘
憂思《ゆうし》　忘《わす》れ難《がた》し
憂鬱の念は払い難い。

何以解憂
何《なに》を以《もっ》てか憂《うれ》いを解《と》かん
何によって憂いを晴らそう、

唯有杜康
唯《た》だ杜康《とこう》有《あ》るのみ
ただ酒あるのみ。

青青子衿
「青青《せいせい》たり　子《きみ》が衿《えり》
「きみが衣の青い衿、

悠悠我心
悠悠《ゆうゆう》たり　我《わ》が心《こころ》」
思いは深きわが心」。

但為君故
沈吟至今
呦呦鹿鳴
食野之苹
我有嘉賓
鼓瑟吹笙
明明如月
何時可掇
憂従中来
不可断絶
越陌度阡
枉用相存

但《た》だ君《きみ》が為《ため》の故《ゆえ》に
沈吟《ちんぎん》して今《いま》に至《いた》る
「呦呦《ゆうゆう》として鹿《しか》は鳴《な》き
野《の》の苹《へい》を食《く》らう
我《わ》れに嘉賓《かひん》有《あ》り
瑟《しつ》を鼓《こ》し笙《しょう》を吹《ふ》く」
明明《めいめい》　月《つき》の如《ごと》き
何《なん》の時《とき》にか掇《と》る可《べ》けん
憂《うれ》いは中従《うちよ》り来《きた》りて
断絶《だんぜつ》す可《べ》からず
陌《はく》を越《こ》え阡《せん》を度《わた》り
枉《ま》げて用《もっ》て相存《あいと》う

ひたすらきみのためにこそ、
今なおずっと独りごつ。
「鹿は呦呦と鳴きながら、
野のヨモギを食《は》む。
私にはすばらしい客人がいるので、
瑟《こと》をつま弾き　笙の笛を吹く」。
皎々《こうこう》と輝くお月さまは、
どうしてもつかみとれない。
憂いが心の底から湧き起こり、
断ち切ることができないでいる。
野越え山越えはるばると、
わざわざ訪ねてくれるとは。

契闊談讌　契闊《けっかつ》して談讌《だんえん》し　苦労話に花を咲かせて、
心念旧恩　心《こころ》に旧恩《きゅうおん》を念《おも》う　古き友情に感謝する。
月明星稀　月明《つきあき》らかに星稀《ほしま》れに　月はきらめき星はまばら、
烏鵲南飛　烏鵲《うじゃく》　南《みなみ》に飛《と》ぶ　カラスやカササギは南へ飛ぶ。
繞樹三匝　樹《き》を繞《めぐ》ること三匝《みめぐり》　木のまわりを空しくぐるぐる、
何枝可依　何《なん》の枝《えだ》にか依《よ》る可《べ》き　羽を休める枝がない。
山不厭高　山《やま》は高《たか》きを厭《いと》わず　山はいくらでも高くなり、
海不厭深　海《うみ》は深《ふか》きを厭《いと》わず　海はいくらでも深くなる。
周公吐哺　周公《しゅうこう》　哺《ほ》を吐《は》きて　周《しゅう》公は食べ物を吐いてまで（面会したため）、
天下帰心　天下《てんか》　心《こころ》を帰《き》す　天下は彼に心を寄せたのだ。

（第四十八回）

曹操の詩「短歌行」（其の一）の全文（詩句は一般に流布するものによる）。これは『演義』

では、赤壁の決戦をひかえた曹操が配下を集めて、船上で宴会を催したさいの作品とされる。ときに建安一三年（二〇八）一一月一五日。

曹操は傑出した軍事家・政治家であり、すぐれた文学者であった。彼は民間歌謡「楽《が》府《ふ》」や、作者未詳の「五言詩」に注目し、これを新しい文学ジャンルとして積極的にとりあげ、個人として最初の「詩人」になった。「高い所に登れば必ず詩を作り、新しい詩ができあがると、管弦に乗せ、すべてメロディーに合う歌詞と成った」（「武帝紀」裴注の『魏書』）とされるように、曹操の詩は即興の作がほとんどであり、しかもすべて歌われたものである。ここにあげた代表作の「短歌行」も例外ではない。付言すれば、「短歌行」は「長歌行」とともに、漢代からある楽府題である。「短歌行」と「長歌行」については、それぞれ人の寿命の長短をテーマにした歌だとするなど、諸説あるが一定しない。

曹孟徳　槊(ほこ)を横たえて詩を賦す

北宋の詩人蘇軾《そしょく》（号は東坡《とうば》。一〇三六―一一〇一）は「赤壁の賦」において、「「月明らかに星稀れに、烏鵲　南に飛ぶ」とは、此れ曹孟徳の詩にあらずや……酒を灑《そそ》いで江に臨み、槊《ほこ》を横たえて詩を賦《ふ》す。固《まこと》に一世の雄なり」と、この詩の一節を引き、曹操の英雄性を絶賛している。

実は、この「短歌行」の制作年代は不明なのだが、蘇軾がこの「赤壁の賦」を著したころには、赤壁の決戦を前にした曹操が、「槊を横たえて」作ったという伝説が流布していたと考えられる。あるいは、晩唐から盛んになった講釈の「三国志語り」において、すでにこうした伝説にもとづく場面が形づくられており、蘇軾はこれを用いたのかもしれない。いずれにせよ、『演義』はめんめんと受け継がれた伝承をふまえて、この「短歌行」を赤壁前夜に配置し、劇的効果を盛りあげるのである。

内容的に見ると、この詩はカギでくくった二箇所のうち、最初の二句は『詩経』鄭風《ていふう》「子衿《しきん》」の冒頭二句を、あとの四句は『詩経』小雅《しょうが》「鹿鳴《ろくめい》」の冒頭四句を、そのまま挿入するなど、いかにも即興の作らしい無造作な面もある。技巧を弄さず、感情の高ぶるままに、人の命は限りあるものだが、くよくよせずに酒を飲んで憂さをはらし、良き人材を得たいものだと、骨気太く歌いあげているところが、剛毅な英雄詩人曹操の持ち味だといえよう。

赤壁の戦い

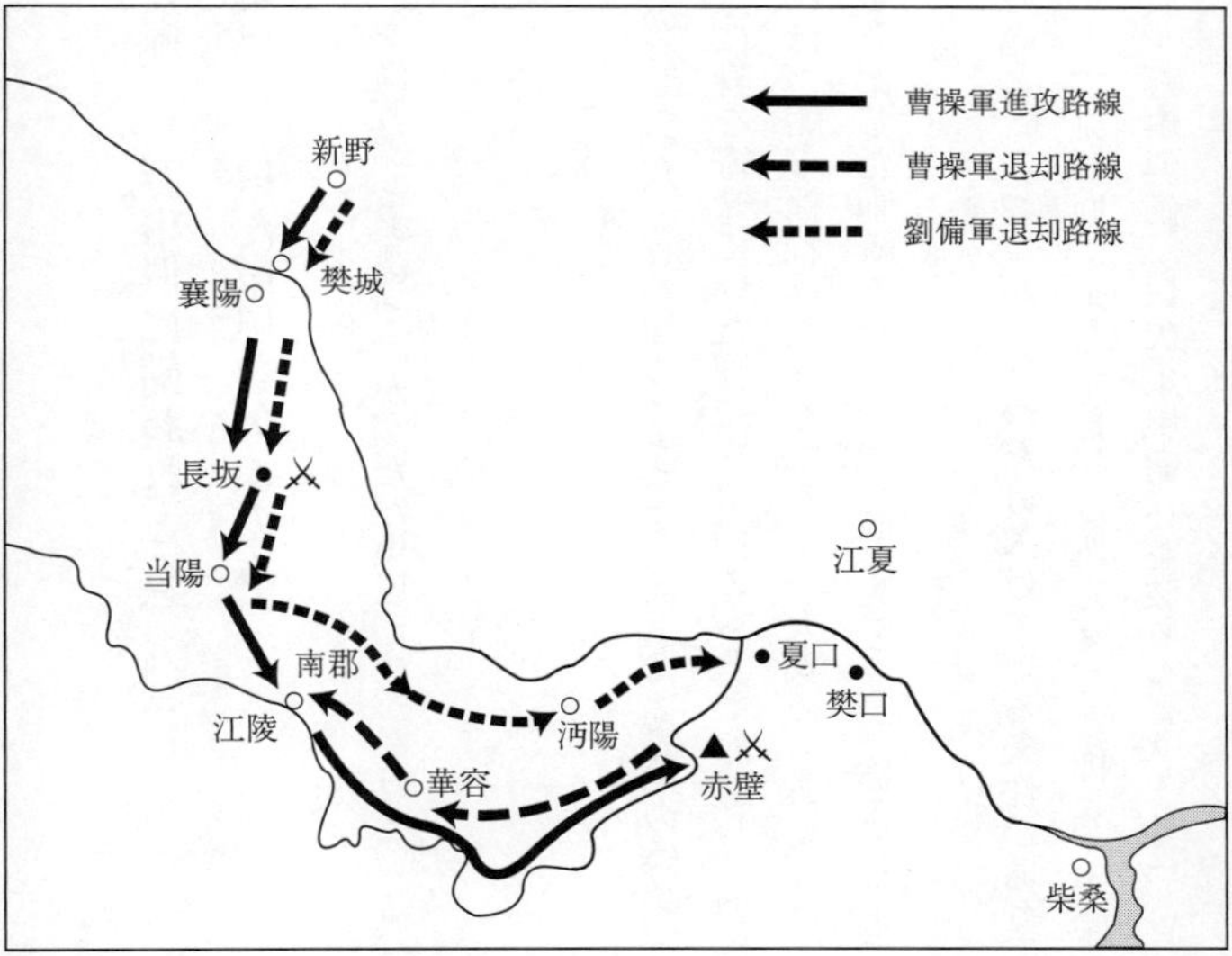

万事俱備、
只欠東風。

万事《ばんじ》倶《とも》に備《そな》われども、
只《た》だ東風《とうふう》を欠《か》くのみ。

準備万端ととのったが、ただ東風だけが欠けている。

（第四十九回）

「苦肉の計」（一八〇頁参照）によって、曹操に黄蓋《こうがい》の偽装降伏を信じさせた周瑜《しゅうゆ》は、さらに、呉に身を寄せていた龐統《ほうとう》を曹操のもとに派遣し、曹操の船を数珠つなぎにさせた。こうすれば、船の揺れは少なくなるが、火攻めにあえばひとたまりもない。この「連環《れんかん》の計」を発案した龐統こそ、伏龍《ふくりゅう》（諸葛亮）と並び称される荊州の逸材「鳳雛《ほうすう》」だった（一三四頁参照）。

準備万端ととのったが、一つだけ欠けている条件があり、思い悩んだ周瑜は病気になってしまう。見舞いに来た諸葛亮は処方箋だと称し、上記の言葉を含む、「欲破曹公、宜用火攻。万事俱備、只欠東風（曹公を破らんと欲すれば、宜《よろ》しく火攻めを用うべし。万事倶に備われども、只《た》だ東風を欠くのみ）」と、十六字を書いて周瑜に見せる（この文の公・攻・風は押韻している）。長江北岸の曹操軍に火攻めをかけるには東南の風が不可欠だが、冬は西風と北風しか吹かない。諸葛亮の読みどおり、これが周瑜の病気の原因だった。諸葛亮は「七星壇《しちせいだん》」を築いて、三日三晩、祈禱をおこない、東南の大風を吹きおこすと、危害を加えようとする周瑜の先手を打って、劉備のいる夏口《かこう》（湖北省武漢市）へと立ち去る。このあたりの諸葛亮は「怪物」的というほかない。

諸葛亮のおかげで条件がととのった周瑜は、まず発火装置を仕込んだ黄蓋の船団に降伏を装わせ、曹操の陣地に突っ込ませた。この瞬間、数珠つなぎになった曹操の水軍基地の船という船はあっというまに燃え上がり、岸辺に燃え移って、あたりは一面火の海となる。こうして公称百万の曹操軍は、周瑜ひきいる呉軍に殲滅《せんめつ》されたのだった。

七星壇に　諸葛　風を祭る

大丈夫以信義為重。

大丈夫《だいじょうぶ》は信義《しんぎ》を以《もっ》て重《おも》しと為《な》す。

りっぱな男は信義を重んじるもの。

（第五十回）

「赤壁の戦い」で呉軍に殲滅《せんめつ》された曹操は手勢をひきい、必死の逃避行を開始する。これを見越した諸葛亮は要所、要所に趙雲、張飛らを配置し、曹操の退路を断とうとする。しかし、曹操と因縁の深い関羽だけは見逃す心配があるとし配置しなかった。そこで関羽は見逃した場合、軍法による処罰を受けると誓約書を書き、最後の要所、華容道《かようどう》（湖北省監利県北）に出陣する。

曹操一行は呉軍の追撃をふりきり、待ちかまえる趙雲、張飛らの攻撃をかわして、華容道にたどりついたとき、五百の突撃隊をひきいた関羽と出くわす。疲労しきった曹操一行にもはや戦う力はない。曹操は関羽に「五関に将を斬るの時、還《ま》た能《よ》く記《き》するや否や（五関の守将を斬ったときのことをお忘れか）」と問いかけ、昔の誼《よし》み（八五・九一頁など参照）を思いだしてほしいと懇願する。

これにつづけて上記のように言い、さらに「将軍は深く『春秋』に明らかなれば、豈《あ》に庾《ゆ》公之斯《こうしし》の子濯孺子《したくじゅし》を追いし事を知らざらんや（将軍は『春秋』に深く通じておいでなのだから、庾公之斯が子濯孺子を追った故事を、まさかご存じないわけはあるまい）」とたたみかける。

春秋時代、衛《えい》と鄭《てい》の両国が戦ったとき、鄭軍の大将、子濯孺子は病気で弓を手にとれなかった。彼の弟子から弓術を学んだことのある衛軍の大将、庾公之斯は病んだ子濯孺子を射《い》殺すに忍びず、鏃《やじり》を抜いた矢を四本放って戦場を離れた。

関雲長　義もて曹操を釈（ゆる）す

曹操の言葉はこの故事をふまえたものである。この曹操の言葉に、関羽は心を揺さぶられ、ついに曹操一行を見逃してしまう。この場面こそ関羽の最高の見せ場であり、『演義』屈指の名場面にほかならない。

大丈夫既食君禄、
当死于戦場、
以馬革裹屍還、幸也。
豈可為我一人、
而廃国家大事乎。

大丈夫《だいじょうふ》　既《すで》に君禄《くんろく》を食《は》めば、
当《まさ》に戦場《せんじょう》に死《し》し、
馬革《ばかく》を以《もっ》て屍《しかばね》を裹《つつ》みて還《かえ》るべくんば、幸《さいわ》い也《なり》。
豈《あ》に我《わ》れ一人《いちにん》の為《ため》に、
国家《こっか》の大事《だいじ》を廃《はい》す可《べ》けんや。

大丈夫たる者、いったん君主の禄を食んだからには、戦場で死に、馬の革で屍をくるまれて帰還してこそ、本懐というもの。私一人のために、国家の大事を廃すべきではない。

（第五十一回）

関羽のおかげで命拾いした曹操は、荊州の拠点南郡《なんぐん》（湖北省沙市《さし》市）に猛将曹仁《そうじん》を駐屯させ、許都《きょと》へ帰還した。かたや、「赤壁の戦い」で奇跡的大勝利を得て、意気あがる周《しゅう》瑜《ゆ》はただちに南郡攻略に向かう。ところが、「赤壁の戦い」の間、傍観し戦力を温存していた劉備もまた、南郡のすぐ南の油江口《ゆこうこう》(湖北省公安県北)に駐留、虎視眈々《こしたんたん》と南郡を狙う構えを示す。むろん軍師諸葛亮の知恵である。トンビに油揚げをさらわれてなるものかと、周瑜は南郡にはげしい攻勢をかけるが、曹仁もさるもの、なかなか攻め落とすことができない。

激戦を繰り返すうち、周瑜は左肘に矢傷を負う。傷は重く、副司令官の程普《ていふ》は退却を提案する。上記の言葉はこのとき周瑜が述べたもの。天才軍事家周瑜の心意気を示す、「戦場で死に、馬の革で屍をくるまれて帰還してこそ、本懐というもの」という一節は、武将たる者の理想的な死に方として、『演義』世界でもしばしば見られる言葉である。

周瑜　南郡に曹仁と戦う

実は、周瑜の傷は痛みはするものの、それほど重くはなかった。そこで、周瑜は傷が悪化して死去したというデマ情報を流して、曹仁をゆだんさせ、首尾よく曹仁軍を敗走させる。やれやれと思ったのもつかのま、いざ南郡に入城しようとすると、なんと周瑜軍が曹仁軍を追撃している隙をつき、諸葛亮の指示を受けた趙雲がいちはやく占拠しているではないか。のみならず、夏侯惇《かこうとん》が駐留していた襄陽《じょうよう》も張飛に占拠される始末。またも諸葛亮にしてやられた周瑜は逆上し、その瞬間、矢傷が破れて気絶してしまう。

馬氏五常、白眉最良。

馬氏《ばし》の五常《ごじょう》、白眉《はくび》最《もっと》も良《よ》し。

馬氏の五常のうち、白眉(馬良《ばりょう》、あざな季常《きじょう》)がいちばんよい。

(第五十二回)

荊州・南郡・襄陽を奪取した劉備は、劉表の元幕僚、伊籍《いせき》(一三三頁参照)から、荊州を長期的に保有するつもりなら、荊州在住の賢明な人物を招聘すべきだと、助言される。上記の言葉は、このとき伊籍が第一番目に推薦した人物を指す。すなわち、「荊襄《けいじょう》の五人の馬《ば》兄弟はみな有能だと名声があります。いちばん年下は名を謖《しょく》、あざな幼常《ようじょう》といい、いちばん聡明な者は眉に白毛がまざっておりまして、名を良《りょう》、あざな季常《きじょう》といいます。郷里では諺を作り、「馬氏の五常《ごじょう》(五人ともあざなに「常」がつくため、こう呼ぶ)、白眉もっとも良し」と称しております。公《との》にはどうしてこの人物を呼んで、相談なさらないのですか」というものである。付言すれば、同類のなかでもっともすぐれた人や物を「白

諸葛亮　傍らより四郡を略す

眉」と称するのは、これにもとづく（もともとは「馬良伝」に見える）。

伊籍の助言に従い、さっそく馬良を呼んで意見を聞いたところ、馬良は荊州南部の武陵《ぶりょう》（湖南省常徳市）・長沙《ちょうさ》（湖南省長沙市）・桂陽《けいよう》（湖南省彬《ひん》県）・零陵《れいりょう》（湖南省永州市）の四郡を征伐し、荊州支配の基礎固めをすべきだと進言する。かくして劉備は関羽・張飛・趙雲らを派遣し、この四郡の制圧にとりかかる。

なお、馬良はこれを機に劉備の傘下に入り、伊籍の発言に見える五常のうち最年少の馬謖は諸葛亮の愛弟子となったが、けっきょく非業の最期を遂げた（三三八頁参照）。

食其禄而殺其主、　其《そ》の禄《ろく》を食《は》みて其《そ》の主《しゅ》を殺《ころ》すは、
是不忠也。　是《こ》れ不忠也《ふちゅうなり》。
居其土而献其地、　其《そ》の土《ど》に居《お》りて其《そ》の地《ち》を献《けん》ずるは、
是不義也。　是《こ》れ不義也《ふぎなり》。

その禄を食《は》みながら主君を殺すのは不忠です。
主君の領地に身を置きながら他人にその領地を献上するのは不義です。

（第五十三回）

荊州南部の四郡の攻略は、劉備・諸葛亮も出陣した零陵《れいりょう》を手始めに、趙雲が桂陽《けいよう》、張飛が武陵《ぶりょう》をそれぞれ降伏させるなど、順調に進んだ。残る長沙《ちょうさ》の攻略には関羽が当たったが、長沙には剛勇無双の老将黄忠《こうちゅう》がおり、さすがの関羽も攻めあぐむ。しかし、対戦をくりかえすうち、いずれ劣らぬ頑固一徹、剛の者たる二人の間に共感が生じる。これに気づいた長沙太守の韓玄《かんげん》は、黄忠を裏切り者呼ばわりして斬ろうとする。

黄忠・魏延　長沙を献ず

このとき、一人の部将が黄忠を救出し、さらに韓玄を一刀両断にして、関羽に降伏した。この部将こそ、元劉表の部将で、荊州が曹操に降伏したあと、韓玄に身を寄せていた魏延《ぎえん》であった(第四十一回)。こうして劉備は長沙も獲得したが、義理堅い老将黄忠は劉備みずから要請してはじめて降伏を受け入れた。以後、黄忠は劉備軍団きっての猛将となり、五虎《ごこ》将軍(関羽・張飛・馬超・黄忠・趙雲)の一人として老いの花を咲かせる。

一方、率先して降伏した魏延がお目通りに来るや、諸葛亮は衛兵に斬れと命令を出す。驚いた劉備がわけを聞くと、諸葛亮は上記のように言い、「魏延は頭のうしろに反骨(突き出た骨)がありますから、先々必ず謀反するでしょう。だから先に斬って、禍根を断つのです」と、言葉を継いだ。劉備のとりなしによって、魏延は一命をとりとめ、以後、劉備軍団の中核的部将として活躍するが、けっきょく諸葛亮の死後、叛旗をひるがえした(三六五頁参照)。やはり諸葛亮に先見の明があったというべきであろう。

願明公威徳加于四海、
総括九州、克成帝業、
使粛名書竹帛、
始為顕矣。

願《ねが》わくは明公《めいこう》の威徳《いとく》四海《しかい》に加《くわ》えられ、
九州《きゅうしゅう》を総括《そうかつ》し、克《よ》く帝業《ていぎょう》を成《な》し、
粛《しゅく》の名《な》をして竹帛《ちくはく》に書《しょ》せしめて、
始《はじ》めて顕《けん》と為《な》らん。

明公《との》がおごそかな徳義を天下四方に施され、九州(天下)を統一されて、帝業を完成され、私の名が竹帛《ちくはく》に記されて、はじめて名誉があがるというものです。

(第五十三回)

曹仁《そうじん》と激戦をくりかえし、ようやく南郡を手中に収めた瞬間、諸葛亮にしてやられた周瑜《しゅうゆ》は、柴桑《さいそう》にもどって矢傷の療養にあたった。一方、孫権は「赤壁の戦い」以後、ずっと合肥《がっぴ》(安徽省《あんきしょう》合肥市西)に駐屯し、張遼《ちょうりょう》・楽進《がくしん》・李典《りてん》を中核とする曹操側の合肥守備軍と十回以上も戦いを交えたが、勝負を決するにいたらなかった。このため、周瑜とともに荊州から退却した程普《ていふ》と魯粛《ろしゅく》は軍勢をひきいて合肥に向かい、孫権の応援にまわる

孫仲謀　合肥に大いに戦う

ことになる。

このとき、魯粛が一足さきに孫権の陣地に到着したところ、なんと孫権は馬から下りて丁重に出迎えたので、人々はびっくり仰天した。すると、孫権がひそかに魯粛に言うことには、「孤《わたくし》が馬から下りて迎えたことで、貴公の名誉はあがったかな」。魯粛は「いや、まだです」と言い、上記のように述べた。ちなみに、「竹帛《ちくはく》」は紙以前の書写の材料、竹簡《ちくかん》(竹の札)と絹を指し、転じて歴史書を意味する。魯粛は、孫権が天下を統一し、その臣下たる自分の名が歴史書に記載されてはじめて、名誉があがると、孫権に発破をかけたのだ。孫権はこれを聞くや、手を叩いて大笑いしたのだった。

魯粛は大言壮語する癖があり、頭の固い文官の張昭らからは大風呂敷だと軽んじられた。しかし、孫権とは最初からウマが合い、厚く信任された。魯粛にはいかにも資産家の御曹司らしい鷹揚なところがあり、激しやすい周瑜からも信頼された。「三国志」世界では、まれに見る大らかなパーソナリティの持ち主だといえよう。

即使斬将搴旗、
威振疆場、
亦偏将之任、
非主公所宜也。

即使《たとい》将《しょう》を斬《き》り旗《はた》を搴《と》り、
威《い》 疆場《きょうえき》に振《ふ》るうも、
亦《ま》た偏将《へんしょう》の任《にん》にして、
主公《しゅこう》の宜《よろ》しくする所《ところ》に非《あら》ざる也《なり》。

敵の大将を斬って旗を奪い取り、戦場で威勢をふるうのは、偏将《へんしょう》(総大将の下の各部隊の将軍)の役割であり、主公《との》のなさるべきことではありません。

(第五十三回)

孫権のもとに程普のひきいる援軍が到着した直後、合肥を守備する曹操軍の三人の大将、張遼・李典・楽進が孫権軍に猛攻をかける。このとき、孫権はみずから戦場に乗り出し、張遼や楽進に攻めかかられるという一幕もあった。やがて曹操軍の攻勢によって、孫権軍は大混乱に陥り、孫権は敗走中に張遼に追撃され、あわやというとき、程普のひきいる援軍に救出される体《てい》たらくだった。

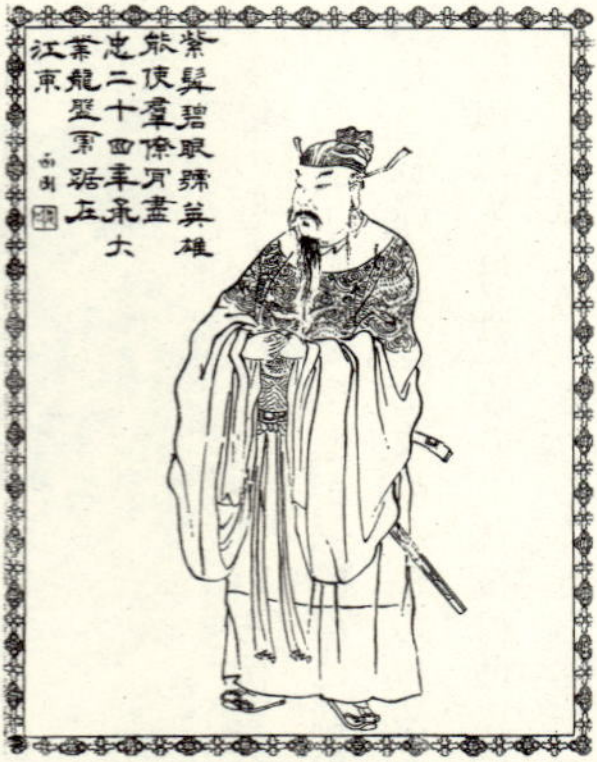

孫権(『増像全図三国演義』)

上記は、ほうほうのていで本陣に帰り着いた孫権に向かって、長史(属官)の張紘《ちょうこう》が述べた言葉である。総大将たる者が軽率に実戦に参加し、勇をふるうべきではないという張紘の苦言に対し、孫権は「孤《わたくし》の失敗だ。今後は改めよう」と言い、反省の色を見せた。

総大将は個人的能力を誇示せず、大局を把握するのが肝要だという張紘の意見は、リーダーの条件を的確に指摘したものといえよう。もっとも、呉の孫氏一族は孫権の父孫堅も兄孫策もいたって血の気が多く、真っ先に戦場に突っ込む攻撃型だった。父や兄に比べれば慎重な孫権にもその血が流れていたのであろう。

為将之道、　将為《しょうた》るの道《みち》は、
勿以勝為喜、　勝《しょう》を以《もっ》て喜《よろこ》びと為《な》す勿《な》く、
勿以敗為憂。　敗《はい》を以《もっ》て憂《うれ》いと為《な》す勿《な》し。

勝利を得ても有頂天にならず、敗北してもがっくりしないのが、将たる者の道だ。
（第五十三回）

合肥《がっぴ》の曹操軍に苦汁を飲まされた孫権は、太史慈《たいしじ》の計略を採用し、勝負をつけようとはかった。その計略は以下のとおり。太史慈配下の戈定《かてい》なる者の兄弟が張遼の馬の飼育係であるため、まず二人で示し合わせて合肥城内に火を放ち、隙を見て張遼を殺害する。太史慈は異変がおこるや、五千の軍勢をひきいて城内に突入する、というものだった。

一方、孫権を敗走させた張遼はその夜、全軍の将兵に武装を解くなと命令した。左右の者が、完勝したのになぜ休息をとらないのかと聞くと、張遼は上記のように答え、勝つてカブトの緒《お》をしめよとばかりに、「今夜はふだんよりいっそう厳重に防備せよ」と

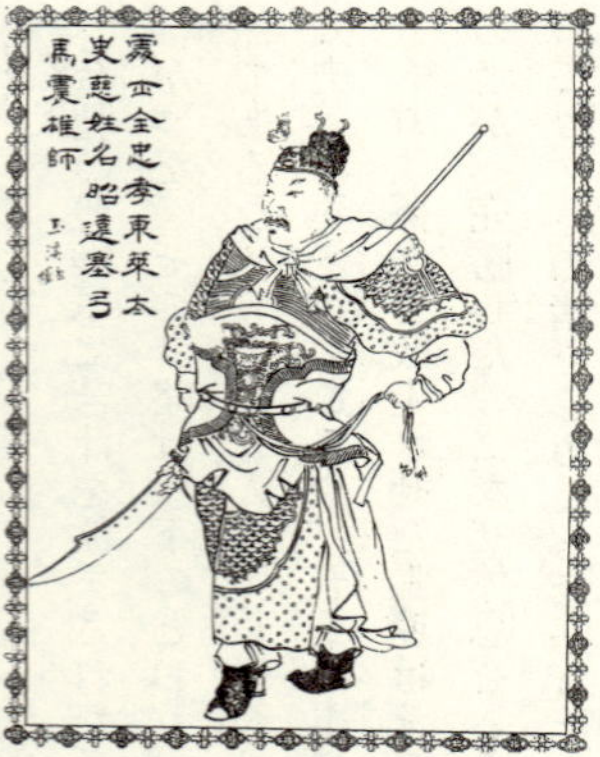

太史慈（『増像全図三国演義』）

命じた。さすが張遼はプロフェッショナルな名将である。案の定、夜になると戈定兄弟は秣《まぐさ》の山に火をつけ「謀反だ」と叫んでまわり、城内は騒然とした。張遼はすばやく戈定兄弟を捕らえ斬り捨てると、わざと城門を開け、吊り橋を下ろして、加勢に来た太史慈軍を城内に誘いこんだ。

太史慈は勇んで突入した瞬間、矢の乱射を浴びて退却、まもなく死去した。死のまぎわ、太史慈は、「大丈夫《だいじょうふ》乱世に生ずれば、当《まさ》に三尺の剣を帯びて不世の功を立つべし。今　志す所未《いま》だ遂げざるに、奈何《いかん》ぞ死せんや（大丈夫たる者が乱世に生きあわせた以上、三尺の剣を帯び、世にも稀なる功績を立ててこそ、本懐というもの。今、本懐を遂げないまま死んでたまるものか）」と絶叫した。孫策との劇的な出会いを経て（四八頁参照）、その傘下に入って以来、中核的部将として奮闘しつづけた太史慈の無念さが伝わってくる言葉である。ときに太史慈四一歳。

呉蜀成婚此水際
明珠歩障屋黄金
誰知一女軽天下
欲易劉郎鼎峙心

呉《ご》・蜀《しょく》 婚《こん》を成《な》す 此《こ》の水際《みぎわ》
明珠《めいしゅ》の歩障《びょうぶ》 屋《ごてん》は黄金《こがね》
誰《たれ》か知《し》らん 一女《いちじょ》 天下《てんか》を軽《かろ》んじて
劉郎《りゅうろう》の鼎峙《ていじ》の心《こころ》を易《か》えしめんと欲《ほっ》す

この水辺にて 呉・蜀の婚礼、珠玉の屏風に黄金《こがね》の御殿。
なんとまあ 天下などより 一人の女性、劉備どの 三分《さんぶん》の志 どこへやら。

（第五十五回）

孫権が合肥から撤退したころ、劉備側が名目上、荊州の支配者に立てていた劉表の長男劉琦《りゅうき》が死去したため、魯粛《ろしゅく》が劉備・諸葛亮を訪れ、呉に荊州を返還するよう交渉する。劉琦が死去したら荊州を返還するという約束をとりつけていたのである。しかし、人のいい魯粛はまたも諸葛亮に言いくるめられ、孫権や周瑜《しゅうゆ》を歯がゆがらせる。おりしも劉備の甘《かん》夫人が死去、周瑜はこれを利用して荊州を返還させる計略を立てる。

劉玄徳　孫夫人を娶る

孫権の異母妹（孫権の亡母の妹、呉《ご》国太《こくたい》の娘）との縁談をエサに、劉備を呉の根拠地南徐《なんじょ》（江蘇省鎮江市）に呼び寄せるというものだった。

諸葛亮は、周瑜の計略など大したことはないと豪語し、趙雲をお供につけて、劉備を南徐に向かわせた。案の定、周瑜の思惑ははずれた。呉国太が劉備を気に入って娘の孫《そん》夫人と結婚させ、孫夫人も勝気で武芸好きだったにもかかわらず、夫婦仲は睦まじかったのである。

あてがはずれた周瑜は方針を転換、劉備に贅沢の味を覚えさせて、諸葛亮らと疎遠になるよう仕向ける。劉備はこれにはまって荊州へ帰る気をなくしてしまう。このあたりの劉備は頼りないことおびただしい。上記の詩はこうして骨抜きにされた劉備の姿を揶《や》揄《ゆ》をこめて歌ったもの。

しかし、この事態をも見越していた諸葛亮の指示で、趙雲は荊州に曹操軍が攻め寄せたと称して、劉備に帰還をうながす。正気づいた劉備は孫夫人に事情を打ち明け、二人そろって南徐を脱出、荊州へ向かう。このとき、激怒した孫権や周瑜が差し向けた追っ手を気迫で撃退したのは、勝気な孫夫人であった。建安一五年(二一〇)正月のことである。

4 三国鼎立の時代

——既に隴を得て、復た蜀を望まんや

如国家無孤一人、

正不知幾人称帝、

幾人称王。

如《も》し国家《こっか》に孤《こ》一人《いちにん》無《な》かりせば、

正《まさ》に幾人《いくにん》の帝《てい》と称《しょう》し、

幾人《いくにん》の王《おう》と称《しょう》するやを知《し》らず。

もし国家にわしという者が存在しなかったならば、

幾人が皇帝と称し、幾人が王と称したか、わからない。

（第五十六回）

建安一五年（二一〇）春、曹操は鄴《ぎょう》（河北省臨漳《りんしょう》県西南）に壮麗な銅雀台《どうじゃくだい》を建造し、竣工の式典を催した。このとき、文官たちは競って曹操の功績を称える詩を献上した。曹操は「わしのことを褒め過ぎている」と言い、あらまし以下のように、しみじみと来し方行く末を述懐する。

若いころ孝廉《こうれん》（学問や徳行にすぐれた者を官吏に推薦し任用する漢代の制度）に推挙され出仕したが、天下大乱に遭遇したため、帰郷して隠遁し、天下太平になれば、また出仕しようと考えていた。しかし、朝廷からお召しがかかったので、賊を討ち手柄を立て、死後、墓の前に「漢の故《もと》征西将軍曹侯の墓」と記されれば、本望だと思うようになった。今は当初の目標を超え、人臣の位を極めたのだから、これ以上、何も望むことはない。

こう述べた後、曹操は上記のように言葉を継ぎ、自分が睨みをきかせているからこそ、天下は治まっているのであり、反逆の意図など毛頭ないと言い切る。とはいえ、反逆の意図がないことを示すべく、今ここで兵権を放棄したなら、国家は危機に瀕するに相違なく、「虚名を慕って現実の禍《わざわい》を招くようなことはできない」と述べて、話を結ぶ。このくだりは、「武帝紀」裴《はい》注の『魏武故事』に記載された「自明本志令《じめいほんしれい》」からとったものであり、上記の言葉もこのなかに見える。曹操がここで述べた青年時代から壮年時代の志は恐らく真実であろう。しかし、老年にさしかかり、権力が強まれば強まるほど、彼の欲望が膨張の一途をたどったこともまた紛れもない事実である。権力は魔的なものだというほかない。

曹操　大いに孔雀台［銅雀台］に宴（うたげ）す

既生瑜、　既《すで》に瑜《ゆ》を生《しょう》じて、
何生亮。　何《なん》ぞ亮《りょう》を生《しょう》ずるや。

私をこの世に生まれさせながら、どうしてまた諸葛亮を生まれさせたのか。
（第五十七回）

劉備が孫《そん》夫人ともども荆州《けい》へ帰還した後、荆州の支配権をめぐり、劉備側と孫権側の対立は激化する一方だった。諸葛亮に先手を打たれてばかりの周瑜《しゅうゆ》は一計を案じ、魯粛《ろしゅく》を劉備のもとに交渉に向かわせた。

周瑜の計略では、まず魯粛を通じて、周瑜みずから軍勢を率いて西川《せいせん》（蜀）を攻め取り、これを孫夫人の嫁入り道具として献上するゆえ、引き換えに荆州を返還してもらいたいと、劉備に申し入れる。そのうえで周瑜ひきいる呉軍が荆州を通過するさい、隙を見て劉備を殺害、荆州を奪取するというものだった。

周瑜の計略などお見通しの諸葛亮は、そしらぬ顔で申し入れを承諾、ひそかに準備をととのえる。そうとは知らぬ周瑜が上機嫌で荊州に到着したとたん、四方から関羽・張飛・黄忠《こうちゅう》・魏延《ぎえん》ら劉備軍団の猛将が周瑜軍に向かって怒濤のような勢いで攻め寄せる。またも諸葛亮にしてやられた周瑜は馬上でギャッと叫んだ瞬間、矢傷が破裂、馬から転がり落ちてしまう。

諸葛亮との火花を散らす頭脳戦に決定的に敗北した周瑜は、上記の言葉を何度も絶叫しながら息絶えた。建安一五年(二一〇)冬、ときに周瑜三六歳。ちなみに、死を前にした周瑜は孫権にあてた遺言状をしたため、魯粛を後任の軍事責任者に推薦したのだった。

諸葛亮　三たび周瑜を気(いか)らす

以上が、『演義』描くところの周瑜最期の姿である。周瑜と諸葛亮が好敵手だったのは事実だが、実際には、周瑜は蜀攻略に向かおうとした矢先、病気で急逝したのであり、この時点で諸葛亮との絡みはない。

如以貌取之、
恐負所学、
終為他人所用。
実可惜也。

如《も》し貌《ぼう》を以《もっ》て之《こ》れを取《と》らば、
恐《おそ》らくは学《まな》ぶ所《ところ》に負《そむ》き、
終《つい》に他人《たにん》の用《もち》いる所《ところ》と為《な》る。
実《まこと》に惜《お》しむ可《べ》き也《なり》。

もしも容貌によって判断されたなら、彼の学識の深さを見落とし、けっきょく他人に用いられることになってしまいます。それはまことに残念なことです。

（第五十七回）

伏龍《ふくりゅう》（諸葛亮）と並称される、鳳雛《ほうすう》の龐統《ほうとう》は「赤壁の戦い」のさい、呉のために貢献し（一八八頁参照）、周瑜や魯粛はその才能を高く買っていた。しかし、孫権は龐統が容貌醜怪で傲岸不遜なのを嫌い、任用しなかった。そこで、魯粛は彼のために推薦状を書き、荊州の劉備のもとに赴かせた。上記の文章はこの魯粛の推薦状に見えるもの。これより先、周瑜の葬儀に参列した諸葛亮も龐統と出会い、彼のために推薦状を書いて渡していた。

劉備と会見した龐統はわざと二通の推薦状を出さず、劉備の反応を見た。劉備もやはり容貌醜怪な龐統に不快感を抱き、耒陽《らいよう》なる小県(湖南省耒陽県)の長官に任命する。諸葛亮も不在だったため、龐統は耒陽に赴任するが、百日余りも飲んだくれて政務を取らない。立腹した劉備が張飛と孫乾《そんけん》を派遣すると、龐統はたまった政務を半日余りできびきびと片づけてしまう。

耒陽に　張飛　鳳雛を薦(すす)む

龐統から魯粛の推薦状をあずかった張飛が立ち戻り、事情を報告すると、劉備は仰天するばかり。そこに視察に出ていた諸葛亮も帰還、龐統が鳳雛であることを知った劉備は、今や伏龍と鳳雛を二人とも得たのだから(一三四頁参照)、これで漢王朝を復興できると大喜びする。かくして、龐統は劉備の軍師となり、蜀攻略に死力を尽くすことになる。

付言すれば、魯粛の推薦状には、上記の文章の前に、龐統は小さな県を治めるような小人物ではなく、州や郡の長官の顧問をやらせてこそ俊才を発揮する人材だと、記されてあった。第一印象もたしかに重要だが、外見だけで人は判断できないということである。

馬児不死、

吾無葬地矣。

馬児《ばじ》死せずんば、

吾《わ》れ葬地《そうち》無《な》からん。

馬《ば》の小僧が死なないかぎり、わしには墓場もない。

（第五十九回）

建安一六年（二一一）夏、曹操は孫権と劉備を攻撃するに先立ち、障害になる恐れのある西涼《せいりょう》の軍閥馬騰《ばとう》を、許都《きょと》に呼び寄せ殺害する。この仕打ちに激怒した馬騰の息子馬超《ばちょう》は、曹操に報復すべく、父の盟友韓遂《かんすい》と手を組んで挙兵する。「三国志」世界でも指折りの剛の者たる馬超は、曹操の関中《かんちゅう》の拠点、長安と潼関《どうかん》に猛攻を加え、たちまち陥落させた。

慌てた曹操はみずから出陣し、馬超と対戦するが、馬超の超人的な武勇にきりきり舞いさせられ、何度も窮地に陥った。たとえば、馬超に生け捕りにされそうになり、目印になる紅い戦袍《ひたたれ》を脱ぎ捨て、長い髯《ほおひげ》を剃り落として逃げ惑い、ようやく部将の曹洪《そうこう》に救

許褚　大いに馬孟起と戦う

出されたこともある(二一二頁参照)。さらにまた、馬超に黄河の岸辺まで追いつめられ、虎痴《こち》と異名をとる剛勇無双の親衛隊長許褚《きょちょ》の、雨あられとふる矢を弾き飛ばしながら、曹操を守って船を漕ぎ進めるという、これまた超人的な大奮戦により、命拾いをする一幕もあった。

上記の言葉は、馬超の猛攻に手を焼いた曹操が、さっそうと曹操の陣営の前を駆け巡る馬超の姿を見て、かぶとを地面になげつけながら、吐き捨てるように述べたものである。馬超については三〇頁を参照されたいが、さしもの曹操を顔色なからしめたこの関中の戦いこそ、美貌をうたわれる西涼の猛将馬超がエネルギー全開、もっとも鮮烈な輝きを見せた時期だったといえよう。ときに馬超三六歳。

兵不厭詐。

兵《へい》は詐《いつわ》りを厭《いと》わず。

軍事は敵を騙《だま》すことを厭わない。

（第五十九回）

激戦を繰り返すうち、しだいに曹操軍が優勢となり、馬超《ばちょう》は前後を敵軍に挟まれてしまう。そこで韓遂《かんすい》と相談のうえ、使者を派遣し曹操に和平を要請することになる。馬超の使者と会った曹操が、参謀の賈詡《かく》の意見を求めたところ、賈詡は上記のように述べ、和平要請を受け入れたふりをして、そのあと「反間《はんかん》の計（敵に仲間割れを起こさせる計略）」を用いたほうがよいと提案する。曹操は大喜びしてこの提案に賛成したのだった。ちなみに、上記の言葉は『孫子』「計《けい》篇」の「兵は詭道《きどう》也」にもとづく（三五二頁参照）。賈詡は最初、董卓《とうたく》の部将李傕《りかく》・郭汜《かくし》の参謀だったが、のちに群雄の一人張繍《ちょうしゅう》に仕え、曹操を一敗地に塗《まみ》れさせた（三四頁参照）。張繍を説得し曹操に降伏させたあとは、曹操の参謀となり、辣腕を発揮する。流転の謀士賈詡は、人の心理の裏をよむ巧妙な戦略に長《た》けるが、ひどく陰惨な面がある。今回の対馬超作戦にも、そうした陰惨さが強く出ている。

賈詡の提案を受け入れた曹操は、まず戦場で武器を身につけず馬首を交差させながら、旧知の韓遂と二人きりで、二時間余りも他愛のない昔話にふけって、親密さを誇示した。そのうえで、韓遂に伏字だらけの手紙を送り、いかにも韓遂が曹操に内通している事実を隠すため、書き直したり消したりしたかに見せかけた。これに引っかかった馬超は韓遂を疑いはじめ、やがて二人は決定的に決裂してしまう。この結果、韓遂は曹操に降伏、馬超は曹操軍にこてんぱんに撃破され、包囲網を突破して命からがら落ちのびる羽目になる。

馬孟起　五将と歩戦す

文武全才、知勇足備、忠義慷慨之士、
動以百数。
如松不才之輩、
車載斗量、
不可勝記。

文武《ぶんぶ》全才《ぜんさい》、知勇足備《ちゆうそくび》、忠義慷慨《ちゆうぎこうがい》の士《し》は、
動《やや》もすれば百《ひやく》を以《もつ》て数《かぞ》う。
松《しよう》の如《ごと》き不才《ふさい》の輩《やから》は、
車《くるま》に載《の》せ斗《ます》もて量《はか》り、
勝《あ》げて記《しる》す可《べ》からず。

文武の才能を合わせ持ち、知恵と勇気を十分に備え、忠義で意気軒昂たる人材は、百人単位で数えるほどいます。私程度の不才の者なら、車に載せ枡《ます》で量るほどおり、とても数えきれません。

（第六十回）

曹操が西涼《せいりよう》の馬超《ばちよう》を撃破するや、三十年にわたり漢中《かんちゆう》（陝西省漢中市）を支配してきた道教系の五斗米道《ごとべいどう》の教祖張魯《ちようろ》は、次の標的は自分だと震えあがり、隣接する地勢堅固な蜀の攻略に踏み切った。この情報を得た蜀の支配者劉璋《りゆうしよう》は、知恵者の張松《ちようしよう》に献上品を

張永年　反(かえ)って楊修を難ず

持たせて曹操のもとに赴かせ、漢中を攻略し張魯を滅ぼすよう説得させた。

しかし、曹操は一目見るなり張松の貧相な外見に不快感をもち、また彼の不遜な態度に立腹して、座を立ってしまう。曹操配下の才子楊修《ようしゅう》は張松に興味をもち、別室に誘い二人で語り合う。このとき、蜀を称揚し弁舌をふるう張松に対し、楊修が「現在、劉季玉《りゅうきぎょく》(劉璋のあざな)どの配下には、貴公のような方は何人おられますか」とたずねると、張松は上記のように誇張した答え方をして、楊修の度肝をぬくのである。

ことごとに奇才ぶりを発揮する張松に感心した楊修は、もう一度、彼を曹操と会見させた。しかし、張松はまたも傲慢な曹操を諷刺し挑発したため、怒った曹操に棒でめった打ちにされ、放り出されてしまう。

張松は悄然と帰途につく途中、思いついて荊州の劉備を訪れる。そこで思わぬ大歓待を受け、大いに語り合ううち、張松は劉備こそ暗愚な劉璋に代わって蜀を支配すべき人物だと確信する。けっきょく、ひねくれ者の張松が曹操とそりが合わなかったために、劉備は蜀攻略の手がかりを得たのだから、事のなりゆきはわからないものである。

著鞭在先。　　鞭《むち》を著《つ》くるは先《さき》に在《あ》り。
今若不取、　　今《いま》若《も》し取《と》らず、
為他人所取、　他人《たにん》の取《と》る所《ところ》と為《な》れば、
悔之晩矣。　　之《こ》れを悔《く》ゆるも晩《おそ》し。

先に唾をつけた者が勝ちなのです。今、取らず、他人に取られてから悔やんでも追っつきませんぞ。

（第六十回）

劉備の歓待を受けた張松《ちょうしょう》は別れぎわに劉備に向かって、あらまし次のように述べた。蜀の支配者劉璋《りゅうしょう》は暗愚かつ軟弱で賢者や有能な者を任用できないため、蜀の人々は聡明な君主を得たいと願っている。だから、劉備はまず蜀を奪い取って基礎とし、ついで漢中《かんちゅう》から中原《ちゅうげん》へと支配領域を広げてゆくべきだ。劉備に蜀を攻略する気があるなら、自分は犬馬の労を厭《いと》わず、内応する、と。

しかし、劉備は劉璋とは親戚（ともに漢王朝の一族）であり、彼を攻めたりすれば、天下の人々から非難されると言い、逡巡するばかり。このとき、張松は「大丈夫《だいじょうふ》 世に処《お》りては、当《まさ》に努力して功を建て業を立つべし（大丈夫たる者は世に出て、努力を重ね功業を立てるべきです）」と述べたあと、つづけてこの言葉をいう。かくて、張松は攻略のさいに威力を発揮する蜀の詳細な地図を置き土産にして、蜀へ帰って行った。

蜀へ帰着した張松は、まず友人の法正《ほうせい》と孟達《もうたつ》に会い、劉備を蜀に引き入れる計画の共謀者とする。そのうえで、張松は劉璋を言葉巧みに説得し、劉備のもとに法正を使者として派遣することを提案、同意を取りつける。この腹に一物ある張松の提案に、劉璋配下の黄権《こうけん》や王累《おうるい》は猛反対したが、劉璋は耳を貸さなかった。こうして事態は、劉備の蜀攻略へと大きく転換することになる。

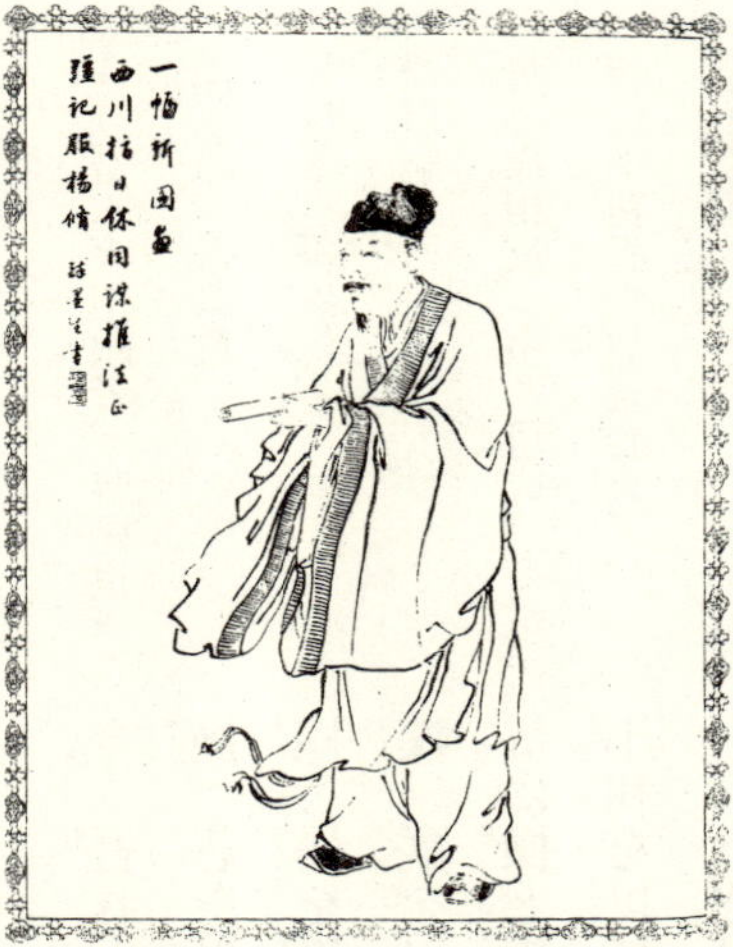

張松（『増像全図三国演義』）

今与吾水火相敵者、曹操也。
操以急、吾以寛、
操以暴、吾以仁、
操以譎、吾以忠、
毎与操相反、事乃可成。
若以小利而失信義於天下、
吾不忍也。

今《いま》吾《わ》れと水火《すいか》相《あ》い敵《てき》する者《もの》は、曹操也《そうそうなり》。
操《そう》急《きゅう》を以《もっ》てすれば、吾《わ》れ寛《かん》を以《もっ》てし、
操《そう》暴《ぼう》を以《もっ》てすれば、吾《わ》れ仁《じん》を以《もっ》てし、
操《そう》譎《けつ》を以《もっ》てすれば、吾《わ》れ忠《ちゅう》を以《もっ》てし、
毎《つね》に操《そう》と相《あ》い反《はん》して、事乃《ことすなわ》ち成《な》す可《べ》し。
小利《しょうり》を以《もっ》て信義《しんぎ》を天下《てんか》に失《うしな》うが若《ごと》き、
吾《わ》れは忍《しの》びざる也《なり》。

現在、私と水火のように対立しているのは曹操だ。曹操がきびしい態度をとれば、私は寛容な態度をとり、曹操が暴力によれば、私は仁愛により、曹操が偽りによれば、私は真心によるというふうに、ことごとに曹操の逆をいってこそ、大事をなし遂げることができる。小さな利益のために天下に対して信義を失うようなことは、私はとてもやる気になれないのだ。

（第六十回）

張松《ちょうしょう》の共謀者法正は劉璋の使者として、張魯《ちょうろ》の侵攻を防ぐべく、劉備の支援を乞う手紙をたずさえて荊州に向かい、劉備と会見した。法正は劉備に対し、支援に事寄せて出兵し、蜀を攻略するようすすめる。しかし、劉備は劉璋が親類であることを理由に躊躇し、確たる返答を与えなかった。

劉備が考えこんでいると、軍師の龐統《ほうとう》が「今、幸いにも張松と法正が内部から支援してくれるのですから、これぞ天の助けです。どうして迷う必要がありましょうぞ」と言い、劉備に決断するよううながす。上記の言葉は、これに対する劉備の答えである。

法正（『増像全図三国演義』）

この劉備の発言には、つねに敵の逆をゆくことによって、最終的に勝利を得ようとする中国の伝統的戦略が顕著にうかがえておもしろい。実際、この戦略は現代にまで連綿と受け継がれ、国共内戦のさい、毛沢東が蔣介石に対抗するための重要な戦略ともなった。

奈離乱之時、
用兵争強、
固非一道。
若拘執常理、
寸歩不可行矣。
宜従権変。

奈《いか》んせん　離乱《りらん》の時《とき》、
兵《へい》を用《もち》いて強《つよ》きを争《あらそ》うは、
固《もと》より一道《いちどう》に非《あら》ず。
若《も》し常理《じょうり》に拘執《こうしゅう》すれば、
寸歩《すんぽ》も行《ゆ》く可《べ》からず。
宜《よろ》しく権変《けんぺん》に従《したが》うべし。

いかんせん、混乱の時代において兵を用いて勝負する方法は、もとより一つではありません。常道にこだわっていては、一寸も先へ進むことはできず、臨機応変にやるべきなのです。

（第六十回）

今こそ蜀攻略の絶好の機会だと説く龐統《ほうとう》に対し、劉備は「小利を以て信義を天下に失う」真似はできないと、突っぱねる。これに対して、龐統は笑いながら上記のように述べ、乱世に常道は通用しないと反論する。

さらに龐統は、夏《か》王朝の暴君桀《けつ》を討伐して、殷《いん》王朝を立てた湯《とう》王、殷王朝の暴君紂《ちゅう》を討伐して、周《しゅう》王朝を立てた武《ぶ》王を引き合いに出し、「且《か》つ弱きを兼ね昧《くら》きを攻め、逆取順守するは、湯・武の道也（しかも弱い者を併合し愚かな者を攻め、武力で天下を取り、そのあと政治力で天下を治めるのは、殷の湯王や周の武王の道です）」と言葉をつぐ。軟弱な支配者や愚かな権力者を武力で滅ぼしたあと、政治力で天下を平穏に治めることこそ肝要だと言うのである。

龐統　策を献じて西川を取る

これを聞いて、ハッと悟った劉備は、諸葛亮と相談して蜀へ軍勢を進める準備に入る。ときに建安一六年（二一一）冬のことである。

良薬苦口利於病、
忠言逆耳利於行。

良薬《りょうやく》は口《くち》に苦《にが》きも病《やまい》に利《り》あり、
忠言《ちゅうげん》は耳《みみ》に逆《さか》らうも行《おこない》に利《り》あり。

良薬は口には苦いけれども病気には利があり、
忠言は耳に痛いが行いには利がある。

（第六十回）

蜀へ向かうに先立ち、劉備は諸葛亮の意見に従い、荆州に諸葛亮・関羽・張飛・趙雲ら、劉備軍団の主力を残留させ、龐統《ほうとう》・黄忠《こうちゅう》・魏延《ぎえん》らをともなって軍勢を進めた。単純な劉璋《りゅうしょう》は、劉備が要請に応じ軍勢をひきいて支援に来たと思い込み、成都を出て、涪《ふ》城（四川省綿陽市東）で劉備軍を迎えようとした。これに対して、配下の黄権《こうけん》は「主公《との》が他人の罠にはまるのを見過ごすことはできません」と言い、劉璋の上衣を口にくわえて諌めた。しかし、劉璋が上衣を引きちぎって立ち上がったため、なんと黄権の門歯が二本抜け落ちてしまう。つづいて、李恢《りかい》も言葉を尽くして諌めたが、これにも劉璋は耳を貸さなかった。

いざ、劉璋が成都の城門を出ようとしたとき、従事の王累《おうるい》は城門に縄をかけて逆さ吊りになり、片手に諫言文をもち、片手に剣をつかんで、諫めても聞き入れられない場合は、縄を斬り、地面に頭をぶつけて死ぬ構えを見せた。上記の言葉は、この王累の諫言文に記されていたもの。ちなみに、「良薬は口に苦きも病に利あり」という表現は『後《ご》漢書《かんじょ》』「袁譚《えんたん》伝」をはじめ、広く用いられる成語である。劉璋は王累の命がけの諫言をも無視し、城門を出て涪城へ向かったため、絶望した王累は縄を斬り、地面に激突して死んだ。

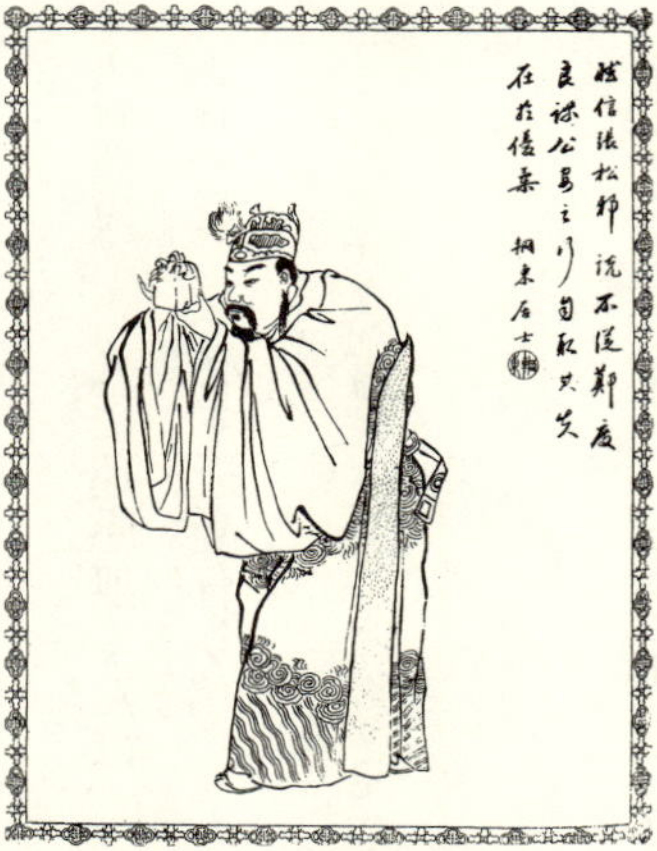

劉璋(『増像全図三国演義』)

黄権らの危惧は的中し、劉備と劉璋が涪城で対面したあと、法正と龐統は劉璋殺害計画を立てるが、劉備はそんなやりかたはできないと受けつけなかった。まもなく張魯軍が攻め寄せて来たため、劉備は手勢をひきいて迎え撃つことになり、劉璋殺害計画は沙汰やみとなる。

人無遠慮、必有近憂。

人《ひと》に遠慮《えんりょな》無くんば、必《かなら》ず近憂《きんゆうあ》有り。

遠大な配慮がなければ、必ず足元をすくわれる。

（第六十一回）

孫権は劉備が蜀に入った隙に荊州に出撃しようとしたが、愛娘の孫《そん》夫人を案じる呉国《ごこく》太《たい》が猛反対したため、使者を派遣、呉国太が危篤だと偽って孫夫人を連れもどそうとする。このとき、劉備の息子阿斗《あと》も連れて来て人質にすれば、一石二鳥だという計画だった。

母が危篤だと聞いて、うろたえた孫夫人は諸葛亮にも断らず、阿斗を連れて迎えの船に乗り込んだ。このとき、趙雲が単身、追跡して呉の船に乗り移り、呉兵と渡り合って阿斗を奪い取る。しかし、多勢に無勢、さしもの趙雲も追いつめられたとき、張飛が出現、趙雲と力を合わせて阿斗を救出する。「長坂《ちょうはん》の戦い」（一六五・一六七頁参照）と同様、張飛・趙雲の獅子奮迅の大活躍によって孫権のもくろみは失敗し、孫夫人は一人、呉に帰って行った。

ともあれ孫夫人を取り返した孫権は荊州攻撃に向かおうとした。その矢先、曹操が大軍をひきいて攻め寄せるとの情報が入る。荊州より曹操対策が先決だと、孫権は本拠地を建業《けんぎょう》(江蘇省南京市)に移して態勢を固めるとともに、呂蒙《りょもう》の提案に従い、長江沿いの濡須口《じゅしゅこう》(安徽省無為県東南)に堅固な砦を築く。上記の言葉は、孫権が呂蒙の見解を評価して述べたもの。諸将が船から岸に上がって敵を攻撃し、また船に帰ればすむことで、砦など無用だと反対したとき、呂蒙は船に戻る余裕もない場合もあると主張した。孫権はその意見を取り入れたのである。

趙雲　江を截(さえぎ)りて幼主を奪う

実際に曹操が軍勢をひきいて攻め寄せたとき、濡須口の砦は威力を発揮し、攻めあぐんだ曹操は戦果をあげないまま北へ帰る。ときに建安一八年(二一三)正月のことである。

只今便選精兵、
昼夜兼道逕襲成都、
此為上計。
楊懐・高沛乃蜀中名将、
各仗強兵拒守関隘。
今主公佯以回荊州為名、
二将聞知、必来相送。
就送行処、擒而殺之、
奪了関隘、先取涪城、
然後却向成都、
此中計也。

只《し》今《こん》便《すなわ》ち精兵《せいへい》を選《えら》び、
昼夜道《ちゅうやみち》を兼《か》ねて逕《ただ》ちに成都《せいと》を襲《おそ》う、
此《こ》れ上計《じょうけい》為《た》り。
楊懐《ようかい》・高沛《こうはい》は乃《すなわ》ち蜀中《しょくちゅう》の名将《めいしょう》、
各《おの》おの強兵《きょうへい》に仗《よ》りて関隘《かんあい》を拒守《きょしゅ》す。
今主公《いましゅこう》は佯《いつわ》って以《もっ》て荊州《けいしゅう》に回《かえ》るを名《な》と為《な》さば、
二将《にしょうき》聞き知《し》り、必《かなら》ず来《きた》りて相《あ》い送《おく》らん。
送行《そうこう》の処《しょ》に就《つ》き、擒《と》らえて之《こ》れを殺《ころ》し、
関隘《かんあい》を奪了《だつりょう》して、先《さき》に涪城《ふじょう》を取《と》り、
然《しか》る後《のち》に却《かえ》って成都《せいと》に向《む》かう、
此《こ》れ中計《ちゅうけい》也《なり》。

退還白帝、連夜回荊州、
徐図進取、
此為下計。
若沈吟不去、
将至大困、不可救矣。

退《しりぞ》きて白帝《はくてい》に還《かえ》り、夜《よ》を連《つら》ねて荊州《けいしゅう》に回《かえ》り、
徐《おもむ》ろに進取《しんしゅ》を図《はか》る、
此《こ》れ下計《かけい》為《た》り。
若《も》し沈吟《ちんぎん》して去《さ》らざれば、
将《まさ》に大困《だいこん》に至《いた》り、救《すく》う可《べ》からず。

玄徳　楊懐・高沛を斬る

今すぐ精鋭を選び、昼夜兼行で成都を急襲する。これが上計です。楊懐《ようかい》と高沛《こうはい》は蜀の名将であり、それぞれ強力な部隊をひきいて要害を守備しております。今、主公《との》には偽って荊州に帰るふうを装われたなら、これを知った二将は必ず見送りに来ます。そのとき生け捕りにして殺し、要害を奪い取ってから、まず涪《ふ》城を攻略

し、そのあと成都に攻め寄せる。これが中計です。白帝《はくてい》(四川省奉節県東)まで撤退し、夜どおしかけて荊州に帰り、改めて蜀攻撃を図る。これが下計です。あれこれ迷ってここを立ち去らなければ、たいへん困難な状態に陥り、救いようがありませんぞ。

(第六十二回)

劉備は葭萌関《かぼうかん》(四川省広元県西南)に駐屯して日を重ねるうち、住民の信望を得るようになった。そんなおりしも、孫権と曹操が対戦中だという情報が入る。どちらが勝利を得ても、次に狙われるのは荊州だ。

焦りを覚えた劉備が龐統《ほうとう》に相談すると、龐統は、諸葛亮がいるから荊州は大丈夫であり、それより孫権を救援するとの名目で、劉璋《りゅうしょう》から三、四万の軍勢と十万斛《こく》の食糧を借り、本格的に蜀を攻略する態勢を強化すべきだ、と献策する。この意見に従って、劉璋と交渉したところ、劉璋は反劉備派の黄権《こうけん》らに諫められ、要求の十分の一の兵と食糧しか出さなかった。

この劉璋の態度に劉備は激怒し、両者の間はいっきょに険悪になった。上記は、劉備が今後の方策を聞いたとき、龐統の述べた答えである。この答えは、上計・中計・下計の三つの計略を並べて、その得失を検討・説明しているところに表現としての面白さがある。

けっきょく劉備は中計を選び、攻勢に踏み切る。

蜀地図(3世紀中頃)

独坐窮山、
引虎自衛者也。

独《ひと》り窮山《きゅうざん》に坐《ざ》し、
虎《とら》を引《ひ》きて自《みずか》ら衛《まも》る者也《ものなり》。

一人で深い山の中に座り、虎を引き入れて自分を守る、ということだ。

（第六十三回）

蜀攻略に踏み切った劉備は葭萌関《かぼうかん》から南下して涪《ふ》水関《すいかん》（四川省平武県東南）を奪取、さらに軍勢を進めて、成都の喉もとに当たる雒《らく》県（四川省広漢市北）の攻撃に向かう。しかし、雒城を守備する蜀軍の必死の抵抗によって、軍師龐統が雒近辺の「落鳳坡《らくほうは》（龐統は「鳳《ほう》雛《すう》」と呼ばれる）」で戦死するという、大きな痛手をこうむる。これより先、劉備に蜀攻略を勧めた張松《ちょうしょう》（二二四頁参照）も、劉備と結託していることが露見、劉璋に処刑されていた。劉備の蜀攻略はこうして主要メンバーがあいついで命を落とすなど、総じて苦労・苦戦の連続だったといえよう。

涪水関に撤退した劉備は、戦況を好転させるため、荊州に残留する諸葛亮ら主力を呼

落鳳坡に　箭は龐統を射る

び寄せる決断をした。かくして、諸葛亮は関羽を荊州守備責任者として残し、張飛・趙雲らに別々のルートを取らせつつ、蜀に進撃を開始した。張飛は本街道を通り巴《は》郡(四川省重慶市)から雒城の西へ出るルートを取って進軍したが、巴郡太守の厳顔《げんがん》は高齢ながら、烈々たる気迫にみちた蜀の名将であり、さすがの張飛も容易に攻め下すことはできなかった。上記は、法正が使者となり劉備に入蜀を要請したとの情報を得たとき、厳顔が痛憤して述べた言葉である。

しかし、反劉備の意気に燃える厳顔も、めずらしく周到な作戦をめぐらした張飛に敗北、生け捕りにされてしまう。このとき、張飛はあくまでも降伏を拒否する厳顔の雄々しい態度に感銘を受け、礼を尽くして処遇したため、厳顔も感動し、ついに降伏したのだった。

吾聞、
越之西子、
善毀者不能閉其美、
斉之無塩、
善美者不能掩其醜。

吾《わ》れ聞《き》く、
越《えつ》の西子《せいし》は、
善《よ》く毀《そし》る者《もの》も其《そ》の美《び》を閉《と》ざす能《あた》わず、
斉《せい》の無塩《むえん》は、
善《よ》く美《ほ》むる者《もの》も其《そ》の醜《しゅう》を掩《おお》う能《あた》わず。

「越の西施《せいし》について、どんなに口の悪い人間でも、その美貌を覆い隠すことはできず、斉の無塩《むえん》について、どんなに口の上手な人間でも、その醜さを覆い隠すことはできない」と言います。

（第六十五回）

建安一九年（二一四）夏、劉備の蜀攻略が最終段階に入ったころ、曹操に撃破された西涼の猛将馬超《ばちょう》（二一七―二二〇頁参照）は、転変を経て、龐徳《ほうとく》・馬岱《ばたい》とともに張魯《ちょうろ》のもとに身を寄せていた。やがて劉備の猛攻に音をあげた劉璋から張魯に救援の要請があり、馬

葭萌に　張飛　馬超と戦う

超が葭萌関《かぼうかん》めざして出撃する。盟友の龐徳は病気で出陣できず、これが彼の運命の別れ道になる。

かたや劉備は成都近辺の軍事拠点を着々と抑え、蜀制覇にあと一歩のところまで迫った。そんなとき、馬超が葭萌関に攻め寄せ、張飛が急遽、対戦するが、いくら戦いを重ねても勝負がつかない。劉備は馬超を傘下に収めたいと切望し、諸葛亮の計略により、張魯と馬超の仲を裂いたうえで、能弁家の李恢《りかい》を馬超のもとに派遣、降伏するよう説得させる。

李恢は劉備の入蜀に反対したが(二三〇頁参照)、耳を貸さない劉璋に失望し劉備に降伏した人物である。上記は、この李恢が馬超に対し降伏するよう説得したときの言葉。なお、西施《せいし》は春秋時代の越に出現した伝説的美女であり、無塩《むえん》は戦国時代の斉の醜女である。

李恢はこの二人の伝説の女性を引き合いに出しながら、馬超のこれまでの失敗は隠しようもなく、さらに失敗を重ねたなら、世間に顔向けができなくなると説き、さらに、「なぜ暗君(張魯)を捨てて明君(劉備)に身を寄せられないのか」と迫った。李恢の説得に応じてついに馬超は劉備に降伏、劉備の蜀制覇は一気に大詰めを迎えることになる。

寵之以位。
位極則残。
順之以恩。
恩竭則慢。
所以致弊、実由於此。
吾今威之以法。
法行則知恩。
限之以爵。
爵加則知栄。
恩栄並済、上下有節。
為治之道、於斯著矣。

之《こ》れを寵《ちょう》するに位《くらい》を以《もっ》てす。
位極《くらいきわ》まれば則《すなわ》ち残《そこな》う。
之《こ》れを順《したが》わするに恩《おん》を以《もっ》てす。
恩竭《おんつ》くれば則《すなわ》ち慢《あなど》る。
弊《へい》を致《いた》す所以《ゆえん》は、実《じつ》に此《ここ》に由《よ》る。
吾《わ》れ今《いま》之《こ》れを威《おど》すに法《ほう》を以《もっ》てす。
法行《ほうおこな》わるれば則《すなわ》ち恩《おん》を知《し》る。
之《こ》れを限《かぎ》るに爵《しゃく》を以《もっ》てす。
爵加《しゃくくわ》われば則《すなわ》ち栄《えい》を知《し》る。
恩《おん》・栄並《えいとも》に済《な》さば、上下節《じょうげせつ》有《あ》り。
治《ち》を為《な》すの道《みち》、斯《ここ》に於《お》いて著《あらわ》る。

官位によって寵愛を示せば、官位を上りつめた者はその価値を感じなくなり、恩愛によって従わせれば、恩愛が失われたとたんに尊敬の念を失うことになる。弊害を引き起こすもとは、実にここにあるのだ。私は今、これを威嚇するのに法律を用いる。法律が実施されれば恩徳を理解するようになるからだ。また身分のけじめをつけるために封爵を用いる。爵位が加われば栄誉を理解するようになるからだ。恩徳と栄誉がともに行われるようになれば、上と下にけじめがつく。政治の要《かなめ》はここに歴然としてくるだろう。

(第六十五回)

劉玄徳　益州を平定す

馬超が加わったことによって、破竹の勢いとなった劉備軍を前にした劉璋《りゅうしょう》は震え上がり、成都城外に出て降伏した。この瞬間に劉備は蜀の支配者になった。ときに建安一九年(二一四)、劉備五四歳。蜀に進軍してからすでに二年半の歳月が経過していた。権力をにぎった劉備は、新政権に取り込むべく、降伏した蜀の文官・武官を厚遇し、また、諸葛亮以下、苦楽をともにした配下の文官・武官を全員昇格させ、褒美を与えて労をねぎらった。

こうしてスタートした劉備政権の実質的な行政責任者は諸葛亮だった。法や刑罰を重視する法家《ほうか》主義者の諸葛亮は、手始めに厳格な刑法を施行した。懸念を抱いた法正《ほうせい》が少し手をゆるめてはどうかと忠告すると、諸葛亮は上記のように、劉璋の放漫政策に慣れ、だらけきった蜀の人々を、法律によって引き締めることこそ、政権基盤確立のポイントだと述べた。この諸葛亮の方針は功を奏し、以後、蜀情勢はみるみる好転してゆく。

とはいえ、諸葛亮はごりごりの厳格主義者ではなかった。蜀攻略の最大の功労者たる法正には、些細な恨みもはらさずにはおかない偏狭なところがあり、ある人物が勝手放題の法正を抑えるべきだと、諸葛亮に進言した。このとき、諸葛亮は、劉備が今日あるのは、法正が輔佐してくれたおかげなのだから、彼に思いのままにふるまうなと、禁止はできないと言い、不問に付した。これを知った法正は以後、みずから身を慎むようになる。時と場合により、これほど融通無碍《むげ》な態度をとれる諸葛亮は、やっぱり大した政治家である。

諸葛氏世系表

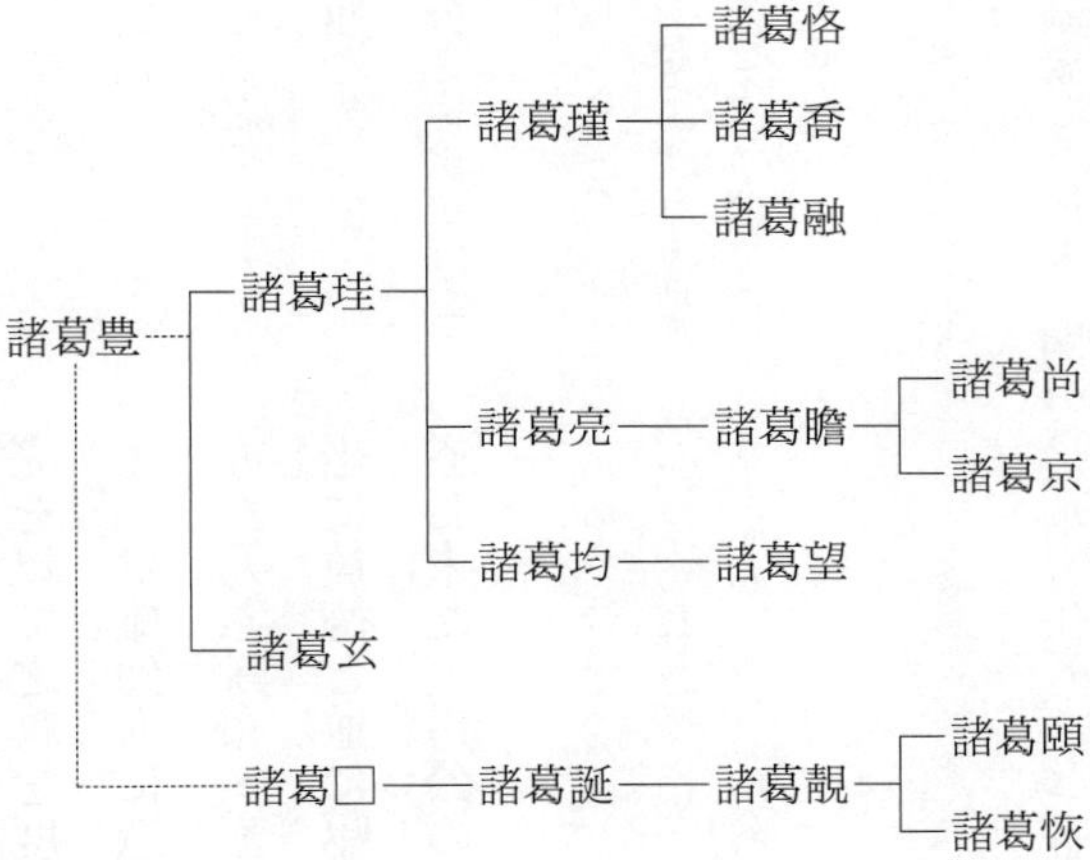
諸葛豊
諸葛珪
諸葛瑾
諸葛恪
諸葛喬
諸葛融
諸葛亮
諸葛瞻
諸葛尚
諸葛京
諸葛均
諸葛望
諸葛玄
諸葛□
諸葛誕
諸葛靚
諸葛頤
諸葛恢

以亮度之、
孟起雖雄烈過人、
亦乃黥布・彭越之徒耳。
当与翼徳並駆争先、
猶未及美髯公之絶倫超群也。

亮《りょう》を以《もっ》て之《こ》れを度《はか》れば、
孟起《もうき》は雄烈《ゆうれつ》人《ひと》に過《す》ぐと雖《いえど》も、
亦《ま》た乃《すなわ》ち黥布《げいふ》・彭越《ほうえつ》の徒《と》なるのみ。
当《まさ》に翼徳《よくとく》と並《とも》に駆《か》けて先《さき》を争《あらそ》うべくして、
猶《な》お未《いま》だ美髯公《びぜんこう》の絶倫超群《ぜつりんちょうぐん》に及《およ》ばざる也《なり》。

私の見るところ、孟起《もうき》（馬超《ばちょう》のあざな）はなるほど人並みはずれた剛勇を有し、黥《げい》布《ふ》や彭越《ほうえつ》（いずれも前漢の高祖配下の猛将）のともがらです。翼徳《よくとく》（張飛のあざな）どのと先を争う人物というべきですが、やはり美髯公《ひげどの》の比類のない傑出ぶりにはおよびません。

（第六十五回）

劉備が蜀を制覇した後も、関羽は守備責任者として荊州の拠点に残留していた。自負心の強い関羽は、新たに劉備の傘下に入った馬超《ばちょう》が傑出した武勇の持ち主だと知るや、息子の関平《かんぺい》を成都の劉備のもとに派遣し、蜀に入って馬超と腕比べがしたいと言いだす。劉備がここで二人を腕比べさせると、両雄並び立たずになると頭をかかえたところ、諸葛亮は自分が手紙を書いて、関平に持たせてやるから大丈夫だと請け合う。

　上記の文章は、このとき諸葛亮が書いた手紙の一節である。関羽の誇り高い性格を熟知する諸葛亮は、馬超は剛勇無双とはいえ、張飛と匹敵するレベルであり、やはり「美髯公《ひげどの》」にはおよばないと、巧みに関羽をもちあげ、そのプライドを満足させる。「美髯公」とは、むろんりっぱな髯の持ち主、関羽への敬意をこめた呼び方である。これを読んだ関羽は「孔明どのは私の気持ちをよくご存じだ」と言い、その手紙をうれしそうに幕僚全員に見せびらかした。この話には、関羽のいかにも剛毅朴訥《ぼくとつ》な武将らしい無邪気さがあらわれている。

　仲間うちに見せる無邪気さの反面、関羽の頑固一徹は筋金入りだった。劉備の蜀制覇後、孫権は貸与した荊州を返還するようきびしく催促した。荊州にがんばる関羽は孫権側の攻勢をすべてはねつけ、

関雲長　単刀にて会に赴く

呉の軍事責任者魯粛《ろしゅく》との会見（いわゆる「単刀会《たんとうかい》」）にも青龍刀をひっさげて乗り込み、一歩も譲らなかった。この結果、孫権と関羽の溝は深まる一方となる。

将軍雖親、
乃外藩鎮守之官也。
許褚雖疏、
現充内侍。
主公酔臥堂上。
不敢放入。

将軍《しょうぐん》は親《しん》と雖《いえど》も、
乃《すなわ》ち外藩鎮守《がいはんちんじゅ》の官也《かんなり》。
許褚《きょちょ》は疏《そ》と雖《いえど》も、
現《げん》に内侍《ないじ》に充《あ》てらる。
主公《しゅこう》は酔《よ》いて堂上《どうじょう》に臥《が》す。
敢《あ》えて入《い》るを放《はな》たず。

将軍はご親類とは申せ、外藩の守備にあたる官職についておられます。私は親類ではありませんが、目下、お側で警護にあたっております。主公《との》は酔って表座敷で眠っておられますので、勝手にお入りいただくわけにはゆきません。

（第六十六回）

建安一九年(二一四)、北中国の支配者曹操にも異変がおこる。このころ、曹操は魏王になろうとするが、重臣の荀攸《じゅんゆう》が反対したため、「荀彧《じゅんいく》の二の舞がしたいのか」と不快感を露わにし、荀攸は憤死してしまう。さすがに気が咎めた曹操は魏王になる話を沙汰やみにした。ちなみに、荀彧はこの二年前、曹操が魏公になるときに反対、迫られて自殺していた。

　曹操の威勢が強まるにつれ、献《けん》帝と伏《ふく》后は危機感にとらわれ、伏后の父伏完《ふくかん》とともにクーデタを計画する。しかし、事前に露見して伏完の一族郎党は皆殺しにされ、伏后も棒殺されてしまう。その後、曹操は娘を皇后の座に据え、献帝への監視をいっそう強めた。

曹操　伏皇后を杖殺す

　恐いものなしとなった曹操は孫権の呉と劉備の蜀を滅ぼすべく、重臣会議を開催し、参謀賈《か》詡《く》の意見で夏《か》侯惇《こうとん》と曹仁《そうじん》を駐屯地から呼び寄せる。昼夜兼行で駆けつけた曹仁は深夜、丞相府を訪れたが、このとき、曹操は酔っ払って表座敷で眠っていた。上記は、部屋の外で張り番をしていた親衛隊長の許褚《きょちょ》が、室内に入ろうとする曹仁を制止したさいの言葉である。虎《こ》痴《ち》と呼ばれる猛将許褚にここまで言われては、曹仁も引き下がるしかない。あとでこの話を聞いた曹操は、「許褚はまことの忠臣だ」と感嘆したのだった。

曹操には、頭脳明晰な荀彧や荀攸のような知恵袋を絶望させる冷酷非情と、単純素朴な典韋《てんい》や許褚のような猛将を心酔させる人間味あふれる魅力が共存している。まさに一筋縄ではいかない奸雄にして英雄というべきであろう。

人苦不知足。
既得隴、
復望蜀耶。

人《ひと》は足《た》るを知《し》らざるに苦《くる》しむ。
既《すで》に隴《ろう》を得《え》て、
復《ま》た蜀《しょく》を望《のぞ》まんや。

人は欲望に限りがないことに苦しめられるものだ。隴を獲得したのだから、これ以上、蜀を望むことはない。

（第六十七回）

建安二〇年（二一五）、曹操は蜀と呉を攻撃するに先立ち、夏侯淵《かこうえん》と張郃《ちょうこう》が先鋒、曹操自身が中軍、曹仁と夏侯惇《かこうとん》が後詰めという強力な態勢で、漢中の張魯《ちょうろ》征伐に向かう。張魯軍も果敢に抵抗したが、しょせん曹操の大軍に対抗することはできず、撃破されてしまう。

追いつめられた張魯は南鄭《なんてい》（陝西省漢中市東）の本城から脱出するさい、「食糧庫や府庫《くら》は国家のものだから灰にしてはならない」と、施錠して立ち去った。曹操は張魯の態度に憐憫の情をもよおして降伏を勧告、けっきょく張魯はこれを受け入れる。

ちなみに、心ならずも張魯のもとに残留していた馬超の盟友龐徳《ほうとく》(二四二頁参照)も、このとき曹操に降伏、以後、曹操軍の猛将として活躍する。龐徳の最期については二七六頁参照。


こうして漢中攻略に成功した曹操はなぜか弱気になり、この勢いで蜀に進攻すべきだという主簿の司馬懿《しばい》の進言にも難色を示し、軍勢を動かそうとしない。上記の言葉は、漢中を獲得したのだから、これ以上、蜀を望むことはないという意味で、曹操が述べたもの。

曹操　漢中にて張魯を破る

この表現は、後漢初代皇帝の光武《こうぶ》帝が隴西《ろうせい》(甘粛省)を平定し、さらに蜀を平定しようとしたさい、「既に隴を平らげ復た蜀を望む」と述べた言葉にもとづく(欲張ってもう一つ望みをもつという意味で用いられる成語「望蜀《ぼうしょく》」はこれに由来する)。

ただし、光武帝は人の欲望には限りがないものだと、肯定的なニュアンスで言ったのに対し、曹操はそこまで欲望を膨らませることはないと、否定的なニュアンスで発言しているところが、微妙に異なる。

卿乃孤之功臣。
孤当与卿共栄辱、
同休戚也。

卿《けい》は乃《すなわ》ち孤《こ》の功臣《こうしん》なり。
孤《こ》は当《まさ》に卿《けい》と栄辱《えいじょく》を共《とも》にし、
休戚《きゅうせき》を同《とも》にすべし。

卿《きみ》こそ私の功臣だ。名誉も屈辱も、喜びも悲しみも、卿《きみ》とともにしたいものだ。

（第六十八回）

曹操が漢中を制覇すると、隣接する蜀に恐怖が走る。諸葛亮は一計を案じ、孫権のもとに使者を派遣、荊州の江夏《こうか》・長沙《ちょうさ》・桂陽《けいよう》三郡を返還するから、曹操の江南攻略の拠点合肥《がっぴ》を攻撃し、漢中の曹操軍が合肥へ移動するよう仕向けてもらいたいと申し入れる。孫権はこれを受け、大軍をひきいて合肥を攻撃する。しかし、合肥を守備する張遼《ちょうりょう》・李《り》典《てん》・楽進《がくしん》は勇猛果敢に戦い、とりわけ張遼は、孫権をあわやというところまで追いつめた。この張遼の奮戦は江南の人々を震えあがらせ、子どもが泣きやまないとき、「遼来、遼来（張遼が来るよ、張遼が来るよ）」と言うだけで、泣きやんだという話も伝わっている（『蒙求《もうぎゅう》』）。

張遼　大いに逍遥津に戦う

孫権が軍事拠点の濡須《じゅしゅ》に退却、態勢を立て直したころ、曹操が夏侯淵と張郃を漢中の抑えとして残し、主力軍をひきいて濡須に到着する。曹操軍と孫権軍は激しく戦い、包囲された孫権が部将の周泰《しゅうたい》に辛うじて救出されるという一幕もあった。

上記は、満身創痍となりながら、自分を救出してくれた周泰に感謝し、孫権が述べた言葉。周泰は深傷を負いつつ、危機に陥った少年時代の孫権を救ったこともあり、これが二度目だった。このとき、孫権は命の恩人、周泰の全身を覆う傷痕を指さして、一つ一つ由来をたずね、大いにねぎらう。

やがて苦戦の連続で勝利を得られない孫権は、毎年、貢物を納めることを条件に、曹操に和平を申し入れ、曹操もこれを受け入れたため、交渉は成立、両軍とも軍を引くにいたる。

三八縦横、
黄猪遇虎。
定軍之南、
傷折一股。

三八縦横《さんはちじゅうおう》、
黄猪《こうちょ》 虎《とら》に遇《あ》う。
定軍《ていぐん》の南《みなみ》、
一股《いっこ》を傷折《しょうせつ》す。

（第六十九回）

『演義』世界では、建安二一年（二一六）、曹操がついに魏王となり、卞《べん》皇后が生んだ長男の曹丕《そうひ》を後継者に決定したあたりから（第六十八回、第六十九回）、曹操の周囲に左慈《さじ》や管輅《かんろ》など、ユニークな方士（魔術師）が登場する。

曹操は悪戯《いたずら》者の魔術師左慈に翻弄されて病気になり、配下の許芝《きょし》の推薦で、透視術に長《た》けた占いの名人管輅を呼び寄せる。管輅は、左慈が駆使したのは幻術だから心配はないと請け合い、安心した曹操は快方に向かう。すっかり管輅を信用した曹操が天下の吉凶を占わせると、管輅は卦を立て、上記のように答える。曹操は意味がわからず、説明を求めるが、管輅は「将来、はっきりと現われるのをお待ちください」と言うばかり。

曹操　神卜の管輅を試む

実は、この判じ物めいた文章は、「三八縦横」すなわち建安二四年、「黄猪虎に遇う」すなわち己亥の年（建安二四年）の正月、「定軍《ていぐん》の南」漢中の定軍山の南で、「一股を傷折す」曹操の実の兄弟同然の夏《か》侯淵《こうえん》が戦死すること（二六三頁参照）を暗示していた。管輅はやはり判じ物めいた文章で曹操の死期を予言したあと、まもなく許都でクーデタが起こることを告げ、仕官の誘いを断って去って行く。

管輅の予言はすべて的中した。かくして建安二三年、曹操は難なくクーデタを鎮圧したのち、漢中に出撃してきた劉備軍と対戦すべく、みずから軍勢をひきいて漢中へと向かう。

昔廉頗年八十、
尚食斗米・肉十斤。
諸侯畏其勇、
不敢侵趙界。
何況黄忠未及七十乎。

昔《むかし》廉頗《れんぱ》は年八十《としはちじゅう》にして、
尚《な》お斗米《とべい》・肉十斤《にくじっきん》を食《しょく》す。
諸侯《しょこう》は其《そ》の勇《ゆう》を畏《おそ》れ、
敢《あ》えて趙《ちょう》の界《かい》を侵《おか》さず。
何《なん》ぞ況《いわ》んや黄忠《こうちゅう》は未《いま》だ七十《しちじゅう》に及《およ》ばざらんや。

昔、廉頗《れんぱ》(戦国時代の趙の将軍)は八十になっても、なお一斗の米、十斤の肉を食べました。諸侯はその剛勇を恐れて、趙の国境を侵そうとしなかったのです。まして私はまだ七十にもなっていないではありませんか。

(第七十回)

建安二〇年(二一五)、漢中を獲得した曹操は、夏侯淵《かこうえん》と張郃《ちょうこう》を守備責任者として残留させるが、やがて劉備が張飛と馬超を漢中に出撃させ、漢中争奪戦の幕が切って落とされる。曹操はまず曹洪《そうこう》に夏侯淵らを救援させ、建安二三年(二一八)、みずから出陣する。

黄忠　夏侯淵を馘斬(かくざん)す

一方、劉備も曹操に対抗して、諸葛亮ともどもみずから漢中に出陣する。この漢中争奪戦において、劉備側の立役者は、意気盛んな老将黄忠《こうちゅう》とここぞというときに底力を発揮する頼もしい趙雲である。

黄忠は、高齢を案じる諸葛亮に衰えを見せない武勇と体力を示し、やはり老将厳顔《げんがん》を副将として漢中に出撃、張部をみごとに撃破した。この功績を高く評価した劉備が、さらに夏侯淵が陣取る定軍山《ていぐんざん》を攻撃させようとしたところ、諸葛亮は慌てて「夏侯淵は張部とは比べものになりません」と制止する。そのとき憤慨した黄忠は、上記の言葉を言い、「軍師は吾れ老いたりと言うも、吾れは今 並びに副将を用いず。只《た》だ本部の兵三千人を将《ひき》いて去《ゆ》き、立ちどころに夏侯淵の首級《しゅきゅう》を斬り、麾下《きか》に納めん(軍師は私が年寄りだと言われるが、今度は副将もいりません。ただ三千の手勢だけ連れて行き、たちどころに夏侯淵の首を斬り、御前に捧げてみせましょう)」と、意気軒昂たるところを見せるのである。

押し問答のあげく、根負けした諸葛亮は、監軍として法正《ほうせい》を同行させることを条件に黄忠の定軍山攻撃を認める。法正の知謀に支えられ、黄忠は百戦錬磨の猛将夏侯淵を一刀両断にする大殊勲を上げる。これによって、漢中争奪戦の風向きは一気に劉備優勢へと転じる。

黄絹幼婦、　　　黄絹幼婦《こうけんようふ》、
外孫齏臼。　　　外孫齏臼《がいそんせいきゅう》。

【「黄絹」は色糸、「色」の横に「糸」を付けると「絶《ぜつ》」。「幼婦」は少女、「女」の横に「少」を付けると「妙《みょう》」。「外孫」は女の子《むすめ》、「女」の横に「子」を付けると「好《こう》」。「齏臼」は「五辛(五種類の辛みのあるもの)」を「受」け入れる器、「受」の横に「辛」を付けると「辤《じ》(辞)」。これを総合すれば「絶妙好辞」、すなわちまことに見事な文章だと、碑文のすばらしさを称える四字句になる。】

(第七十一回)

建安二三年(二一八)、漢中に出陣する途中、曹操は長安の東、潼関《どうかん》付近に住む旧友蔡《さい》邕《よう》(二八頁参照)の娘で詩人として高名な蔡琰《さいえん》を訪れる。彼女は結婚後、戦乱の渦中で北方異民族匈奴《きょうど》に拉致され、王の妻にされて二人の息子を生む。蔡琰はわが身の不幸を嘆く「胡笳十八拍《こかじゅうはっぱく》」という詩を作り、これを知った曹操は大金を払って連れもどし、再婚させてやる。

訪れた蔡琰の家に不思議な碑文《ひぶん》の軸物があった。上記の八文字はこの軸物に記されたもの。これは親孝行で有名な少女を顕彰する石碑、「曹娥《そうが》の碑」の裏側に、蔡邕が記したということだった。曹操は意味がわからず、蔡琰にたずねるが、「私にはわからないのです」とのこと。しかし、そのとき配下の楊修《ようしゅう》は即座にわかったと言う。謎解きをしようとする楊修を制止し、蔡琰に別れを告げた曹操は三里ほど行ったとき、はたと意味を悟る。そこで楊修に謎解きをさせたところ、楊修は上記のように解説した。曹操が時間をかけて思いついた意味もこれと同じだった。

蔡琰(『増像全図三国演義』)

この話はもともと、勘のいい人々のエピソードを集めた『世説新語《せせつしんご》』「捷悟《しょうご》篇」に収められている。ちなみに、こうして漢字のヘンとツクリを分離もしくは合成させる文字遊びは「離合法」と呼ばれる。曹操はこの遊びが大好きだったが、楊修のほうが一枚上手であり、才子型の人物を嫌う曹操は、しだいに彼に対する嫌悪をつのらせてゆく(二六九頁参照)。

那鎗渾身上下、
若舞梨花、
遍体紛紛、
如飄瑞雪。

那《か》の鎗《やり》の渾身上下《こんしんじょうげ》するは、
梨花《りか》を舞《ま》わすが若《ごと》く、
遍体《へんたい》に紛紛《ふんぷん》たるは、
瑞雪《ずいせつ》を飄《ひるが》えすが如《ごと》し。

その鎗が全身をめぐって(キラキラと)上下するさまは、梨の花が舞うようであり、体のまわりをヒラヒラと雪がひるがえるようであった。

(第七十一回)

大軍をひきいた曹操が漢中に到着すると、夏侯淵《かこうえん》を討ち取って意気あがる黄忠《こうちゅう》は勇んで出撃する。このとき、黄忠の暴走を懸念する趙雲は、約束の時間までに黄忠が帰陣しない場合、加勢に向かうと言い含める。案の定、黄忠はもどらず、趙雲が駆けつけると、黄忠は張郃《ちょうこう》・徐晃《じょこう》の軍勢に十重二十重に包囲されているではないか。

上記は、黄忠を救出すべく、趙雲が包囲網に突っ込み、「左を衝《つ》き右を突き、無人の境を行く」ように、敵軍をなぎ倒すさまを描いたくだりである。キラキラ輝く鎗の先端が、白い梨の花のように、また舞う雪のように、孤軍奮闘する趙雲のまわりをめぐる。このシーンこそ、『演義』世界に描かれた無数の戦闘場面のなかで、もっとも美しいものといえよう。

黄忠を救出した趙雲は、さらに別の場所で包囲されていた副将の張著《ちょうちょ》をも救出して帰陣し、猛追撃してきた張部・徐晃の軍勢を計略を用いて撃退する。まさに常山《じょうざん》の趙子龍の一人舞台である。あとから、この話を聞いた劉備は、「子龍、一身都《すべ》て是《こ》れ肝《きも》也(子龍は満身これ肝っ玉だ)」と、手放しで称賛したのだった。

趙子龍　漢水に大いに戦う

長坂の奮戦、孫《そん》夫人の手から阿斗《あと》を奪い返したときの奮闘ぶり、そしてこの漢中の美しくも超人的な戦いぶりと、『演義』世界の趙雲にはほんとうに見せ場が多い。

居家為父子、　家《いえ》に居《お》れば父子《ふし》為《た》るも、
受事為君臣。　事《こと》を受《う》くれば君臣《くんしん》為《た》り。

家に居るときは父と子だが、事を担当すれば君と臣下だ。

（第七十二回）

曹操と劉備の漢中争奪戦は時の経過とともに、曹操に不利な情勢になった。敗北つづきの曹操にとって、せめてもの慰めは、彼が「黄鬚児《あかひげ》」と呼び、その武勇を高く評価している二男の曹彰《そうしょう》が救援に駆けつけ、劉備軍を向こうにまわして奮戦してくれたことだった。

曹操は豪傑タイプの曹彰を気に入っており、建安二三年（二一八）、代郡《だい》（河北省）の烏《う》桓《がん》（烏丸）族が反乱したとき、五万の軍勢を与えて討伐に向かわせた。上記の言葉は出発する曹彰に対し、曹操が戒《いまし》めて述べたもの。さらに曹操は「法は情に徇《したが》わず、爾宜《なんじよろ》しく深く戒むべし（軍法は父子の情とは無関係だ。くれぐれも謹め）」と述べ、公私の区別の自覚をうながす。曹操の期待に応えて曹彰はみごと反乱を平定し、漢中戦線に駆けつけたのだった。

しかし、曹彰がいかに活躍しても、戦況の不利はいかんともしがたく、曹操は撤退を考えはじめる。そんなとき、鶏の湯《スープ》に入った鶏肋《けいろく》(鶏のあばら骨)を見て、曹操は無意識に「鶏肋、鶏肋」と口走り、夏侯惇《かこうとん》はこれを合言葉だと勘違いして全軍に知らせた。誰もこの意味がわからなかったが、才子の楊修《ようしゅう》は、鶏肋は食べようとすると肉がないが、棄てようとすると味わいがあり、漢中と同じだ、魏王は近々撤退されるだろうから、荷物をまとめたほうがいいと言う。図星をさされた曹操は不快感を抑えきれず、楊修を処刑してしまうが、けっきょく楊修の読みどおり、曹操はまもなく撤退し、漢中は劉備の手に帰す(これは『演義』の話であり、実際に楊修が処刑されたのは、漢中から帰還後のことである)。

曹孟徳　忌んで楊修を殺す

5

英雄たちの退場

——竹は焚く可くも、其の節を毀つ可からず

将軍即漢中王、
漢中王即将軍也。
豈与諸人等哉。

将軍《しょうぐん》は即《すなわ》ち漢中王《かんちゅうおう》、
漢中王《かんちゅうおう》は即《すなわ》ち将軍也《しょうぐんなり》。
豈《あ》に諸人《しょじん》と等《ひと》しからん哉《や》。

将軍は漢中王であり、
漢中王は将軍なのです。
他の人々とは違うのです。

(第七十三回)

建安二四年(二一九)秋七月、漢中を奪取した劉備は、戦勝気分の沸き返るなか、諸葛亮はじめ臣下の要請を受けて「漢中王」となる。これを知った曹操は激怒して孫権のもとに使者を派遣、手を組んで劉備を攻撃しようと提案する。孫権は同意する一方、関羽の娘と自分の息子の縁組をもちかけ、劉備側の荆州《けい》守備責任者たる関羽の反応を見るが、関羽は「吾《わ》が虎の女《むすめ》を安《いず》くんぞ肯《あ》えて犬の子に嫁がさんや(虎の娘を犬の息子の嫁になぞできない)」と、にべもなく拒否する。これで孫権と関羽は完全に決裂し、頭にきた孫権は曹操のもとに使者を派遣、襄陽《じょうよう》と樊《はん》に駐屯する曹操側の荊州守備責任者、曹仁《そうじん》に関羽を攻撃するよう申し入れる。

曹操と孫権が手を組んだと知った諸葛亮は、先手を打って曹仁を攻撃させるべく、関羽のもとに費詩《ひし》を派遣する。費詩を迎えた関羽は、漢中王になった劉備が自分を張飛・趙雲・馬超《ばちょう》・黄忠《こうちゅう》とともに、「五虎《ごこ》大将」に任命したと聞くや、黄忠のような老兵とは同列にされたくないと、難色を示す。上記は、怒る関羽をなだめた費詩の言葉である。将軍と漢中王は一心同体だと諭《さと》された関羽は、たちまち思い直し、快く曹仁攻撃の任務を引き受ける。人一倍、自負心は強いが、陰湿さのない剛毅な武人関羽らしい思い切りのよさといえよう。

関雲長　威は華夏を震わす

かくして北上し、曹仁攻撃に向かった関羽の勢いには当たるべからざるものがあり、またたくまに襄陽を攻め落とし、敗走した曹仁の立てこもる樊を包囲する。

初生之犢不懼虎。

初生《しょせい》の犢《こうし》は虎《とら》を懼《おそ》れず。

生まれたばかりの子牛は虎を怖がらない。

（第七十四回）

関羽に攻めたてられた曹仁は急いで曹操に救援を求めた。これに応じて曹操は三十年来、苦楽をともにして来た百戦錬磨の于禁《うきん》と、元馬超《ばちょう》配下の猛将龐徳《ほうとく》に軍勢をひきいさせ、曹仁が籠城する樊《はん》に向かわせた。このとき、龐徳の旧主馬超と兄の龐柔《ほうじゅう》が蜀に仕えていることを理由に、彼の起用に反対する者がいた。このため龐徳は棺《ひつぎ》を用意、決死の覚悟を示して出陣する。

樊に到着した龐徳は果敢に戦いを挑み、関羽と百合余り戦ったが、勝負がつかなかった。龐徳は「人は関公を英雄と言う。今日方《まさ》に信《しん》ず（みな関羽が英雄だと言うが、今日はじめてほんとうだとわかった）」と感嘆し、関羽もまた龐徳を「真《まこと》に吾《わ》が敵手《てきしゅ》なり（真にわしの好敵手だ）」と評価した。上記は、関羽が闘志満々、勝負がつくまで龐徳と戦おうとするようすを見て、父の身を案じた関平《かんぺい》が、関羽を虎に、龐徳を子牛にたとえて、小者の龐徳など相手にしないよう忠告したさいの言葉である。

しかし、関羽は関平の言葉など歯牙にかけず、翌日も龐徳と対戦するが、龐徳の放った矢が左肘に命中、退却のやむなきにいたる。龐徳が追撃しようとした瞬間、于禁が引き上げの合図の銅鑼《どら》を鳴らしたため、龐徳は関羽を取り逃がしてしまう。実は、于禁は龐徳が大手柄を立て、自分の威厳がなくなるのを恐れて邪魔をしたのだった。『演義』世界では、このあたりから、卑怯未練な于禁と勇猛果敢な龐徳の対比がきわだってくる。

関平(『増像全図三国演義』)

勇将不怯死以苟免、
壮士不毀節而求生。

勇将《ゆうしょう》は死《し》に怯《おび》えて以《もっ》て苟《いやし》くも免《まぬか》れず、
壮士《そうし》は節《せつ》を毀《こわ》して生《せい》を求《もと》めず。

勇将は死を恐れて助かりたいとは思わず、
壮士は節を曲げて生きることを望まない。

（第七十四回）

龐徳《ほうとく》との戦いで負った関羽の矢傷はまもなく回復した。おりしも数日間はげしい雨が降って河川が氾濫し、于禁《うきん》と龐徳の陣営は水没してしまう。そこに大船に乗った関羽が攻め寄せ、于禁はもろくも降伏するが、龐徳は関羽軍の猛攻をはねのけ、必死の抵抗をつづける。上記の言葉は、龐徳が配下の成何《せいか》に向かって述べたもの。さらに龐徳は「今日乃《すなわ》ち我れの死ぬ日也（今日こそ私の死ぬ日だ）」と宣言し、配下全員が戦死した後も、死にもの狂いで戦うが、けっきょく関羽の部将周倉《しゅうそう》に生け捕りにされる。

こうして戦いは関羽の圧勝に終わり、于禁と龐徳は関羽の前に引き出される。このとき、于禁は地面にひれ伏して命乞いをし、荆州に護送されることになる。しかし、龐徳は立ったまま関羽を睨みつけて、あくまで降伏を拒否し、怒った関羽に処刑されてしまう。後日、このことを知った曹操は、「于禁はわしに三十年もつき従っていたのに、危機に直面するや、なんと龐徳におよばないとは、思いもよらなかった」と、ため息をついたのだった。

　転変の果てに曹操に降伏した龐徳は決死の覚悟で出陣し、「英雄」関羽の手にかかって壮絶な死を遂げた。ひたすら名誉ある死を願っていた龐徳は本望を遂げたともいえよう。かたや于禁は曹操の中核的部将として活躍したものの、降伏か死かという土壇場まで追いつめられた経験はない。瀬戸際まで行った経験の有無が、龐徳と于禁の別れ道だったのである。

龐徳　櫬(ひつぎ)を擡(かつ)いで関公と戦う

主公若以蒙可用、
則独用蒙。
若以叔明可用、
則独用叔明。

主公《しゅこう》若し蒙《もう》を以《もっ》て用《もち》う可《べ》くんば、
則《すなわ》ち独《ひと》り蒙《もう》を用《もち》いよ。
若《も》し叔明《しゅくめい》を以《もっ》て用《もち》う可《べ》くんば、
則《すなわ》ち独《ひと》り叔明《しゅくめい》を用《もち》いよ。

主公《との》には、もし私を用いようとされるのであれば、私ひとりだけを用いてください。またもし叔明《しゅくめい》どのをお用いになるのであれば、叔明どのだけをお用いになってください。

（第七十五回）

呉では建安二二年（二一七）、親劉備派だった魯粛《ろしゅく》が死亡した後、呂蒙《りょもう》が軍事責任者となり、呉側の荊州における軍事拠点陸口《りくこう》（湖北省嘉魚県西南）に駐屯していた。呂蒙は周瑜《しゅうゆ》と同様、シビアな反劉備派だった。呂蒙は関羽が樊《はん》の曹仁《そうじん》を攻撃している隙に、劉備側の荊州の拠点を奪取すべく、一計を案じる。それは、呂蒙が病気を口実に辞職し、後任にすこぶる有能だが、まだ無名の陸遜《りくそん》を起用し、関羽をゆだんさせるというものだった。

関羽はこれに引っかかり、荊州に留めておいた兵力を引き上げて曹仁攻撃に投入したため、荊州の守備態勢はみるみる手薄になった。頃やよし、孫権は呂蒙と従弟の孫皎《そんこう》あざな叔明《しゅくめい》に、大軍をひきいて荊州攻撃に向かわせようとした。上記は、このとき呂蒙が孫権に述べた言葉である。なるほど指揮官が二人いると、命令系統が分裂し事が進まなくなる恐れがある。納得した孫権は呂蒙を荊州攻略の総指揮官に任じた。

呂蒙は精鋭部隊を潜ませた八十隻余りの快速船を準備し、商人に変装した兵士に櫓《ろ》をこがせて出発、長江沿いに配置された守備兵を縛りあげて、関羽の本拠、荊州(江陵《こうりょう》)城に突入、陥落させた。ついで公安《こうあん》と南郡《なんぐん》も陥落、関羽は荊州の拠点をすべて失ってしまう。公安を守備する傅士仁《ふしじん》と南郡を守備する麋芳《びほう》は、かねて関羽に不手際を責められており、処罰されることを恐れるあまり、あっさり降伏したことが、呂蒙の成功を容易にしたのだった。

呂子明　智もて荊州を取る

今日乃国家之事。
某不敢以私廃公。

今日《こんにち》は乃《すなわ》ち国家《こっか》の事《こと》なり。
某《ぼう》は敢《あ》えて私《し》を以《もっ》て公《こう》を廃《はい》さず。

これは国家の問題です。
私は私情によって公的な問題をないがしろにはしません。

（第七十六回）

根拠地の荊州が危うくなっていることを知らない関羽は、于禁《うきん》を生け捕りにし、龐徳《ほうとく》を斬ったことで、ますます勢いづく。恐れた曹操は許都から遷都することさえ考えた。しかし、関羽の鋭鋒をくじくことが先決だと、まず徐晃《じょこう》が五万の精鋭をひきいて樊《はん》に向かい、つづいて曹操もみずから出陣する。

その実、時の経過とともに関羽の威勢にも翳《かげ》りが見えはじめていた。龐徳から受けた左肘の矢傷が癒えた後、今度は右肘に毒矢が当たり、名医華佗《かだ》の大手術のおかげで回復したものの、本調子というわけではなかった。これがケチのつきはじめで、怒濤の勢いで攻め寄せた徐晃軍に次々と樊近辺の拠点を奪われ、また荊州陥落の情報が流れて将兵の間に動揺が広がるなど、関羽はしだいに敗色濃厚となる。

上記は関羽と対陣したときの徐晃の言葉。徐晃が樊城の関羽の本陣に攻め寄せると、関羽は、「吾《わ》れと公明《こうめい》(徐晃のあざな)の交契《こうけい》は深く厚く、他人に比するに非《あら》ず(私と公明どのの友誼の深さには、他の者と比べられないものがあった)」と語りかけた。曹操の部将のうち、張遼《ちょうりょう》と徐晃が関羽と親しかったのは事実だ。しかし、徐晃は上記のように公私の区別を言明するや、委細かまわず関羽に攻めかかる。籠城していた曹仁軍も囲みを破って出撃し、戦況不利となった関羽は馬良《ばりょう》と伊籍《いせき》を成都に向かわせ救援を依頼する一方、呂蒙に奪われた荊州を奪還すべく、南下を開始する。

関雲長　大いに徐晃と戦う

玉可砕、
而不可改其白。
竹可焚、
而不可毀其節。

玉《たま》は砕《くだ》く可《べ》くも、
其《そ》の白《しろ》さを改《あらた》む可《べ》からず。
竹《たけ》は焚《や》く可《べ》くも、
其《そ》の節《せつ》を毀《こぼ》つ可《べ》からず。

玉は砕けてもその白さを改めず、
竹は焼けてもその節《ふし》を壊さないものだ。

（第七十六回）

荊州奪還に向かった関羽は背後から魏軍に追撃されるわ、行く手は呉軍に阻まれるわと、完全に挟み撃ちになり、進退きわまる。しかも脱走者が続出し、軍勢は弱体化する一方だった。

そこで麦城《ばくじょう》（湖北省当陽市東南）の小城にいったん駐屯し、ほど近い上庸《じょうよう》（湖北省竹山県西南）を守備する劉備の養子劉封《りゅうほう》と孟達《もうたつ》（二二五頁参照）の救援を待つことにした。

救援要請の使者廖化《りょうか》は呉軍の包囲網を突破し上庸に到達したが、劉封と孟達は救援しても効果はないと拒否、絶望した廖化は劉備のいる成都へと向かう。ちなみに、孟達はやがて魏に降伏するが、また寝返って蜀に帰順を申し出るなど、転変を繰り返したあげく、司馬懿《しばい》に攻め滅ぼされる（三三三頁参照）。一方、劉封は魏に降伏した孟達の討伐に失敗、劉備に処刑された。

それはさておき、救援を得られず、麦城で苦境に陥った関羽のもとに、孫権の命令を受けた諸葛瑾《しょかつきん》が降伏勧告にやって来る。上記は、関羽がこの勧告をきっぱりはねつけたときの言葉である。

関雲長　夜　麦城に走る

関羽は「吾《わ》れは孫権と一死戦を決せんと欲す（私は孫権と決死の戦いを望むまでだ）」と宣告し、立ち戻った諸葛瑾は孫権に、「関公の心は鉄石の如《ごと》く、説《と》く可《べ》からざる也（関羽の心は鉄石であり、説得できませんでした）」と報告したのだった。

かくして土壇場まで追いつめられた関羽はイチかバチか、周倉《しゅうそう》と王甫《おうほ》に麦城を守備させると、関平・趙累《ちょうるい》とともに二百余りの軍勢をひきいて麦城から出撃し、蜀へ向かおうとした。しかし、途中であえなく孫権の配下に関平ともども生け捕りにされてしまう(趙累は戦死)。

碧眼小児、紫髯鼠輩。
吾与劉皇叔桃園結義、
誓扶漢室。
豈与汝叛漢之賊為伍耶。

碧眼《へきがん》の小児《しょうじ》、紫髯《しぜん》の鼠輩《そはい》よ。
吾《わ》れは劉皇叔《りゅうこうしゅく》と桃園《とうえん》に義《ぎ》を結《むす》び、
漢室《かんしつ》を扶《たす》けんことを誓《ちか》う。
豈《あ》に汝《なんじ》のごとき漢《かん》に叛《そむ》くの賊《ぞく》と伍《ご》を為《な》さんや。

碧眼の小僧、紫髯のネズミ野郎め。
私は劉皇叔と桃園で義兄弟の契りを結び、漢王朝を助けると誓いを立てたのだ。
おまえのごとき、漢王朝を裏切った悪人の仲間になぞなるものか。

（第七十七回）

関羽が護送されて来ると、孫権は降伏を勧める。これに対して関羽は孫権を面罵し、上記のように痛烈な啖呵を切る。「碧眼の小児、紫髯の鼠輩」と罵ったのは、孫権が青い目に紫色の髯《ひげ》という、異相の持ち主だったからである（九九頁参照）。かくして関羽父子はついに孫権に殺害された。ときに建安二四年（二一九）冬一二月、関羽五八歳（『演義』

玉泉山に　関公　顕聖す

の説。「関羽伝」には記述なし)。

関羽の死後、愛馬の赤兎馬《せきとば》は数日間、秣《まぐさ》を口にせず絶命する。なお赤兎馬については二〇頁および八五頁参照。また、麦城に残留した王甫と周倉は関羽の死を知るや、二人とも壮絶な自死を遂げる。

関羽の霊は強烈であり、死後もしばしば「顕聖《けんせい》(神霊として姿を顕すこと)」する。まずその霊は、五関で六将を斬ったときに世話になった普浄《ふじょう》和尚が住む玉泉山《ぎょくせんざん》(湖北省当陽市西)にあらわれる。このとき、赤兎馬に乗り青龍刀をもった関羽は左に白面の若将軍(関平)、右に黒い顔に虬髯《みずちひげ》の豪傑(周倉)をしたがえ、「我が頭を還《かえ》し来たれ(私の首を返してくれ)」と呼ばわって天から降りて来る。ならば、あなたに首を斬られた人々は誰に「首を返せ」と言えばいいのかと和尚に諭されると、関羽ははたと悟り、以後、玉泉山で霊験をあらわし住民を庇護するようになる。

とはいえ、これ以後も、『演義』世界に出現する関羽の霊は住民こそ庇護するが、呂蒙に乗り移って祟り殺したのをはじめ、敵に対しては相手が死ぬまで手をゆるめない。

『演義』はこうした形で、神となった関羽に対する種々の民間伝承を巧みに取り入れているのである。

吾死之後、
汝等須勤習女工。
多造糸履、
売之可以得銭自給。

吾《わ》れ死《し》せし後《のち》、
汝等《なんじら》須《すべか》らく勤《つと》めて女工《じょこう》を習《なら》うべし。
多《おお》く糸履《しり》を造《つく》り、
之《こ》れを売《う》って以《もっ》て銭《ぜに》を得《え》て自給《じきゅう》す可《べ》し。

わしが死んだあと、おまえたちは勤勉に針仕事に励んで、せっせと布靴を作り、それを売って得た金で自活せよ。

（第七十八回）

関羽を殺した後、劉備の報復を恐れる孫権は禍《わざわい》を転嫁すべく、洛陽の曹操のもとに関羽の首を送りつける。曹操は司馬懿《しばい》の意見を受け入れ、関羽の首を香木で作った体に乗せ、大臣の礼を以て葬ることによって、劉備の怒りを孫権に向かわせようとする。かくして関羽の首と対面し、「雲長公、別来《べつらい》恙無《つつがな》しや（雲長どの、一別以来、変わりはないか）」と呼びかけたところ、関羽の口が開き目も開き、髪も髯《ひげ》もすべて逆立ったので、曹操は仰天し気絶してしまう(第七十七回)。

以来、曹操は弱り目に祟り目、種々の怪異現象に悩まされ、持病の頭痛が極端に悪化する。そこで、関羽の矢傷を治した名医華佗《かだ》を招くと、頭の切開手術が必要だとの診断だった。

疑り深い曹操は、華佗が自分を殺そうとしていると思い込み、投獄・処刑してしまう。この結果、頭痛はひどくなる一方、曹操は心身ともに衰えはて、ついに死期を悟るにいたる。

上記は、臨終を前にした曹操が曹洪《そうこう》・陳群《ちんぐん》・賈詡《かく》・司馬懿ら重臣を呼び寄せ、後継者曹丕《そうひ》の輔佐を頼んだ後、側室たちに伝えさせた遺言の一部である。

曹操　神医の華佗を殺す

曹操の遺言状は完全な形では残っておらず、「武帝紀」や陸機《りくき》(陸遜《りくそん》の孫)が著した「魏の武帝を弔《とむら》う文」(『文選《もんぜん》』巻六十)などに、部分的に収録されている。ここにあげた、いかにも現実的な側室への遺言は陸機の弔文に見えるものにもとづく。

こうして死後の措置を細かく指示した後、曹操は波瀾万丈の生涯を閉じる。ときに建安二五年(二二〇)春正月、曹操六六歳。

煮豆燃豆萁　豆《まめ》を煮《に》て豆萁《まめがら》を燃《も》やし
豆在釜中泣　豆《まめ》は釜中《ふちゅう》に在《あ》って泣《な》く
本是同根生　本《もと》は是《こ》れ同根《どうこん》より生《しょう》ずるに
相煎何太急　相《あ》い煎《い》ること　何《なん》ぞ太《はなは》だ急《きゅう》なる

豆を煮るのに豆がら燃やせば、豆は釜《かま》の中で泣く。もともと同じ根っこから生じたのに、どうして躍起になって責めさいなむのだろう。

（第七十九回）

曹操が死去するや、息子の曹丕《そうひ》が魏王となる。曹丕には曹彰《そうしょう》（二六八頁参照）、曹植《そうしょく》、曹熊《そうゆう》という三人の同母弟（母は卞《べん》皇后）があった。このうち、傑出した詩人の曹植は曹操のお気に入りだった。このため、後継の座をめぐり、曹丕と曹植の側近グループが激しい鍔迫《つばぜ》り合いを演じたあげく、曹操の死の三年前、ようやく曹丕が太子に指名されたの

曹子建　七歩にて章を成す

だった。

魏王になった曹丕は競争者の徹底排除にとりかかり、曹操の葬儀にも参列せず、領地の臨淄《りんし》（山東省淄《し》博《はく》市東北）で酒宴にふけっているかどで、曹植をただちに逮捕・連行する。かくして、文才があるなら、七歩あるくうちに詩を作れ、さもなくば厳罰に処すと、曹植に難題をふっかける。

曹植が難なく詩を完成すると、さらに曹丕は「兄弟」をテーマに、ただし「兄弟」という語を用いず、即座に詩を作れと迫る。このとき曹植は上記の詩を作り、兄が弟をなぜ圧迫するのかと訴えた。さすがの曹丕も涙を流し、卞皇后のとりなしもあって、曹植を降格させるだけで放免した。『演義』の展開ではこうなるが、その実、この話のもとになった『世説新語』「文学篇」のエピソード以来、上記の詩が「七歩の詩」とみなされている。

骨肉の争いに打ち勝った曹丕は、建安二五年（二二〇）が途中の二月に延康《えんこう》元年と改められた、その年の一〇月、父曹操の死後九か月で、後漢の献帝を退位させて即位（文帝）、黄初《こうしょ》と改元して魏王朝を立てる。こうして曹丕は父曹操が逡巡した簒奪《さんだつ》をあっさりやってのけた。合理的というべきか、酷薄非情というべきか。

不為弟報讎、
弟《おとうと》の為《ため》に讎《あだ》を報《むく》いざれば、

雖有万里江山、
万里《ばんり》の江山《こうざん》を有《ゆう》すと雖《いえど》も、

何足為貴。
何《なん》ぞ貴《とうと》しと為《な》すに足《た》らん。

弟の仇《かたき》討ちをしない以上、
たとえ万里の江山を得ようとも、
ありがたがる気にはなれない。

（第八十一回）

曹丕が後漢王朝を滅ぼして即位、魏王朝を立てた翌年（魏の黄初二年。二二一）四月、劉備は諸葛亮をはじめ群臣に推されて即位し、蜀王朝を立てた。即位の式典がすんだ翌日早くも劉備は、孫権に殺された関羽の仇を討つため、呉に進撃すると宣言する。このとき、趙雲は即座に国賊は曹操であって孫権ではないと反対し、「漢賊の讎《あだ》は公《おおやけ》也。兄弟の讎は私《わたくし》也。願わくは天下を以て重しと為されんことを（漢王朝の逆賊への報復

范疆・張達　張飛を刺す

は公の問題であり、兄弟のための報復は私の問題です。どうか天下のことを重視なさいますように)」と諫めた。上記の言葉は、これに対する劉備の反論である。劉備はこうして天下の支配よりも義弟関羽の報復のほうが先決だと、公《おおやけ》の論理より私《わたくし》の論理、言い換えれば任俠の論理を重視する態度を明らかにし、委細かまわず呉に攻め込もうとする。

もう一人の義弟張飛もすわ関羽のための復讐戦だと勇み立つ。しかし、張り切りすぎが裏目に出て、やみくもに出撃の準備を急がせたため、部下の怨みを買い、泥酔した隙に寝首をかかれてしまう。関羽につづき、大事なときにポカをやる悪い癖のために張飛まで死んでしまうと、劉備は「二人の弟がともに死んでしまったのに、朕《ちん》ひとりどうして生きていられようか」と慟哭し、悲嘆にくれた。かくして、破れかぶれになった劉備は、張飛の息子張苞《ちょうほう》、関羽の息子関興《かんこう》、老将黄忠《こうちゅう》らを筆頭に総勢七十五万の大軍勢をひきいて出撃、呉に攻め込むにいたる。このとき頼もしい趙雲はしっかり後詰めを受け持ち、万一に備えたのだった。

兼聴則明、
偏聴則蔽。
兼《か》ねて聴《き》けば則《すなわ》ち明《あか》るく、
偏《かたよ》り聴《き》けば則《すなわ》ち蔽《くら》し。

多くの意見を聞けば正しい判断ができるが、
かたよった意見しか聞かなければ正しい判断ができない。

（第八十三回）

呉に攻めこんだ劉備軍は快調に進撃し、孫桓《そんかん》を総大将とする呉軍を撃破した。『演義』世界ではここで関羽と張飛の代役にあたる若き関興《かんこう》と張苞《ちょうほう》が大活躍する。劉備が彼らを称えると、老将黄忠が目に物見せてやると呉軍に突撃をかけるが、矢に当たり致命傷を負ってしまう。かくて黄忠は「私は一介の軍人にすぎませんのに、幸運にも陛下と出会うことができました」と、劉備に別れを告げ絶命する。劉備の貴重な戦力がこうしてまた失われた。
その後も、劉備軍は孫桓の籠城する彝陵《いりょう》（湖北省宜昌市東南）を包囲し、救援の呉軍を撃破しつづけた。慌てた孫権は陸遜《りくそん》を抜擢して呉軍の総司令官に任じ、劉備に対抗させようとした。陸遜は有能だが、実戦経験がないため、韓当《かんとう》らベテラン部将を抑えられない恐れがある。そこで、孫権は陸遜を周瑜《しゅうゆ》・魯粛《ろしゅく》・呂蒙《りょもう》につづく呉の軍事責任者に任命し、軍事的な全権を委任する。

劉備軍と対峙した陸遜は出撃せず、遠来の敵軍の疲れを待つ持久作戦をとった。焦った劉備は猛暑のおりから、各陣営を山林や渓谷に移動させようとする。危惧した参謀の馬良《ばりょう》(一九五頁参照)は、各陣営の移動地点の絵図を描いて諸葛亮の意見を聞いたほうがよいと進言するが、劉備はその必要はないとつっぱねる。これに対して、さらに馬良は上記のように述べ、劉備に再考を求める。これで劉備も納得し、諸葛亮の意見を求めることにした。

しかし、すでに遅きに失し、長々と山林地帯に連ねた劉備の各陣営はやがて陸遜の火攻めにあい、殲滅《せんめつ》されてしまうのである。

劉先主　猇亭(おうてい)に大いに戦う

君才十倍曹丕。
必能安邦定国、
終定大事。
若嗣子可輔、
則輔之。
如其不才、
君可自為成都之主。

君《きみ》の才《さい》は曹丕《そうひ》に十倍《じゅうばい》す。
必《かなら》ず能《よ》く邦《くに》を安《やす》んじ国《くに》を定《さだ》め、
終《つい》に大事《だいじ》を定《さだ》めん。
若《も》し嗣子《しし》輔《たす》く可《べ》けんば、
則《すなわ》ち之《こ》れを輔《たす》けよ。
如《も》し其《そ》れ才《さい》ならずば、
君自《きみみずか》ら成都《せいと》の主《しゅ》と為《な》る可《べ》し。

君の才能は曹丕《そうひ》の十倍はあり、きっと国家を安んじ、最後には大事業を成し遂げることができよう。もしも後継ぎが輔佐するに足る人物ならば、これを輔佐してやってほしい。もしも才能がないならば、君がみずから成都の主《あるじ》になるがよい。

（第八十五回）

呉に攻め込んで快進撃をつづけ、猇亭《おうてい》(湖北省枝城市北)に駐屯していた劉備は、さらに呉の国内深く進軍する構えを見せた。このとき、劉備は七百里にわたって柵を連ねた陣営を築き、しかもそのすべてを山林や渓谷に移動させていた。この陣立ての弱点を見抜いた呉軍の総司令官陸遜《りくそん》は、絶好のタイミングを見計らい壮絶な火攻めをかける。たちまち劉備軍は総崩れとなり、戦死者数万の壊滅的打撃をうけた。劉備は土壇場で趙雲に救われ、命からがら蜀境の白帝《はくてい》城(四川省奉節県東)に逃げ込む始末。

惨憺たる敗北に衝撃をうけた劉備は白帝城で、心身ともに衰弱し再起不能となる。死期を悟った劉備は、諸葛亮を呼び寄せ後事を託す。上記は、そのとき劉備が諸葛亮に告げた言葉である。後継ぎの長男劉禅《りゅうぜん》(幼名阿斗《あと》)が暗愚であることなど、海千山千の劉備は百も承知だったに相違ない。にもかかわらず、すべては君しだいだと、諸葛亮に下駄を預けるとは、さすが乱世の英雄劉備、大した度胸である。

これに対し、諸葛亮は涙ながらに「臣安《いず》くんぞ敢《あ》えて股肱《ここう》の力を竭《つ》くし、忠貞

白帝城に　先主　孤を託す

の節を尽くし、之れに継ぐに死を以てせざらんや（私は心から股肱の臣としての力を尽くし、忠義と貞節を捧げ、最後には命を捨てる覚悟です）」と誓う。この誓いどおり、諸葛亮は誠心誠意、暗愚な劉禅を支えつづけた。諸葛亮もまた任俠の人だったのである。安心した劉備は関羽と張飛が待つ彼岸《ひがん》の世界に旅立って行く。ときに蜀の章武《しょうぶ》三年（魏の黄初四年。二二三）、劉備六三歳。

勿以悪小而為之。　悪小《あくしょう》なるを以《もっ》て之《こ》れを為《な》す勿《な》かれ。
勿以善小而不為。　善小《ぜんしょう》なるを以《もっ》て為《な》さざる勿《な》かれ。
惟賢惟徳、　惟《た》だ賢《けん》　惟《た》だ徳《とく》のみ、
可以服人。　以《もっ》て人《ひと》を服《ふく》せしむ可《べ》し。

悪事はたとえ小さくともけっしてするな。
善事はたとえ小さくともせずにおいてはならんぞ。
賢明さと徳義、これだけが人を服従させることができる。

（第八十五回）

臨終にあたり、劉備は諸葛亮に、劉禅《りゅうぜん》ら息子たちにあてた遺言状を託した。諸葛亮が霊柩を奉じて、白帝城から成都に帰還すると、太子劉禅はこれを迎え、葬儀を執り行った。葬儀が終わると、劉禅は遺詔を開き読みあげた。これは、その遺言状の一部である。

劉備はここで「『人　年五十、夭寿《ようじゅ》と称さず（人間　五十ともなれば　若死とは言わない）」

劉備(『増像全図三国演義』)

と聞いている。今、朕《ちん》はもう六十余りなのだから、死んでも何の恨むところもない。ただ卿《おまえ》たち兄弟のことだけが気がかりだ」と述べ、上記のように、身奇麗に生きるためにもっとも重要なことを、息子たちに切々と教示する。さらに、「卿《けい》らの父は徳薄く、効《てほん》とするに足らざる也。卿らは丞相とともに事に従い、之れに事《つか》うること父の如くせよ。怠る勿《な》かれ、怠る勿《な》かれ」と、懇々と言い聞かせる。劉備と諸葛亮の信頼関係が如実にうかがえる、実にみごとな遺言である。

諸葛亮は劉備の死後、魏や呉につけいる隙を与えまいと、敏速に事を運んで、劉禅を即位させ(劉禅はまもなく張飛の娘と結婚する)、新体制を発足させる。案の定、魏では文帝曹丕《そうひ》が司馬懿《しばい》の積極策に同意し、劉備の死後の空白をついて、呉とも手を組み、五方面から大々的に軍勢を動かして蜀に攻勢をかけようとする。諸葛亮は病気と称して自宅に蟄居《ちっきょ》し、内々ですばやく事を運び、四方面からの攻撃については、くいとめる手を打つが、呉の軍勢を退却させるため、孫権と交渉する使者の適任者が見当たらず、頭を悩ます。

当与東呉連合、
結為唇歯、
一洗先帝旧怨。
此乃長久之計也。

当《まさ》に東呉《とうご》と連合《れんごう》し、
結《むす》んで唇歯《しんし》と為《な》り、
先帝《せんてい》の旧怨《きゅうえん》を一洗《いっせん》すべし。
此《こ》れ乃《すなわ》ち長久《ちょうきゅう》の計也《けいなり》。

呉と連合し、唇と歯のような同盟関係を結び、先帝の旧怨をきれいさっぱり洗い流すことこそ、長続きする戦略だと思われます。

（第八十五回）

劉禅即位の直後、諸葛亮は魏の五方面からの大攻勢をはねかえすべく、病気を口実に自宅に蟄居《ちっきょ》して内々で手を打ち、残るは孫権との交渉役の適任者をさがすのみという段階まできた。病気見舞いに訪れた劉禅にこの間の事情を説明した後、諸葛亮は門前に居並ぶ官僚の前に久々に姿を見せる。官僚一同は諸葛亮の意図がよめず、疑心暗鬼のふうだったが、鄧芝《とうし》だけは諸葛亮の意図を的確に把握したのか、喜びの表情を浮かべていた。

そこで、諸葛亮は鄧芝を引きとめ、魏と呉を征伐し天下を統一するには、まずどちらの国を征伐すべきかと問いかけた。上記の言葉は、これに対する鄧芝の答えである。

曹丕　五路より西川に下る

ちなみに、この答えは、魏は勢いがつよく、急にひっくりかえすのは困難だから、ゆるゆる攻めるべきであり、そのためにはまず呉との関係を修復すべきだという文脈で、述べられている。これを聞いた諸葛亮は、この鄧芝こそ孫権への使者として最適任だと確信する。

呉に派遣された鄧芝は孫権と堂々と渡り合った。孫権は最終的に鄧芝の説に同意し、ここに蜀と呉の間に正式に和平が成立、同盟が結ばれた(正史にはこの前年、孫権がすでに劉備のもとに和睦の使者を派遣したとの記述が見える)。この同盟は以後、蜀が滅亡(二六三)するまで、基本的に続行される。

黄初五年(二二四)、呉が蜀と同盟を結んだと知った魏の文帝曹丕は、水・陸合わせ三十余万の大軍勢をひきいて呉を攻撃するが、あえなく大敗を喫する。こうして魏と呉は完全に決裂した。

攻心為上、　心《こころ》を攻《せ》むるを上《じょう》と為《な》し、
攻城為下。　城《しろ》を攻《せ》むるを下《げ》と為《な》す。

相手の心を屈服させる戦いを上策とし、
武力で押しつぶす戦いを下策とする。

（第八十七回）

蜀の建興三年（二二五）、南方異民族の王、孟獲《もうかく》が反乱を起こし、南中の諸郡（建寧《けんねい》郡・牂牁《そうか》郡・越嶲《えつすい》郡）の太守も呼応したため、蜀南部は騒然となる。これを討伐すべく、諸葛亮は趙雲・魏延《ぎえん》を大将、王平《おうへい》・張翼《ちょうよく》を副将とする五十万の大軍をひきいて出撃する。
諸葛亮の南中征伐（南征）は快調に推移し、「反間《はんかん》の計（敵に仲間割れを起こさせる計略）」を用い、またたくまに南中諸郡を平定することに成功した。しかし、孟獲だけはそう簡単には屈服しそうにない。そんなとき、俊才の誉れ高い馬謖《ばしょく》（馬良《ばりょう》の弟で馬氏の五常の一人。一九五頁参照）が、遠征軍を慰労する天子の使者として、諸葛亮のもとを訪れた。
このとき、諸葛亮が異民族平定のポイントをたずねると、馬謖は上記のように答え、また「「心の戦いを上となし、兵の戦いを下となす」と申します。丞相にはひたすら彼らの心を屈服させられますように」と述べた。諸葛亮はこのいかにも機転のきいた言葉に、「幼常《ようじょう》（馬謖のあざな）どのは私の胸の底を知り抜いている」と、感嘆することしきりだった。

実は、劉備は死の直前、諸葛亮に「馬謖は言葉が実質を超えているゆえ、重用してはならない。丞相にはくれぐれもこの点を明察するように」と注意した（第八十五回）。にもかかわらず、諸葛亮は馬謖の才を酷愛し、火傷を負うことになる（三三八頁参照）。さすがの諸葛亮も才子馬謖の危うさだけは見抜けず、この点では劉備に一日の長があったといえよう。

孔明　兵を興して孟獲を征す

七擒七縦、自古未曾有也。
吾雖化外之人、頗知礼義。

七擒七縦《しちきんしちしょう》、古《いにしえよ》自り未《いま》だ曾《かつ》て有《あ》らざる也《なり》。
吾《わ》れ化外《かがい》の人《ひと》と雖《いえど》も、頗《すこぶ》る礼義《れいぎ》を知《し》る。

七擒七縦(七たび生け捕りにし七たび釈放すること)は古今未曾有《みぞう》のことです。私は教化の外にいる者ですが、少しは礼と義を知っております。

(第九十回)

『演義』は第八十七回から第九十回までの四回にわたり、諸葛亮と南方異民族の王、孟獲《もうかく》との魔法合戦のさまを面白おかしく描写する。孟獲を心服させることをめざす諸葛亮は、孟獲が心から参ったというまで、七回生け捕りにし七回釈放した。この間、配下の魔王を次々に繰り出し、秘術を尽くして執拗な抵抗を繰り返す孟獲に対し、諸葛亮もはなばなしく人工獣を操るなどして、大魔王よろしくこれを撃退しつづける。ここに見られる諸葛亮の姿には、民衆世界の語り物で長らく伝承されてきた、神秘的な超能力者・魔術師としての要素がふんだんに盛り込まれている。総じて、このくだりの描写は、『演義』の他の部分の叙述とはかけはなれた、童話的ともいうべき物語幻想に彩られているのが目立つ。

それはさておき、上記は、七回目に生け捕りになった孟獲がなおも釈放しようとする諸葛亮に対して、涙ながらに述べた言葉である。こうして孟獲を心服させ南中を平定した諸葛亮は、この地に蜀から官吏を派遣せず、もとどおり現地の者の自治にまかせることにした。新たに蜀の官吏や軍隊を配置すれば、食糧も必要になるし、現地住民との軋《あつ》轢《れき》もおきるという判断だ。この決定に住民は大喜びし、諸葛亮は後顧の憂いなく成都に凱旋する。

諸葛亮　七たび孟獲を擒(とら)う

この「七擒七縦」のエピソードは、「諸葛亮伝」裴《はい》注の『漢晋春《かんしんしゅん》秋《じゅう》』(東晋・習鑿歯《しゅうさくし》著)にもとづいている。『演義』はこれを大々的に潤色し、物語世界に取り込んだのである。

陛下已殺其母。
安忍復殺其子。

陛下《へいか》　已《すで》に其《そ》の母《はは》を殺《ころ》せり。
安《いず》くんぞ復《ま》た其《そ》の子《こ》を殺《ころ》すに忍《しの》びんや。

陛下はすでにその母のほうを殺してしまわれました。
このうえその子を殺すに忍びません。

（第九十一回）

諸葛亮が南中征伐に成功した翌年、魏の黄初七年（二二六）、魏では文帝曹丕《そうひ》が死去し、息子の明帝《めいてい》曹叡《そうえい》が即位する。実は曹叡が後継の座につくまで相当な紆余《うよ》曲折があった。曹叡の母の甄《しん》夫人（甄皇后）は袁紹《えんしょう》の二男袁熙《えんき》の妻だったが、建安九年（二〇四）、曹操が袁氏一族の本拠冀《き》州城（鄴《ぎょう》城）を陥落させたとき、その美貌に魅せられた曹丕の妻となり、曹叡を生む。しかし、時の経過とともに曹丕の愛が薄れ、迫られて自殺に追い込まれる。甄夫人の死については、「公妃伝」も『演義』（第九十一回）も、曹丕の心が若き美女郭《かく》氏に傾いたためだとするが、甄夫人と曹丕の弟曹植《そうしょく》との間に秘めたる恋があり、これを嫉妬した曹丕に殺されたとする伝説も流布している。

甄夫人が非業の死を遂げたために、長男の曹叡も曹丕からうとまれ、なかなか後継者に指名されなかった。黄初七年、曹叡が曹丕のおともをして狩猟に出かけたときのこと、曹丕は母鹿を射《い》殺し、曹叡に小鹿を射《い》殺せと命じた。すると曹叡は涙ながらに上記のように言い、悟るところのあった曹丕は、曹叡を平原王に封じたのだった。

まもなく曹丕は重病になり、曹真《そうしん》・陳群《ちんぐん》・司馬懿《しばい》・曹休《そうきゅう》に曹叡の輔佐を託して、絶命する。ときに曹丕四〇歳。在位期間はわずか七年であった。遺命を受けた曹真らは曹叡を擁立して皇帝の座につける。魏王朝第三代(実際には第二代)皇帝、明帝の誕生である。

甄皇后(『増像全図三国演義』)

出師《すいし》の表《ひょう》　諸葛亮

臣亮言。
先帝創業未半、
而中道崩殂。
今天下三分、益州罷弊。
此誠危急存亡之秋也。
然侍衛之臣、不懈於内、
忠志之士、亡身於外者、
蓋追先帝之遇、
欲報之於陛下也。
誠宜開張聖聴、

臣亮言《しんりょうもう》す。
先帝《せんてい》　創業《そうぎょう》未《いま》だ半《なか》ばならざるに、
中道《ちゅうどう》にて崩殂《ほうそ》す。
今《いま》　天下《てんか》は三分《さんぶん》して、益州《えきしゅう》は罷弊《ひへい》す。
此《こ》れ誠《まこと》に危急存亡《ききゅうそんぼう》の秋《とき》也《なり》。
然《しか》れども侍衛《じえい》の臣《しん》、内《うち》に懈《おこた》らず、
忠志《ちゅうし》の士《し》、身《み》を外《そと》に亡《わす》るるは、
蓋《けだ》し先帝《せんてい》の遇《ぐう》を追《お》い、
之《こ》れを陛下《へいか》に報《むく》いんと欲《ほっ》すれば也《なり》。
誠《まこと》に宜《よろ》しく聖聴《せいちょう》を開張《かいちょう》し、

以光先帝遺徳、
恢志士之気。
不宜妄自菲薄、
引喩失義、
以塞忠諫之路。

以《もっ》て先帝《せんてい》の遺徳《いとく》を光《かがや》かせ、
志士《しし》の気《き》を恢《おお》いにすべし。
宜《よろ》しく妄《みだ》りに自《みずか》ら菲薄《ひはく》し、
義《ぎ》を失《うしな》うことを引《ひ》き喩《たと》え、
以《もっ》て忠諫《ちゅうかん》の路《みち》を塞《ふさ》ぐべからず。

臣《わたくし》諸葛亮が申し上げます。先帝(劉備)は始められた事業がまだ半分にも達しないのに、中道にしておかくれになりました。今、天下は三国に分かれ、益州《えき》(蜀)は疲弊しきっております。これはまことに危急存亡の瀬戸際です。さりながら、近侍の文官は内で職務に精励し、忠実な臣下は外で身を粉にしております。思いますに、これは先帝の格別のご恩顧を追慕し、陛下にお報いしようと願っているからにほかなりません。陛下はまさに御耳を開き、先帝のお残しになった徳を輝かせて、志ある者の気持ちをのびのびと広げられるべきです。みだりに自分を卑小な者とみなし、誤った比喩を引用して道義を失い、臣下の忠言や諫言の道を閉ざしてはなりません。

宮中・府中、倶為一体、
陟罰臧否、
不宜異同。
若有作姦犯科、
及為忠善者、
宜付有司、論其刑賞、
以昭陛下平明之理。
不宜偏私、
使内外異法也。

宮中《きゅうちゅう》・府中《ふちゅう》は、倶《とも》に一体《いったい》為り、
臧否《ぞうひ》を陟罰《ちょくばつ》するに、
宜《よろ》しく異同《いどう》あるべからず。
若《も》し姦《かん》を作《な》し科《とが》を犯《おか》し、
及《およ》び忠善《ちゅうぜん》を為《な》す者有《ものあ》らば、
宜《よろ》しく有司《ゆうし》に付《ふ》して、其《そ》の刑賞《けいしょう》を論《ろん》じ、
以《もっ》て陛下《へいか》の平明《へいめい》の理《り》を昭《あき》らかにすべし。
宜《よろ》しく偏私《へんし》して、
内外《ないがい》をして法《ほう》を異《こと》にせしむべからず。

宮廷と政府が一体となり、善悪の評価や賞罰に食い違いがあってはなりません。もし、悪事をなして法を犯す者がいたり、また忠義や善事をなす者がいれば、当該官庁に付託して、その刑罰や恩賞を判定させ、陛下の公平な政治を明らかにされるべきであり、私情に引きずられて、内(宮廷)と外(政府)で法を異にするようなことがあってはなりません。

侍中・侍郎郭攸之・費禕・董允等、
此皆良実、志慮忠純。
是以先帝簡抜、以遺陛下。
愚以為、
宮中之事、事無大小、
悉以咨之、然後施行、
必能裨補闕漏、有所広益也。
将軍向寵、
性行淑均、暁暢軍事。
試用於昔日、

侍中《じちゅう》・侍郎《じろう》郭攸之《かくゆうし》・費禕《ひい》・董允等《とういんら》、
此《こ》れ皆《み》な良実《りょうじつ》にして、志慮《しりょ》は忠純《ちゅうじゅん》なり。
是《ここ》を以《もっ》て先帝《せんてい》は簡抜《かんばつ》し、以《もっ》て陛下《へいか》に遺《のこ》せり。
愚《ぐ》 以為《おもえら》く、
宮中《きゅうちゅう》の事《こと》は、事《こと》の大小《だいしょう》と無《な》く、
悉《ことごと》く以《もっ》て之《こ》れに咨《はか》り、然《しか》る後《のち》に施行《しこう》せば、
必《かなら》ず能《よ》く闕漏《けつろう》を裨補《ひほ》し、広益《こうえき》する所有《ところあ》らん。
将軍《しょうぐん》向寵《しょうちょう》は、
性行淑均《せいこうしゅくきん》にして、軍事《ぐんじ》に暁暢《ぎょうちょう》す。
昔日《せきじつ》に試用《しよう》せらるるに、

先帝称之曰能。
是以衆議挙寵為督。
愚以為、
営中之事、悉以諮之、
必能使行陣和穆、
優劣得所也。

先帝《せんてい》 之《こ》れを称《しょう》して能《のう》と曰《い》えり。
是《ここ》を以《もっ》て衆議《しゅうぎ》 寵《ちょう》を挙《あ》げて督《とく》と為《な》す。
愚《ぐ》 以為《おもえら》く、
営中《えいちゅう》の事《こと》は、悉《ことごと》く以《もっ》て之《こ》れに諮《はか》らば、
必《かなら》ず能《よ》く行陣《こうじん》をして和穆《わぼく》せしめ、
優劣《ゆうれつ》をして所《ところ》を得《え》しめん。

侍中・侍郎の郭攸之《かくゆうし》・費禕《ひい》・董允《とういん》らは、みな善良・忠実で、志は忠義・純粋であります。このために、先帝は抜擢なさって陛下のもとにお残しになったのです。思いますに、宮中の事柄は大小を問わず、ことごとく彼らに相談なさってから実施なさったならば、必ずや手落ちを補い、広い利益が得られるでありましょう。将軍の向寵《しょうちょう》は性格や行為が善良・公平で、軍事に通暁しており、かつて試みに用いてみましたところ、先帝は有能だとおっしゃいました。このために、人々の意見によって、向寵は督《とく》(司令官)に推挙されました。思いますに、軍中の事柄は大小を問わず、ことごとく彼に相談なさったならば、必ずや軍隊を仲むつまじくさせ、優れた者も劣った者もそれぞれ適当な働き場所を得るでありましょう。

親賢臣、遠小人、
賢臣《けんしん》に親《した》しみ、小人《しょうじん》を遠《とお》ざけしは、

此先漢所以興隆也。
此《こ》れ先漢《せんかん》の興隆《こうりゅう》せし所以也《ゆえんなり》。

親小人、遠賢士、
小人《しょうじん》に親《した》しみ、賢士《けんし》を遠《とお》ざけしは、

此後漢所以傾頽也。
此《こ》れ後漢《ごかん》の傾頽《けいたい》せし所以也《ゆえんなり》。

先帝在時、毎与臣論此事、
先帝《せんてい》在《あ》りし時《とき》、臣《しん》と此《こ》の事《こと》を論《ろん》ずる毎《ごと》に、

未嘗不嘆息痛恨於桓・霊也。
未《いま》だ嘗《かつ》て桓《かん》・霊《れい》に嘆息痛恨《たんそくつうこん》せずんば
あらざりし也《なり》。

侍中尚書、長史参軍、
侍中尚書《じちゅうしょうしょ》、長史参軍《ちょうしさんぐん》、

此悉貞亮、死節之臣也。
此《こ》れ悉《ことごと》く貞亮《ていりょう》にして、節《せつ》に死《し》するの臣也《しんなり》。

願陛下、親之信之。
願《ねが》わくは陛下《へいか》、之《こ》れに親《した》しみ之《こ》れを信《しん》ぜよ。

則漢室之隆、可計日而待也。
則《すなわ》ち漢室《かんしつ》の隆《りゅう》、日《ひ》を計《はか》りて待《ま》つ可《べ》し。

賢明な臣下に親しみ小人物を遠ざけたのが、前漢の興隆した原因であり、小人物に親しみ賢明な臣下を遠ざけたのが、後漢の衰退した原因です。先帝ご在世のみぎり、私とこのことを議論なさるたびに、桓《かん》帝・霊《れい》帝（いずれも後漢末の皇帝）に対して、嘆息され痛恨なさったものです。侍中・尚書・長史・参軍はみな誠実・善良で、死んでも節を曲げない者ばかりです。どうか陛下には彼らを親愛なされ、信頼なさってください。そうすれば、この漢室（蜀を指す）の隆盛は、日を数えて待つことができるでしょう。
臣本布衣、
躬耕於南陽、
苟全性命於乱世、
不求聞達於諸侯。
先帝不以臣卑鄙、
猥自枉屈、
臣《しん》は本《もと》と布衣《ふい》にして、
躬《みずか》ら南陽《なんよう》に耕《たがや》し、
苟《いやし》くも性命《せいめい》を乱世《らんせい》に全《まっと》うして、
聞達《ぶんたつ》を諸侯《しょこう》に求《もと》めず。
先帝《せんてい》は臣《しん》の卑鄙《ひひ》を以《もっ》てせず、
猥《みだ》りに自《みずか》ら枉屈《おうくつ》し、

三顧臣於草廬之中、
諮臣以当世之事。
由是感激、
遂許先帝以駆馳。
後値傾覆、
受任於敗軍之際、
奉命於危難之間。
爾来二十有一年矣。

三《み》たび臣《しん》を草廬《そうろ》の中《うち》に顧《かえり》み、
臣《しん》に諮《はか》るに当世《とうせい》の事《こと》を以《もっ》てす。
是《こ》れに由《よ》りて感激《かんげき》し、
遂《つい》に先帝《せんてい》に許《ゆる》すに駆馳《くち》を以《もっ》てす。
後《のち》に傾覆《けいふく》に値《あ》い、
任《にん》を敗軍《はいぐん》の際《さい》に受《う》け、
命《めい》を危難《きなん》の間《かん》に奉《ほう》ず。
爾来《じらい》二十有一年《にじゅうゆういちねん》なり。

私はもともと無官の身であり、南陽(湖北省襄樊市《じょうはん》)で農耕に従事しておりました。乱世に生命を全うするのがせいぜいで、諸侯の間に名が知れることなど願っておりませんでした。先帝は私を身分卑しき者とみなされず、みずから辞を低くして三度も私を草廬《そうろ》のうちにご訪問くださり、当代の情勢についておたずねになりました。これによって感激し、先帝の手足となって奔走することを承諾したのです。その後、天地がくつがえるような大事件がおこり、戦いに敗北したさい、大任を受け、危難のさなかにご命令を奉じてから、二十一年が経過しました（建安一三年＝二〇八年、曹操が大軍をひきいて南下、劉備主従は長坂の戦いで大敗を喫し、絶体絶命の危機に陥った劉備が孫権と同盟すべく、諸葛亮を呉に派遣したことを指す）。

先帝知臣謹慎、　　先帝《せんてい》　臣《しん》の謹慎《きんしん》なるを知《し》り、
故臨崩寄臣以大事也。　　故《ゆえ》に崩《ほう》ずるに臨《のぞ》んで　臣《しん》に寄《よ》するに
　大事《だいじ》を以《もっ》てす。
受命以来、　　命《めい》を受《う》けて以来《いらい》、
夙夜憂嘆、　　夙夜憂嘆《しゅくやゆうたん》し、
恐託付不効、　　託付《たくふ》の効《こう》あらずして、
以傷先帝之明。　　以《もっ》て先帝《せんてい》の明《めい》を傷《きず》つけんことを恐《おそ》る。
故五月渡瀘、　　故《ゆえ》に五月《ごがつ》に瀘《ろ》を渡《わた》り、

深入不毛。
今南方已定、
兵甲已足。
当奨帥三軍、
北定中原。
庶竭駑鈍、攘除姦凶、
興復漢室、還于旧都。
此臣之所以報先帝、
而忠陛下之職分也。

深《ふか》く不毛《ふもう》に入《い》る。
今《いま》南方《なんぽう》は已《すで》に定《さだ》まり、
兵甲《へいこう》は已《すで》に足《た》る。
当《まさ》に三軍《さんぐん》を奨帥《しょうすい》し、
北《きた》のかた中原《ちゅうげん》を定《さだ》むべし。
庶《こいねがわ》くは駑鈍《どどん》を竭《つ》くして、姦凶《かんきょう》を攘除《じょうじょ》し、
漢室《かんしつ》を興復《こうふく》して、旧都《きゅうと》に還《かえ》らんことを。
此《こ》れ臣《しん》の先帝《せんてい》に報《むく》いて、
陛下《へいか》に忠《ちゅう》なる所以《ゆえん》の職分也《しょくぶんなり》。

先帝は私の謹み深い点をお認めになり、崩御なされるにあたって、私に国家の大事をおまかせになりました。ご命令をお受けしてから、私は日夜憂慮し、委託されたことについてなんら功績をあげることなく、先帝のご聡明さを傷つけること

孔明　初めて出師の表を上（たてまつ）る

になるのではないかと、恐れおののいてまいりました。このため、五月に瀘《ろ》水《すい》を渡り、深く不毛の地に進み入った次第です。現在、南方はすでに平定され、軍備も完備いたしました。まさに三軍をひきい、北方中原《ちゅうげん》の地を奪回すべきときです。願わくは愚鈍の才を尽くし、凶悪な者どもを追い払って、漢王朝を復興し、旧都（洛陽）を取り戻したいと存じます。これこそ、私が先帝のご恩に報い、陛下に忠節を尽くすために果たさねばならない責務です。

至於斟酌損益、進尽忠言、
則攸之・禕・允之任也。
願陛下託臣、

損益《そんえき》を斟酌《しんしゃく》し、忠言《ちゅうげん》を進《すす》め尽《つ》くすに至《いた》りては、
則《すなわ》ち攸之《ゆうし》・禕《い》・允《いん》の任也《にんなり》。
願《ねが》わくは陛下《へいか》臣《しん》に託《たく》するに、

以討賊興復之効。
不効則治臣之罪、
以告先帝之霊。
責攸之・禕・允等咎、
以章其慢。
陛下亦宜自課、
以咨諏善道、
察納雅言、
深追先帝遺詔。
臣不勝受恩感激。
今当遠離、
臨表涕泣、不知所云。

討賊興復《とうぞくこうふく》の効《こう》を以《もっ》てせよ。
効《こう》あらずんば則《すなわ》ち臣《しん》の罪《つみ》を治《おさ》め、
以《もっ》て先帝《せんてい》の霊《れい》に告《つ》げよ。
攸之《ゆうし》・禕《い》・允等《いんら》の咎《とが》を責《せ》め、
以《もっ》て其《そ》の慢《まん》を章《あき》らかにせよ。
陛下《へいか》亦《ま》た宜《よろ》しく自《みずか》ら課《こころ》み、
以《もっ》て善道《ぜんどう》を咨諏《ししゅ》して、
雅言《がげん》を察納《さつのう》し、
深《ふか》く先帝《せんてい》の遺詔《いしょう》を追《お》うべし。
臣《しん》　恩《おん》を受《う》くるの感激《かんげき》に勝《た》えず。
今《いま》遠《とお》く離《はな》るるに当《あ》たり、
表《ひょう》に臨《のぞ》んで涕泣《ていきゅう》し、云《い》う所《ところ》を知《し》らず。

国家の利害を斟酌し、進み出て忠言を尽くすのは、郭攸之《かくゆうし》・費禕《ひい》・董允《とういん》の任務であります。どうか陛下におかれましては、私に逆賊を討伐し、漢王朝を再興する功績をあげさせてください。もし功績をあげられなければ、私の罪を処断して、先帝の御霊《みたま》にご報告ください。また、もし陛下の徳を盛んにする言葉がなければ、郭攸之・費禕・董允の咎《とが》を責め、彼らの怠慢をはっきりお示しになってください。陛下もまたよろしくみずからお考えになって、臣下に正しい道理をおたずねになり、正しい言葉を判断のうえお受け入れください。どうか深く先帝の遺詔を思い起こされますように。私は先帝の大恩を受け感激に堪《た》えません。今、遠く離れて出征するにあたり、この表を前にして涙があふれ、申し上げる言葉を知りません。

（第九十一回）

魏の文帝が死去し明帝が即位した翌年（魏の太和元年、蜀の建興《けんこう》五年。二二七）、諸葛亮は交替期の間隙をついて、宿願の魏征伐（北伐）を敢行する決意を固める。蜀国内は整備され、呉との同盟も復活し、南中征伐も成功するなど、出陣の条件はそろっている。またとない機会だと判断した諸葛亮は、劉禅に「出師《すいし》の表《ひょう》」をささげ、出陣の決意を表明する。

見てのとおり、この「出師の表」こそ、真情あふれる名文でつづられた古今の傑作である。諸葛亮はこの表の冒頭で、蜀の文官・武官が先帝劉備から受けた恩義に報いるために、後継者の劉禅に誠心誠意、仕えていることを述べ、これに留意して事を行うよう諄々《じゅんじゅん》と説く。ついで信頼できる文官・武官の名を記し、賢臣を大切にし小人を遠ざけるようにと述べる。こうして劉禅に対して細やかな忠告を与えた後、諸葛亮は劉備との出会いから現在にいたるまでの軌跡を回想し、劉備に深い感謝をささげると同時に、だからこそ宿敵魏と戦わねばならないのだと、不退転の決意を明らかにする。このくだりは圧巻というほかない。

「出師の表」をささげると、諸葛亮は軍勢をひきいて漢中に向かう。つごう五回（六回ともいう）にわたる諸葛亮の北伐はこうして始まった。

諸葛亮北伐図

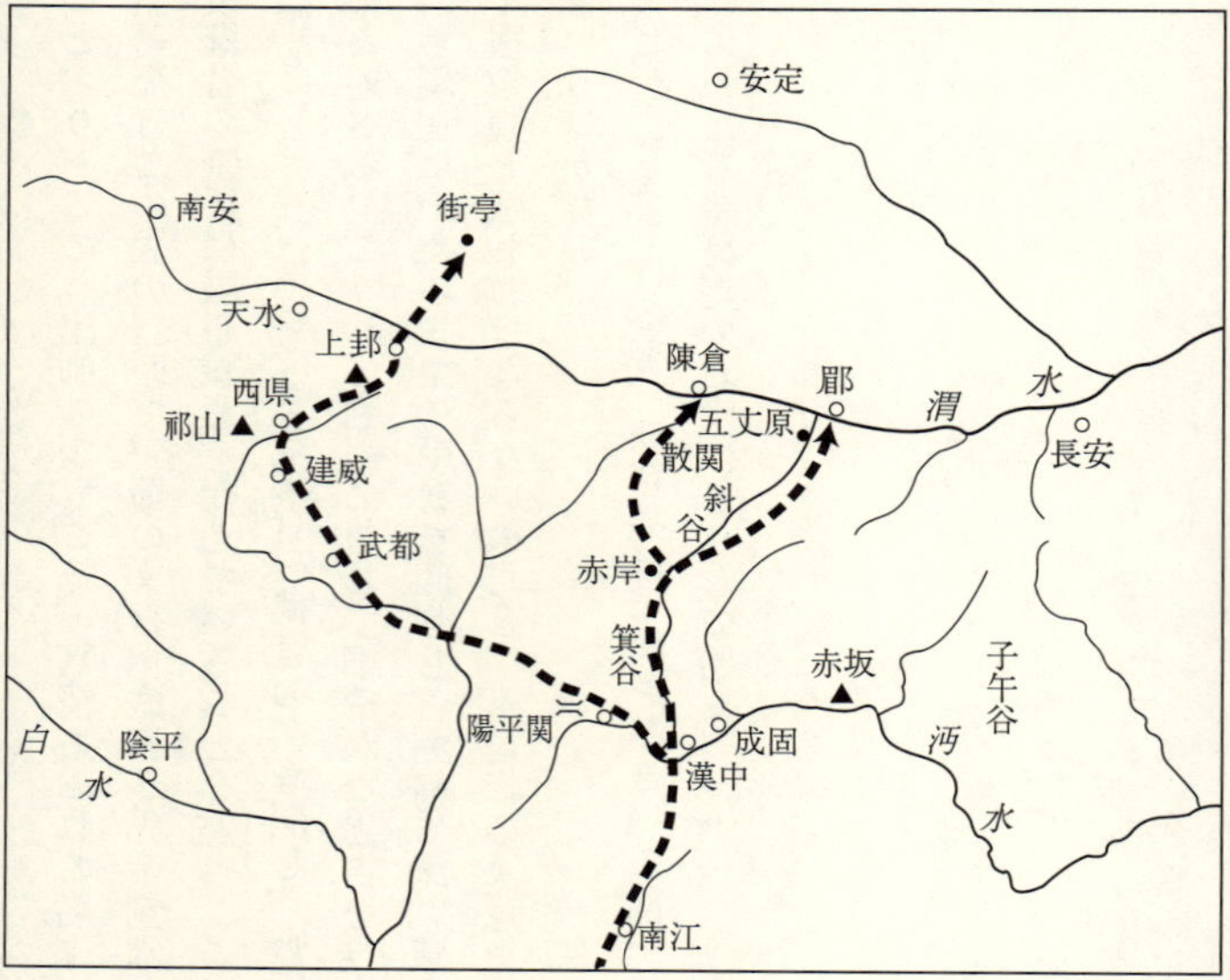
安定
南安
街亭
天水
上邽
西県
祁山
建威
武都
陳倉
郿
五丈原
散関
斜
谷
渭
水
長安
赤岸
箕
谷
赤坂
子
午
谷
陽平関
成固
漢中
沔
水
白
水
陰平
南江

吾乃国家上将、朝廷旧臣、
反不如此小児耶。
吾当捨老命、
以報先帝之恩。

吾《わ》れは乃《すなわ》ち国家《こっか》の上将《じょうしょう》、朝廷《ちょうてい》の旧臣《きゅうしん》なるに、
反《かえ》って此《こ》の小児《しょうじ》に如《し》かざらんや。
吾《わ》れは当《まさ》に老《お》いの命《いのち》を捨《す》てて、
以《もっ》て先帝《せんてい》の恩《おん》に報《むく》いるべし。

私は国家の上将にして朝廷の旧臣であるのに、
あんな小僧っ子たちにひけを取ってよいものだろうか。
私は老いの命を捨てて先帝（劉備）のご恩に報いねばならない。

（第九十二回）

蜀の建興五年（魏の太和元年。二二七）、諸葛亮は北伐を開始するにあたり、高齢の趙雲をメンバーからはずした。これに対して趙雲は憤然と抗議し、先鋒をつとめることになる。

一方、魏の明帝は、漢中の戦いで戦死した夏《か》侯淵《こうえん》（二六二頁参照）の息子夏《か》侯楙《こうぼう》を総大

趙子龍　大いに魏兵を破る

将に任じ大軍をひきいて出撃させる。坊ちゃん育ちの若者で実戦経験もない夏侯楙が、歴戦の猛将常山《じょうざん》の趙子龍に太刀打ちできるはずもなく、趙雲は緒戦で魏軍の五将を斬り殺して夏侯楙の度肝を抜く。趙雲は「丞相（諸葛亮）には、私が年寄りだという理由で用いようとされなかったため、いささか腕のほどをお見せしたまでだ」と、意気軒昂たるものだった。

しかし、再度の戦いで、趙雲は夏侯楙軍の策略に引っかかり、包囲されてしまう。このとき、趙雲の身を案じた諸葛亮の命を受け、関羽の息子関興《かんこう》と張飛の息子張苞《ちょうほう》が駆けつけ、包囲網を突破して趙雲を助け出す。このとき趙雲は、「他《か》の両個《りょうこ》は是《こ》れ吾が子姪《してつ》の輩《はい》なるに、尚《な》お且《か》つ先を争って功を幹《な》さんとす（彼ら二人は私の息子や甥の世代であるのに、先を争って手柄を立てようとしている）」と言い、上記の言葉を述べてみずからを叱咤した。かくして、趙雲は関興・張苞と力を合わせて魏軍を撃破し、夏侯楙を敗走させる。

ちなみに、趙雲が『演義』世界に初登場するのは、初平二年（一九一）である（二四頁参照）。爾来三十六年、趙雲も七〇歳を超えた老将となる。関羽も張飛も劉備も曹操もすでに亡く、こうして趙雲も老いた。老将趙雲の姿は、『演義』の物語時間の推移を如実に示すものといえよう。

吾放夏侯楙、
如放一鴨耳。
今得伯約、
得一鳳也。

吾《わ》れ夏侯楙《かこうぼう》を放《はな》つは、
一鴨《いちおう》を放《はな》つが如《ごと》きのみ。
今《いま》伯約《はくやく》を得《え》たるは、
一鳳《いちほう》を得《う》る也《なり》。

夏侯楙《かこうぼう》を釈放したのは、ただ一羽の鴨を放ったようなものだ。これに対し、伯約《はくやく》(姜維《きょうい》のあざな)を得たのは、一羽の鳳を得たということだ。

(第九十三回)

第一次北伐にさいし、部将魏延《ぎえん》は子午道《しごどう》(長安へいたる東寄りの最短コース)から長安に奇襲をかけ、一気に勝負をつけるべきだと進言したが、諸葛亮は正攻法によると言い、受けつけなかった。かくて諸葛亮は漢中から西北に迂回し、計略を用いて魏の支配下にある南安《なんあん》(甘粛省隴西県東南)・天水《てんすい》(同甘谷県東)・安定《あんてい》(同渓川県北)の三郡を次々に攻略した。趙雲・張苞・関興に攻めたてられ、南安城に逃げ込んでいた魏軍の総大将夏侯楙《かこうぼう》もいったん生け捕りになるが、天水の若き驍将《ぎょうしょう》姜維《きょうい》の獲得をもくろむ諸葛亮の策略で釈放された。

姜維は個人的武勇にすぐれるのみならず、戦略にも長《た》け、戦場でその指揮ぶりを目の当たりにした諸葛亮が、「兵は多に在らず、人の調遣《ちょうけん》に在るのみ。此の人は真《まこと》に将才也(軍勢は数ではない。それを動かす人こそ大切なのだ。彼はまことに将軍の器だ)」と感嘆するほどだった。姜維に惚れ込んだ諸葛亮は、愚かな夏侯楙を操り、術策を弄して姜維を孤立させ、進退きわまった姜維はついに諸葛亮に降伏した。上記の言葉は、夏侯楙をなぜ放置しておくのかという諸将の質問に対する諸葛亮の答え。「一羽の鳳」姜維は諸葛亮に深く信頼されて、以後、蜀軍の中核的部将となり、諸葛亮の死後、蜀の軍事責任者となる。

諸葛亮　智もて姜維を伏(ふく)す

こうして、南安・安定・天水の三郡を手中に収めた諸葛亮は威風堂々、軍勢をあげて祁山《きざん》(甘粛省礼県東北)に向かい、渭水《いすい》の西岸に陣をしく。

徒有虚名、
乃庸才耳。
孔明用如此人物、
如何不誤事。

徒《いたず》らに虚名《きょめい》有《あ》るも、
乃《すなわ》ち庸才《ようさい》なるのみ。
孔明《こうめい》 此《か》くの如《ごと》き人物《じんぶつ》を用《もち》うれば、
如何《いかん》ぞ事《こと》を誤《あやま》らざらんや。

（第九十五回）

虚名が高いだけの凡才だ。
孔明《こうめい》もあんな人物を起用すれば、
失敗しないわけがない。

魏の明帝は諸葛亮が夏侯楙《かこうぼう》を敗走させ、祁山《きざん》に進軍したとの情報を得ると、曹真《そうしん》を総司令官とし、すでに七六歳の重臣王朗《おうろう》を軍師に任じて、祁山に向かわせる。しかし、王朗が諸葛亮に痛烈に罵倒されてショック死したのを皮切りに、曹真のひきいる魏軍は連戦連敗の体たらくだった。そこで、明帝は諸葛亮の「反間の計（敵の間に仲間割れを起こさせる計略)」に引っかかって失脚させた司馬懿《しばい》を復活させ、諸葛亮に対抗させることにする。

おりしも、魏に降伏し(二八三頁参照)、新城《しんじょう》(湖北省房県)に駐屯する元蜀将の孟達《もうたつ》が蜀に復帰したいと、諸葛亮に申し入れる。受け入れられれば、ただちに洛陽を攻撃するというのである。諸葛亮はこれを承知し、慎重に事を運ぶよう孟達に注意した。しかし、この情報を得た司馬懿は夜を日についで軍勢を進め、ゆだんしていた孟達を殺してしまう。この結果、孟達を使い二方面から北伐を行おうとした諸葛亮の計画は雲散霧消したのだった。

司馬懿　計もて街亭を取る

一方、孟達を滅ぼし明帝の信頼を得た司馬懿は、ベテラン部将張郃《ちょうこう》をともない、諸葛亮軍と対決すべく祁山へ向かう。これに対し、諸葛亮は軍事拠点街亭《がいてい》(甘粛省天水市東南)の守備隊長にかの才子、馬謖《ばしょく》(三〇六頁参照)を起用する。上記は、この話を聞いた司馬懿が笑いながら言った言葉。

劉備も司馬懿も馬謖の危うさをあっさり見抜いたにもかかわらず、諸葛亮は馬謖の才に目がくらんで、大失敗することになった。名軍師諸葛亮にも泣き所があったというべきか。

三軍無尺寸之功、
某等俱各有罪。
若反受賞、
乃丞相賞罰不明也。

三軍《さんぐん》に尺寸《せきすん》の功無《こうな》く、
某等《ぼうら》は倶《とも》に各《おの》おの罪有《つみあ》り。
若《も》し反《かえ》って賞《しょう》を受《う》くれば、
乃《すなわ》ち丞相《じょうしょう》の賞罰明《しょうばつあき》らかならざる也《なり》。

三軍にわずかばかりの手柄もなく、われらはみな有罪です。にもかかわらず、逆に褒美をいただいたりすれば、丞相の賞罰が明確でないことになります。

（第九十六回）

司馬懿《しばい》のひきいる魏軍を押し返すべく、諸葛亮は愛弟子の馬謖《ばしょく》に軍事的拠点街亭《がいてい》の守備をまかせた。しかし、兵法書には詳しいが実戦経験のない馬謖は、副将の王平《おうへい》の忠告を無視して、飲料水の確保が困難な山上に陣営を築き、司馬懿軍にさんざん打ち破られてしまう。

孔明　智もて司馬懿を退く

街亭を失い致命的な打撃を受けた諸葛亮は即刻、全軍に撤退の指令を出す。このとき、諸葛亮は街亭の西南、西城《せいじょう》(甘粛省天水市西南)に駐屯していたが、城内に残っていたのはわずか二千五百の軍勢と文官だけだった。そこに司馬懿が十五万の大軍を率いて攻め寄せて来たものだから、一同真っ青になる。しかし、諸葛亮は悠然と物見櫓の上で香を焚き琴を奏でて見せ、これに引っかかった司馬懿は伏兵がいるのではないかと疑い、退却した。この「空城《くうじょう》の計」で司馬懿軍を撃退するや、諸葛亮は漢中へ向けて退却を開始した。

　こうして蜀軍は総退却したが、もっとも鮮やかな退却ぶりを示したのは、箕谷《きこく》(陝西省宝鶏市南)に陣取る趙雲だった。百戦錬磨の「老将」趙雲は一人一騎失うことなく、輜《し》重《ちょう》や武器もそっくり温存して漢中に帰り着いたのである。上記は、趙雲のみごとな手並みに感心した諸葛亮が、恩賞を与えようとしたとき、きっぱり辞退した趙雲の言葉である。これを聞いた諸葛亮は「先帝(劉備)在りし日、常に子龍の徳を称す。今果《は》たして此《か》くの如し（先帝ご在世のみぎり、つねづね子龍どのの徳義を称賛しておられたが、なるほどそのとおりだ）」と、ますます敬服したのだった。

昔孫武所以能制勝於天下者、
用法明也。
今四方分争、兵交方始。
若復廃法、何以討賊耶。
合当斬之。

昔《むかし》孫武《そんぶ》の能《よ》く天下《てんか》に勝《か》ちを制《せい》する所以《ゆえん》の者《もの》は、
法《ほう》を用《もち》うるに明《あき》らかなれば也《なり》。
今《いま》四方《しほう》分争《ぶんそう》し、兵交《へいこう》方《まさ》に始《はじ》まる。
若《も》し復《ま》た法《ほう》を廃《はい》せば、何《なに》を以《もっ》て賊《ぞく》を討《う》たんや。
合《まさ》に当《まさ》に之《こ》れを斬《き》るべし。

昔、孫武《そんぶ》が天下を制覇できたのは、法の用い方がきちんとしていたからだ。今、四方は分裂抗争し、戦いが始まったばかりであるのに、法をないがしろにすれば、どうして敵を征伐できようか。だから、馬謖《ばしょく》は斬らねばならないのだ。

（第九十六回）

第一次北伐が敗戦、撤退のやむなきにいたったのは、司馬懿軍に街亭《がいてい》を攻め落とされたためだった。街亭の守備責任者は馬謖《ばしょく》、副将は王平《おうへい》。諸葛亮はまず王平を呼び、馬謖が王平の忠告に耳を貸さず、独断専行して、山上に陣取ったことを確認する。そのうえで、馬謖を呼び入れ、敗戦の責任はおまえにあると言い、死を宣告する。しかし、処刑寸前、蔣琬《しょうえん》が待ったをかけ、諸葛亮に処刑を思いとどまらせようとする。上記の言葉は、これに対する諸葛亮の反論である。

春秋時代、兵法家の孫武《そんぶ》は呉王闔閭《こうりょ》に謁見したさい、宮中の美女を使って模擬訓練するが、彼女たちが命令に従わなかったため、隊長役の呉王の愛姫を斬り殺す。かくて美女たちは整然と命令どおりに動くようになった。これで呉王に才能を認められた孫武は呉の将軍となり、楚《そ》・斉《せい》・晋《しん》などの強国を圧倒した（『史記』「孫子呉起列伝」）。

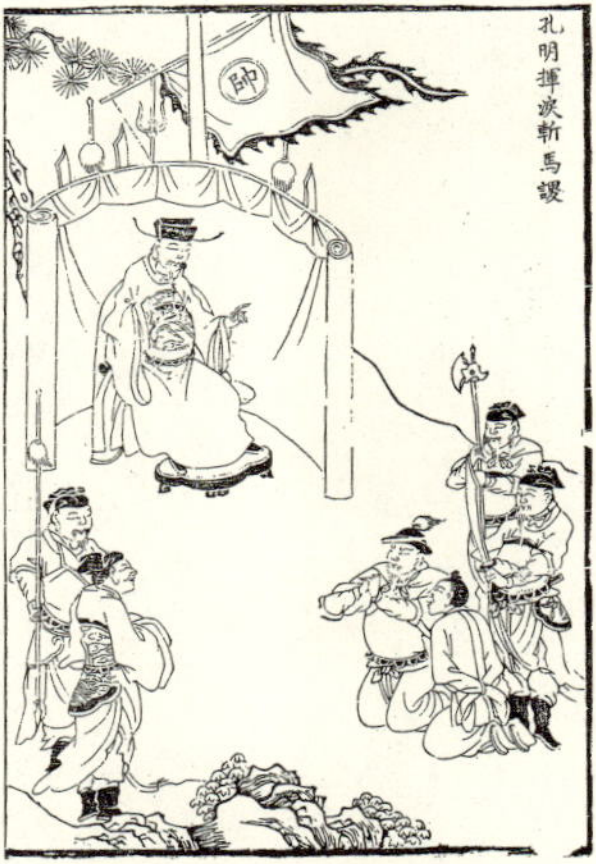

孔明　涙を揮(ふる)って馬謖を斬る

もともと法や規則を重視する法家主義者の諸葛亮はこの孫武の故事を引いて、信賞必罰《しんしょうひつばつ》、軍の掟を破った馬謖は斬らねばならないと言明し、処刑を断行した。しかし、処刑に先だち、家族の面倒はみると約束するなど、その措置は情理を尽くしたものだった。斬られた馬謖の首と対面した諸葛亮は、劉備が死の間際に馬謖を重用してはならないと警告したことを思い返しながら(三〇七頁参照)、慟哭する。いわゆる「泣いて馬謖を斬る」の一幕である。

自今以後、
諸人有遠慮於国者、
但勤攻吾之闕、
責吾之短、
則事可定、賊可滅、
功可翹足而待矣。

今自《いまよ》り以後《いご》、
諸人《しょじん》の国《くに》に遠慮《えんりょあ》有る者《もの》は、
但《た》だ勤《つと》めて吾《わ》れの闕《けつ》を攻《せ》め、
吾《わ》れの短《たん》を責《せ》むれば、
則《すなわ》ち事《こと》は定《さだ》む可《べ》く、賊《ぞく》は滅《ほろ》ぼす可《べ》く、
功《こう》は足《あし》を翹《あ》げて待《ま》つ可《べ》し。

今後、諸君のなかで国家の将来を考える者は、ひたすら私の欠点や短所を責めてくれ。そうすれば、大事を成就し、敵を滅ぼすのは時間の問題だ。

（第九十六回）

第一次北伐失敗の責任をとり、諸葛亮は降格を願い出た。皇帝劉禅《りゅうぜん》は諸葛亮の意思を尊重し、筋を通すべきだという侍中費禕《ひい》の意見により、これまでどおり丞相の職務を執

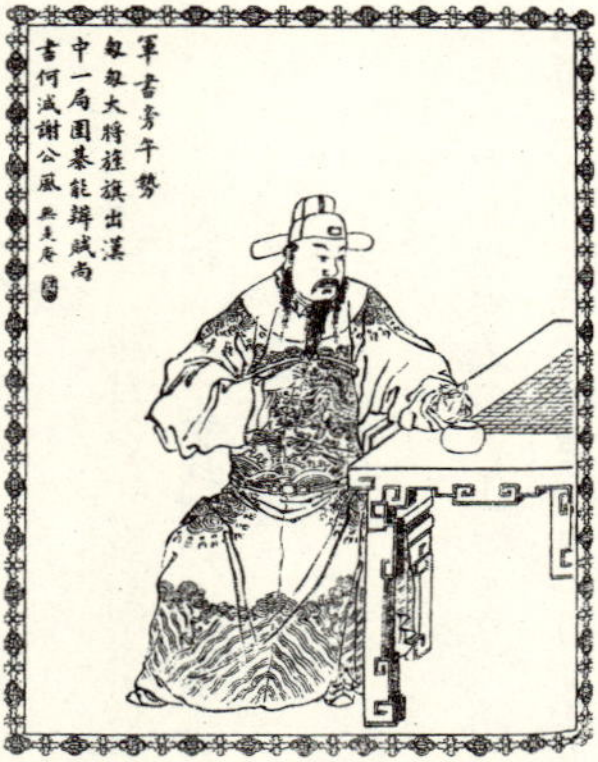

費禕(『増像全図三国演義』)

行し、軍隊の総指揮に当たらせるという条件をつけて、降格を認める詔《みことのり》を出す。つまるところ名目上は降格だが、実質的には従来どおりというわけだ。

費禕は降格の詔を持って漢中に赴き、諸葛亮と会見したが、諸葛亮が恥ずかしい思いをしているのではないかと気づかい、言葉を尽くして慰めようとした。しかし、諸葛亮は反応せず、きびしく敗北の現実を直視し、負けた原因を追及しようとするだけだった。

上記は、費禕が「丞相は現に数十万の勇敢な軍勢を統率しておられるのですから、また魏を征伐なさればよいではありませんか」と述べたのに対する、諸葛亮の答えである。このとき、諸葛亮が「此《こ》の病は兵《へい》の多寡《たか》に在らず、主将に在るのみ(敗戦の原因は軍勢の数ではなく、指揮官にあるのだ)」と言い、さらに上記の言葉を述べると、費禕や部将たちはすっかり感服したのだった。敗北したリーダーみずから非を認め、失敗を繰り返さないために、部下に自分の欠点や短所を指摘せよとうながすとは、諸葛亮はやはり尋常ならざる冷静さを持つ大人物だといえよう。

この後も諸葛亮は漢中に滞在して、軍事教練をつづけ、大型兵器を製造・配置し、食糧や秣《まぐさ》を蓄積するなどして、着々と再度の北伐に向けて準備を整えた。

臣鞠躬尽瘁、死而後已。
至於成敗利鈍、
非臣之明所能逆覩也。

臣《しん》鞠躬尽瘁《きくきゅうじんすい》し、死《し》して後《のち》已《や》む。
成敗利鈍《せいばいりどん》に至《いた》っては、
臣《しん》の明《あき》らかに能《よ》く逆覩《げきと》する所《ところ》に非《あら》ざる也《なり》。

臣《わたくし》は鞠躬尽瘁（謹んで力を尽くすこと）し、死してのち已《や》む覚悟です。事の成否《せいひ》、遅速《ちそく》については、臣《わたくし》の明らかに予見しえないものです。

（第九十七回）

蜀の建興《けんこう》六年（魏の太和二年。二二八）、曹休《そうきゅう》を総大将とする魏軍は呉に攻撃をかけたが、陸遜《りくそん》のひきいる呉軍に撃破され、惨澹たる敗北を喫した。この情報を得た諸葛亮は、第二次北伐敢行の決意を固める。その矢先、かの頼もしい趙雲が病死したとの知らせが入り、諸葛亮は「国家は一棟梁《いちとうりょう》を損ない、吾れは一臂《いっぴ》を去る也（国家は棟《むなぎ》と梁《はり》を失い、私は片腕を失ってしまった）」と、悲嘆にくれる。こうして関羽・張飛・黄忠《こうちゅう》・馬超《ばちょう》（諸葛亮の南中征伐直前に死去）につづいて趙雲も死去したことにより、蜀の「五虎《ごこ》将軍」はすべてこの世を去ったことになる。以後、諸葛亮は彼ら第一世代の猛将に比べれば、格段にスケールの小さい姜維《きょうい》・魏延《ぎえん》・張苞《ちょうほう》・関興《かんこう》らを核として、北伐を続行せざるを得なかったのである。

北伐の執念に燃える諸葛亮は立ち直り早く、駐屯地の漢中から成都の劉禅に上表文(「後出師《ごすいし》の表《ひょう》」)を捧げ、出陣の覚悟を述べる。上記はこの「後出師の表」の末尾に記されたもの。ちなみに、この「後出師の表」は、「諸葛亮伝」裴注の『漢晋春秋《かんしんしゅんじゅう》』(東晋・習鑿歯《しゅうさくし》著)に見えるが、後世の偽作だとする説もある。

かくて、諸葛亮は大軍をひきいて漢中から陳倉《ちんそう》(陝西省宝鶏市東の渭水北岸)に出撃した。

孔明　再び出師の表を上(たてまつ)る

この第二次北伐において、諸葛亮は曹《そう》真《しん》率いる魏軍を向こうにまわし有利に戦いを進めたが、司馬懿の意見で魏軍が持久戦法をとったため、食糧切れとなり撤退のやむなきにいたる。

6 天下ふたたび一統

——天数　茫茫　逃がる可からず

昔姜尚父年九十、
秉旄仗鉞、未嘗言老。
今臨陣之日、先生在後、
飲酒之日、先生在前。
何謂不養老也。

昔《むかし》 姜尚父《きょうしょうほ》は年九十《としきゅうじゅう》にして、
旄《はた》を乗《と》り鉞《まさかり》を仗《つ》き、未《いま》だ嘗《かつ》て老《お》いたりと言《い》わず。
今《いま》 陣《じん》に臨《のぞ》むの日《ひ》、先生《せんせい》は後《うし》ろに在《あ》り、
酒《さけ》を飲《の》むの日《ひ》、先生《せんせい》は前《まえ》に在《あ》り。
何《なん》ぞ老《ろう》を養《やしな》わずと謂《い》わんや。

昔、姜《きょう》尚父(太公望呂尚《たいこうぼうりょしょう》)は九十になっても、旄《はた》を持ち鉞《まさかり》をついて、年老いたと言ったことはありませんでした。戦いに臨まなければならないときに、先生《あなた》は後方におられ、宴会の日には前方においでです。これでどうして敬老の礼儀にはずれるとおっしゃるのですか。

(第九十八回)

呉の黄武《こうぶ》八年(魏の太和三年。二二九)、孫権は即位して呉王朝を立て、息子の孫登《そんとう》を太子とし、諸葛瑾《しょかつきん》の息子諸葛恪《しょかつかく》を太子輔佐役とした。これで名実ともに魏・蜀・呉の三国分立が確定する。

諸葛恪は幼いときから聡明だった。こんなエピソードがある。六歳の諸葛恪が父のお供をして宴席に連なったときのこと、孫権が一頭のロバを引いて来させ、その顔に白墨で「諸葛子瑜《しゆ》（諸葛瑾のあざな）」と書くと、満座爆笑となる。諸葛瑾の顔が長いのをネタに座興としたのである。このとき、諸葛恪は即座に進み出るや、白墨でその下に二文字付け加え、「諸葛子瑜之驢（諸葛瑾の驢馬《ろば》）」とした。孫権はその当意即妙を大いに喜んだのだった。

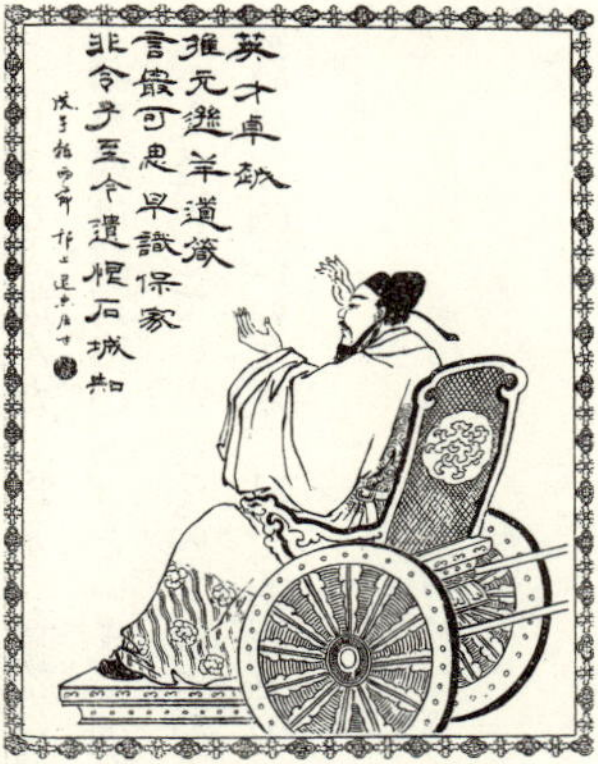

諸葛恪（『増像全図三国演義』）

諸葛恪の聡明さは成長後、ますます磨きがかかる。またまた宴会のおり、孫権は出席者に酌をしてまわるよう、諸葛恪に命じた。呉の長老張昭《ちょうしょう》の前まで来ると、張昭は無理に飲ませるのは「敬老の礼にはずれる」と言い、飲もうとしない。孫権がどうしても飲ませるよう命じたところ、諸葛恪は上記のように、張昭の痛いところを突いたため、張昭は絶句し、しぶしぶ飲んだ。以来、孫権は諸葛恪を寵愛し、太子の輔佐を命じたのである。

諸葛瑾は諸葛恪のあざといまでの聡明さを見て、「この子は家を保っていけないだろう」と危惧していた。その予感どおり、孫権の死後、諸葛恪は皇帝を凌ぐ権力をふるい、族滅の悲劇にいたる。呉王朝成立の二十四年後、建興《けんこう》二年(二五三)のことである(三七七頁参照)。

夫兵者詭道也。
豈可妄泄於人。
事未発切宜秘之。

夫《そ》れ兵《へい》は詭道《きどうなり》也。
豈《あ》に妄《みだ》りに人《ひと》に泄《も》らす可《べ》けんや。
事《こと》の未《いま》だ発《はっ》せざれば切《せつ》に宜《よろ》しく之《こ》れを秘《ひ》すべし。

そもそも「兵は詭道《きどう》なり」です。
うかつに他人に漏らすことはできません。
事が始まらないうちは、くれぐれも内密にしたほうがよいのです。

（第九十九回）

蜀の建興《けんこう》七年（魏の太和三年。二二九）、諸葛亮は第三次北伐を敢行し、またも祁山《きざん》（甘粛省礼県東北）に出撃する。魏は病気療養中の曹真《そうしん》に代わって司馬懿《しばい》を総司令官に任じ、大軍をひきいて迎え撃たせるが、諸葛亮は司馬懿を翻弄し、勝利を重ねる。しかし、北伐の立役者の一人、張苞《ちょうほう》が重傷を負い、まもなく死去したことが引き金になり、諸葛亮は体調を崩して、撤退のやむなきにいたる。

仲達　兵を興して漢中に寇(あだ)す

翌年、魏では回復した曹真が漢中への出撃を申し出る。明帝が侍中の劉曄《りゅうよう》に相談すると、劉曄はただちに実行すべきだと明言する。しかし、重臣たちが探りを入れると、出撃は無益だと、劉曄は反対のことを言う。劉曄が言を左右にしているとの報告を受けた明帝が問いただしたところ、劉曄は「臣の昨日　陛下に蜀を伐《う》つを勧《すす》むは、乃《すなわ》ち国の大事なり(私は昨日、陛下に蜀討伐をお勧めしましたが、これは国家の大事にほかなりません)」と言い、上記のように答えた。「兵は詭道(人を欺く方法をとることを指す)也」という語は、『孫子』「計《けい》篇」に見えるもの。

かくして、曹真と司馬懿は大軍をひきいて漢中攻略に向かうが、体調が好転した諸葛亮はこれを受けて出撃、曹真軍を撃破したうえ、曹真を書簡によって嘲弄し、憤死に追い込む(曹真の死後、魏軍の総司令官は司馬懿に交替)。ついで、司馬懿と陣法を戦わせ、難なくこれを打ち破る。というふうに、せっかく快調に進んだこの戦いも、食糧輸送の遅滞に絡むイザコザがもちあがり、これにつけこんだ魏は諸葛亮謀反のデマを流す。これに惑わされた劉禅《りゅうぜん》が諸葛亮を成都に召還したため、戦いを中断し、退却するはめになってしまう。

吾用兵命将、
以信為本。
既有令在先、
豈可失信。

吾《わ》れ兵《へい》を用《もち》い将《しょう》に命《めい》ずるは、
信《しん》を以《もっ》て本《もと》と為《な》す。
既《すで》に令《れい》の先《さき》に在《あ》る有《あ》らば、
豈《あ》に信《しん》を失《うしな》う可《べ》けんや。

兵を用い将に命ずるにあたって、私は信義を根本としている。すでに命令を出した以上、約束を破ることはできない。

（第一百一回）

蜀の建興九年（魏の太和五年。二三一）、諸葛亮は第四次北伐を敢行、またまた祁山に出撃する。このとき、諸葛亮は兵力の消耗を防ぎ食糧供給にゆとりをもたせるために、軍勢を二手に分け、前線に駐屯する兵士を百日ごとに交替させる策をとった。司馬懿のひきいる魏軍が猛攻をかけて来たとき、諸葛亮軍ではおりあしくこの兵士の交替期だった。諸葛亮は、交替を見合わせるべきだとする部下の意見を抑え、上記のように述べて、あくまでも兵士の交替を実行しようとする。感激した兵士たちは、「われらはしばらく帰るのを見合わせ、めいめい命を捨てる覚悟で魏軍と戦い、丞相のご恩に報いようではないか」と言い、自主的に残留した。かくて、意気上がる諸葛亮軍は攻め寄せた魏軍をこっぱみじんに撃破し、大勝利をおさめた。なるほど諸葛亮は信義を重んじたに相違ないが、ここに諸葛亮のいかにも巧みな人心掌握のテクニックを見てとることもできよう。

戦況が有利に展開していたにもかかわらず、蜀国内の軍糧輸送責任者の李厳《りげん》から呉軍の来襲を告げ、撤退をうながす手紙が届いたため、諸葛亮はやむなく軍勢を引く。このとき、諸葛亮軍を猛追撃した魏の猛将張郃《ちょうこう》は、諸葛亮の作戦に引っかかって壮絶な戦死を遂げる。手ごわい張郃を討ち取る戦果をあげつつ、漢中に帰還した諸葛亮は、李厳が軍糧をととのえることができず、処罰を恐れてデタラメの手紙をよこしたことを知る。第四次北伐を台無しにされ、激怒した諸葛亮は劉禅に上表し、李厳を官位剥奪処分に付したのだった。

木門道に　万弩　張郃を射る

謀事在人、事《こと》を謀《はか》るは人《ひと》に在《あ》り、
成事在天。事《こと》を成《な》すは天《てん》に在《あ》り。

事柄を計画するのは人間のほうだが、
事柄を完成するのは天のほうだ。

(第一百三回)

第四次北伐(三五四頁参照)の後、諸葛亮は三年間、出撃を見合わせた。この間、軍事訓練を行い、食糧輸送器械の木牛《もくぎゅう》・流馬《りゅうば》を大量に製造して、次の戦いに向け準備を重ねたのである。ちなみに、『演義』描くところの木牛・流馬は、巨大な器械仕掛けで戦場を往来する「戦車」のようだが、実際には山道を通行するのに便利な小型一輪車の類だったのだろう。

建興一二年(魏の青龍二年。二三四)春二月、準備万端ととのった諸葛亮は、三十四万の大軍をひきいて第五次北伐を敢行、またも祁山《きざん》に出撃した。祁山への出撃は、諸葛亮自身が仕掛けた北伐では五度目、建興八年に魏から仕掛けられた戦いのさいの出撃を加えると六度目になる。この第五次北伐において、諸葛亮は木牛・流馬を駆使して魏軍の総司令官司馬懿《しばい》をきりきり舞いさせるなど、圧倒的に有利なかたちで戦いを進めた。

かくして諸葛亮はダメ押しの一計を案じ、司馬懿を巧みに誘い出して祁山の麓の葫蘆《ころ》谷《こく》(上方谷《じょうほうこく》)に追い込み、火攻めをかける。息子の司馬師《しばし》・司馬昭《しばしょう》とともに絶体絶命の危機に陥った司馬懿が、「我ら父子三人　皆《み》な此処《ここ》に死せん(われら父子三人はここで命を落とすのだろうか)」と泣いている最中、天の助けか、大雨が降りだし火が消える。こうして司馬懿父子は九死に一生を得た。

孔明　火もて木柵寨を焼く

上記は、この報告を受けた諸葛亮がため息をつきながら言った言葉。これが第五次北伐の最大の山場であり、以後、司馬懿はますます慎重になり、持久戦の構えを崩さなくなる。

坐而論道、
謂之三公。
作而行之、
謂之士大夫。

坐《ざ》して道《みち》を論《ろん》ず、
之《こ》れを三公《さんこう》と謂《い》う。
作《な》して之《こ》れを行《おこな》う、
之《こ》れを士大夫《したいふ》と謂《い》う。

座ったままで道を論ずる人物を三公と呼び、実行にたずさわる者を士大夫と呼ぶ。

（第一百三回）

司馬懿を取り逃がした諸葛亮は五丈原《ごじょうげん》（陝西省眉県西南）に陣をしき、守りを固めて出撃しない司馬懿を、あの手この手で挑発した。司馬懿のもとに使者を派遣し、巾幗《きんかく》（女性用の髪飾り）と女性用の喪服を贈って、臆病だと嘲笑したのも、その一例である。司馬懿は冷静に対処して挑発にのらず、逆に使者から諸葛亮の睡眠、食事、政務の忙しさについて聞き出し、そのオーバーワークぶりを確認すると、「豈《あ》に能《よ》く長久ならんや（これでは長く持たんぞ）」と言った。

使者から報告を受けた諸葛亮は、「彼は深く我れを知る也（やつは私をよく知っている）」とため息をつく。几帳面で有能な諸葛亮は何でも自分でやらねば気がすまず、超多忙のあげく、疲労困憊していたのである。これを案じた主簿の楊顒《ようぎょう》は、「丞相はいつもご自分で帳簿を調べておられますが、それは不必要だとひそかに思っております。そもそも政治を行うには役割があり、上位の者と下位の者はおたがいに職分を犯してはならないのです」とたしなめる。

つづいて楊顒は上記のように述べ、行政トップの丞相は、根本的なことだけ把握すべきだと忠告する。ちなみに、楊顒の上記の言葉は、『周礼《しゅらい》』「考工記《こうこうき》」にもとづく。なお、三公は最高位の大臣、士大夫は広義では知識人、読書人を指すが、ここでは官職についている者を指す。

孔明　秋夜　北斗を祭る

この忠告に対し、諸葛亮は涙を流しながら、「先帝から託孤《おもりやく》の重任を授かった身ゆえ、他の者では私のように心を尽くさないのではないか、と心配なだけだ」と言う。これ以後、過労で身を蝕まれた諸葛亮は、しだいに体調を崩してゆく。

伏願、陛下清心寡欲、
約己愛民。
達孝道於先皇、
布仁恩於宇下。
提抜幽隠、以進賢良、
屏斥奸邪、以厚風俗。

伏《ふ》して願《ねが》う、陛下《へいか》 心《こころ》を清《きよ》くし欲《よく》を寡《すくな》くして、
己《おのれ》を約《やく》し民《たみ》を愛《あい》されんことを。
孝道《こうどう》を先皇《せんこう》に達《たっ》し、
仁恩《じんおん》を宇下《うか》に布《し》かれんことを。
幽隠《ゆういん》を提抜《ていばつ》し、以《もっ》て賢良《けんりょう》を進《すす》め、
奸邪《かんじゃ》を屏斥《へいせき》し、以《もっ》て風俗《ふうぞく》を厚《あつ》くされんことを。

どうか陛下におかれましては、心清らかに欲少なく、ご自分の身を律し民を慈《いつく》しまれますように。先帝に孝行の道を尽くされ、広く天下に仁愛と恩徳を施されますように。隠れた人材を任用・抜擢し、賢明な者を昇進させて、邪悪な者をしりぞけ、世の風紀を良くされますように。

（第一百四回）

孔明　秋風五丈原

五丈原に陣をしき、司馬懿と対峙すること百余日、過労のはてに体調を崩した諸葛亮は、星座を観察し死期が迫ったことを悟る。ここで『演義』世界の諸葛亮は、持ち前の超能力をふりしぼって、北斗星に祈り延命を乞う儀式をとりおこなう。しかし、それも問題行動の多い部将魏延《ぎえん》の粗野なふるまいにより、あと一歩のところで台なしになってしまう。

覚悟した諸葛亮は、死後の手配りに着手する。まず、もっとも信頼する部将の姜維《きょうい》にみずから書き記した二十四篇の著述を贈り、馬岱《ばたい》と楊儀《ようぎ》に自分の死後、謀反を起こすに相違ない魏延に対する処置を指示したあと、成都の劉禅《りゅうぜん》に臨終が迫ったことを知らせた。

仰天した劉禅は急遽、重臣の李福《りふく》を見舞いに派遣し、後のことをたずねさせた。諸葛亮はこれまでの体制を維持するように告げ、劉禅には遺言状を届けると言う。上記は、その遺言状の一部である。託孤《おもりやく》の重任を担った諸葛亮はここで、後に残してゆく暗愚な劉禅を案じ、嚙んで含めるように、君主たる者の責務を懇々と言い聞かせている。

さて、いったん辞去した李福は今後、誰に国家の大事を任せるべきかを聞き忘れたと、立ち戻る。諸葛亮は自分の後は蔣琬《しょうえん》、次は費禕《ひい》と答え、李福がその次をたずねたときにはすでに絶命していた。ときに建興一二年（魏の青龍二年。二三四）秋八月、諸葛亮五四歳。流浪の劉備の軍師となって二十六年、あらんかぎりのエネルギーを燃焼しつくした生涯だった。

死諸葛、
能走生仲達。

死《し》せる諸葛《しょかつ》、
能《よ》く生《い》ける仲達《ちゅうたつ》を走《はし》らす。

死んだ諸葛亮が生きている司馬懿《しばい》(あざな仲達《ちゅうたつ》)を追い払った。

(第一百四回)

諸葛亮の遺命を受けた楊儀《ようぎ》と姜維《きょうい》は、その死を秘したまま全軍をゆっくり撤退させた。これを察知した司馬懿《しばい》がみずから五丈原に攻め寄せると、蜀の陣営はすでにもぬけの殻だった。いらだった司馬懿が猛追撃にかかった瞬間、山かげからどっと蜀軍があらわれ、数十人の上将が四輪車を囲んで出現する。四輪車に端座する人物は、綸巾《かんきん》(青い糸で作った隠者の頭巾)に羽扇、鶴氅《かくしょう》(鶴の羽で作った上衣)をまとっている。諸葛亮お馴染みのモードだ。これを見た司馬懿は「孔明尚《な》お在り(諸葛亮は生きている)」と仰天し、無我夢中で逃げ出す。

その実、四輪車に端座していたのは諸葛亮の木像だった。蜀軍のしんがりを受け持った姜維は、諸葛亮の遺命によって木像を使い、司馬懿の追撃を断ち切ったのである。後でこのことを知った司馬懿は、「吾れ能《よ》く其の生を料《はか》るも、其の死を料る能《あた》わざる也（私は生きている人間のことなら察しがつくが、死んだ者のことはわからない）」と感嘆し、蜀の人々は上記の諺《ことわざ》を作って、死後もなお司馬懿を翻弄した諸葛亮を称えた。ちなみに、この諺は、「諸葛亮伝」裴《はい》注の『漢晋春秋』（東晋・習鑿歯《しゅうさくし》著）に、すでに見えている。

司馬懿の追撃をかわした後、案の定、魏延が謀反をおこすが、これまた諸葛亮の遺命を受けた楊儀と馬《ば》岱《たい》に斬られてしまう。かくして諸葛亮の柩《ひつぎ》を奉じた蜀軍は無傷で成都に帰り着く。大スター諸葛亮の退場後、『演義』世界はしだいに終幕へと近づいてゆく。

死せる諸葛　生ける仲達を走らす

軍事大要有五。　軍事《ぐんじ》に大要五《たいようご》有《あ》り。
能戦当戦。　能《よ》く戦《たたか》わば当《まさ》に戦《たたか》うべし。
不能戦当守。　戦《たたか》う能《あた》わざれば当《まさ》に守《まも》るべし。
不能守当走。　守《まも》る能《あた》わざれば当《まさ》に走《はし》るべし。
不能走当降。　走《はし》る能《あた》わざれば当《まさ》に降《くだ》るべし。
不能降当死耳。　降《くだ》る能《あた》わざれば当《まさ》に死《し》すべきのみ。

軍事には大切な要《かなめ》が五つある。戦えるなら戦え、戦えないなら守れ、守れなければ逃げよ、逃げられなければ降伏せよ、降伏できなければ死ね、というのがそれだ。

（第一百六回）

諸葛亮の北伐をくいとめる重責を果たした司馬懿《しばい》は、景初《けいしょ》二年（二三八）、遼東《りょうとう》半島で反乱をおこした公孫淵《こうそんえん》征伐に向かう。出陣にあたり、司馬懿は明帝《めい》に、「行くのに百日、攻めるのに百日、帰るのに百日、休息に六十日。だいたい一年あれば十分です」と確約した。

この一年がかりの大遠征において、司馬懿は周到に作戦を立てて、公孫淵をじりじり追い込む。追いつめられた公孫淵は使者を派遣し、息子を人質に入れるという条件で降伏を願い出る。これに対し、司馬懿は上記のように述べ、息子を人質に入れるまでもないと、にべもなく申し出をはねつける。この結果、公孫淵父子は逃避行の途中で捕獲され、司馬懿に処刑された。この一幕には司馬懿の非情さが如実にあらわれている。

司馬懿　公孫淵を攻む

公孫淵を滅ぼし遼東征伐に成功した直後、明帝が重態になったとの知らせを受け、司馬懿は急遽、洛陽に帰還する。かくて、曹爽《そうそう》(曹真《そうしん》の息子)とともに明帝の遺命を受け、太子曹芳《そうほう》の託孤《おもりやく》として政務を輔佐することになる。景初三年春正月のことである。

最初のうちは、曹爽も年長の司馬懿を

立てていたが、ブレーンの何晏《かあん》らに煽動されたせいもあって、やがて司馬懿を実権から遠ざけ、専横の限りを尽くすようになる。これに対して、老獪な司馬懿はひたすら隠忍自重し、巻き返しの機会をうかがう。待ちに待ったその時がきたのは、正始《せいし》一〇年(二四九)正月、明帝の死から数えて十年後のことだった。

職守人之大義也。
凡人在難、猶或恤之。
執鞭而棄其事、
不祥莫大焉。

職守《しょくしゅ》は人《ひと》の大義《たいぎ》也《なり》。
凡《およ》そ人《ひと》の難《なん》に在《あ》るも、猶《な》お或《あ》るいは之《こ》れを恤《あわれ》む。
執鞭《しつべん》して其《そ》の事《こと》を棄《す》つるは、
不祥《ふしょう》焉《こ》れより大《だい》なること莫《な》し。

職責を果たすのは、人たる者の道です。そもそも、他人が大きな困難に直面したときでさえ、救うものです。まして、天子にお仕えしながら職務を放棄するほど、まずいことはありません。

(第一百七回)

正始一〇年(二四九)正月、曹爽《そうそう》は一族郎党を引き連れ、曹芳《そうほう》のお供をして、洛陽城外にある明帝の墓陵に参り、そのまま狩りに行った。こうして城内ががらんどうになった隙をついて、司馬懿は一気にクーデタをおこし、皇太后に上奏して軍事権を掌握する。このとき、城内にいた曹爽配下の魯芝《ろし》と辛敞《しんしょう》は、辛敞の姉辛憲英《しんけんえい》の助言を受け、城門

司馬懿　謀(はかりごと)もて曹爽を死(ころ)す

を破って天子(曹芳)のもとに馳せ参じた。上記はそのときの辛憲英の言葉である。やがて司馬懿は曹爽の一族郎党を皆殺しにしたが、魯芝と辛敞だけは、「彼れ各《おの》おの其の主の為にす。乃《すなわ》ち義人也(彼らはそれぞれ主人のためにやったのだから、これぞ義人にほかならない)」と、城門破りの罪を許し復職させた。辛敞は、「もし姉上に聞かなかったならば、大義を失うところだった」と、ため息をついたのだった。なお、辛憲英と辛敞は魏の重臣辛毗《しんぴ》の子である(一二一頁参照)。

辛憲英のほかにも、このクーデタ劇において、壮絶にすぎるきらいはあるが、節義の高さを見せつけた女性がいる。曹爽の従弟曹文叔《そうぶんしゅく》の妻である。彼女は若くして夫と死別し子どももなかったので、父が再婚させようとすると、耳を切り落とし、再婚しないと誓いを立てた。曹爽が誅殺された後、また再婚させようとすると、今度はなんと鼻をそぎ落とし、「仁者は盛衰を以て節を改めず、義者は存亡を以て心を易《か》えず(仁者〈仁徳を備えた人〉は盛衰によって節操を変えず、義者〈義理に厚い人〉は存亡によって変心しない)」ものだと言い、あくまでも曹氏に仁義だてする姿勢を崩さなかった。感心した司馬懿は、彼女に養子をとらせて曹氏の後継ぎにしたという。

駑馬恋桟豆。
必不能用也。　駑馬《どば》は桟豆《さんとう》を恋《こ》う。必《かなら》ず用《もち》うる能《あた》わざる也《なり》。

駄馬は飼い葉に執着するものです。彼を用いることなどけっしてできません。

（第一百七回）

司馬懿がクーデタを起こしたとき、やはり城内にいた曹爽の智嚢《ちえぶくろ》の桓範《かんはん》も城門を破って、曹爽のもとに駆けつけた。これは、司馬懿が「智嚢《ち のう》泄《も》せり（智嚢《ちえぶくろ》をとり逃がしたぞ）」と言ったときの、クーデタ共謀者の蔣済《しょうせい》の言葉である。この喩えは、駑馬つまり曹爽は、桟豆《さんとう》つまり目先の利益に惑わされ、桓範の意見を受け入れることができない、という意味で用いられている。

蔣済の予想どおり、曹爽は、天子とともに許都《きょと》に向かい、地方の軍勢を動かして司馬懿と戦うべきだという、桓範の妥当な意見を受け入れることはできなかった。それどころか、司馬懿は曹爽の軍事権を削ろうとしているだけで他意はない、という使者の言葉を真に受け、「挙兵はしない。官位を放棄したいと思う。ただ、富家翁《ふかおう》（金持ちの旦那）でいることができれば、それで十分だ」などと、世迷い言を言う始末。官位を放棄した曹爽はいったん洛陽の自邸に蟄居《ちっきょ》の身となったものの、「富家翁」どころか、けっきょく一族郎党皆殺しになった。このとき桓範も運命をともにしたのだった。

こうして曹爽一派を殲滅し、執念の巻き返しに成功した司馬懿は、ついに魏王朝の実権を完全に掌握した。司馬懿自身はクーデタ成功の二年後（嘉平《かへい》三年。二五一）に病没するが、その野望は息子の司馬師《しばし》、司馬昭《しばしょう》、さらには孫の司馬炎《しばえん》（司馬昭の息子）に受け継がれる。いよいよ司馬氏三代四人がかりの魏王朝簒奪劇の開幕である。

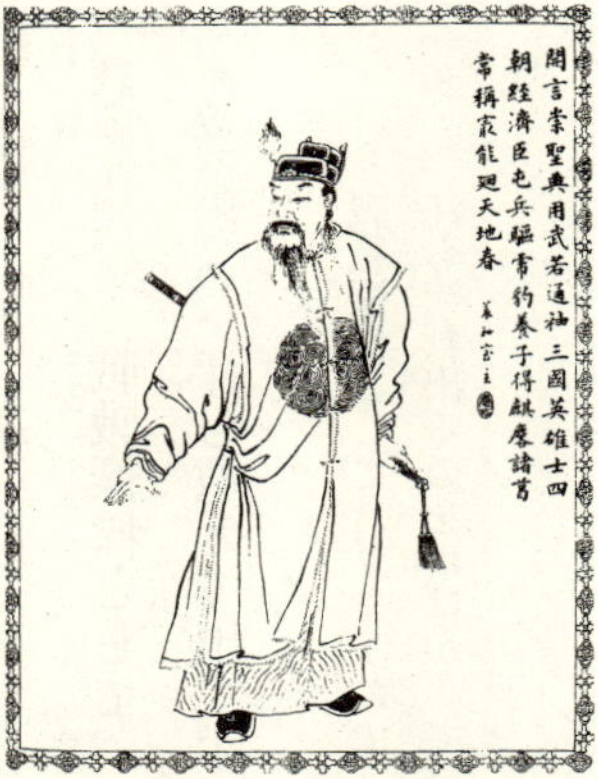

司馬懿（『増像全図三国演義』）

戦戦慄慄、　戦戦慄慄《せんせんりつりつ》として、
汗敢不出。　汗《あせ》も敢《あ》えて出《い》でず。

戦戦慄慄としておりますので、
汗も流れ出るのをはばかっているのです。

（第一百七回）

司馬懿が曹爽《そうそう》を蹴落として実権を掌握すると、曹爽の親類夏侯覇《かこうは》（夏侯淵《かこうえん》の二男）は漢中の姜維《きょうい》のもとに駆け込み、蜀に降伏する（以後、夏侯覇は蜀軍の中核的部将となる）。姜維が魏の人材をたずねたところ、夏侯覇は伸び盛りの二人の若者、鍾会《しょうかい》と鄧艾《とうがい》の名をあげ、逸話を紹介する。

魏の重臣鍾繇《しょうよう》が七歳の息子鍾会とその兄の八歳の鍾毓《しょういく》を連れて、文帝（曹丕《そうひ》）にお目通りしたときのこと、兄の鍾毓は顔じゅうに汗をかいた。文帝が「なぜ汗をかくのか」と聞くと、鍾毓は「戦戦惶惶《こうこう》として、汗の出《い》づること漿《しる》の如し（戦戦惶惶としておりますので、汗が漿《しる》のように流れ出るのです）」と答えた。ついで、鍾会に「なぜ汗をかかないのか」と聞くと、鍾会は上記のように答えた。二人の答えはいずれも『詩経』小雅「小旻《しょうびん》」の句にもとづく。文帝は平然と汗もかかず、兄の用いた典故をふまえつつ、当意即妙の応答をした鍾会の聡明さに感心した。

かたや、鄧艾は吃音で「艾が艾が」と言うので、司馬懿が「卿《きみ》はいつも「艾が艾が」と言うが、いったい何人の艾がいるのかね」とからかうと、「「鳳《ほう》や鳳や」と言っても、もともと一羽の鳳です」と切りかえした。「鳳や……」の句は『論語』「微子《びし》篇」に見える。この問答は意味深長だ。「艾」には卑しい雑草のヨモギという意味があり、連呼すると卑しさを強調することになる。そこを衝《つ》かれた瞬間、鄧艾は高貴な「鳳」を連呼した先例を示し、逆襲したのだ（鍾会と鄧艾の逸話は『世説新語』「言語篇」に見えるが、ここでは鄧艾をからかったのは司馬昭とされる）。夏侯覇の予想どおり、鍾会と鄧艾はやがて蜀攻略の立役者となる（三八二頁参照）。

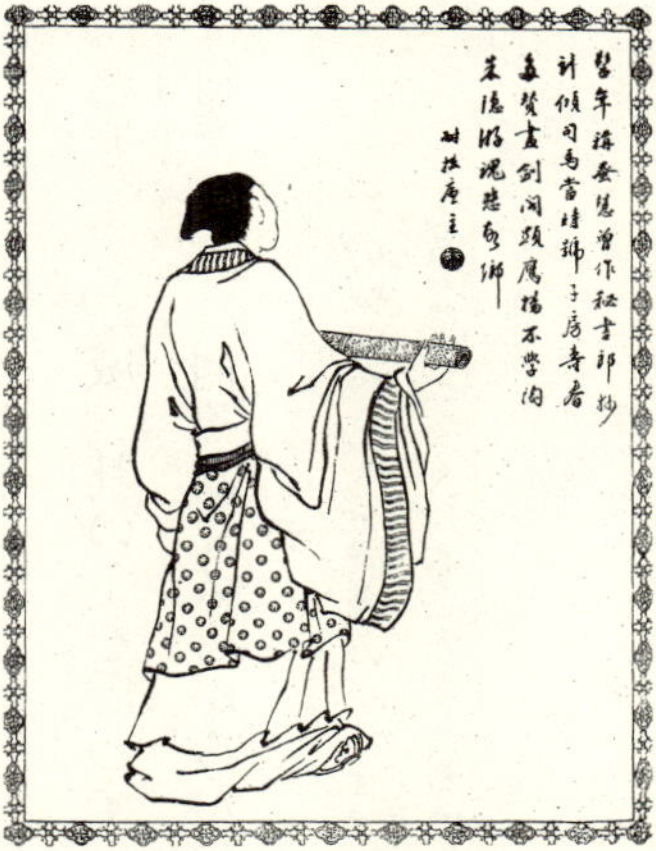
鍾会（『増像全図三国演義』）

威震其主、
何能久乎。

威《い》 其《そ》の主《しゅ》を震《ふる》わす、
何《なん》ぞ能《よ》く久《ひさ》しからんや。

その威勢が主人を震えあがらせているのですから、
どうして長らく持ちこたえられましょうか。

（第一百八回）

呉の孫権は晩年衰え、後継者問題でつまずく。太子の孫登《そんとう》が死去したため、まず二男の孫和《そんか》を太子に立てる。しかし、孫和は勝気な全《ぜん》公主（孫権の長女魯《ろ》班《はん》）と不仲であり、彼女に足を引っ張られて、太子の座から下ろされる。ついで三男の孫亮《そんりょう》を太子とするが、この時点で陸遜《りくそん》や諸葛瑾《しょかつきん》ら名臣は世を去り、諸葛瑾の息子諸葛恪《しょかつかく》（三四八頁参照）が行政トップだった。不穏な情勢のもと、呉の太元《たいげん》二年（魏の嘉平四年。二五二）、孫権は死去する。ときに七一歳。

孫権の死後、諸葛恪は一〇歳の孫亮を即位させ、実権を独占する。やがて魏は孫権死去の隙をつき、司馬昭を総司令官とする大軍を呉に出動させた。迎え撃つ諸葛恪は当初、有利に戦いを進めたが、けっきょく大敗を喫し呉に逃げ帰る。諸葛恪は失敗を糊塗《こと》すべく、批判勢力を抑え込み、腹心の部将に近衛軍を統率させるなどして、権力の保持をはかる。

そうなると、おさまらないのが、それまで近衛軍を統率していた孫氏一族の孫峻《そんしゅん》（孫《そん》堅《けん》の弟孫静《そんせい》の曾孫）だった。皇帝の孫亮も「朕《ちん》 此《こ》の人を見るに、亦《ま》た甚《はなは》だ恐怖す（朕はあやつに会うのが、とても怖い）」と、諸葛恪を嫌っていたため、利害の一致した彼らは電光石火、諸葛恪を罠にかけて殺してしまう。孫権の死の翌年、呉の建興二年（二五三）冬一〇月のことである。

孫峻　謀（はかりごと）もて諸葛恪を殺す

上記の言葉は、魏の張緝《ちょうしゅう》がかつて司馬師に言ったもの。もっとも「威　其の主を震わ」したのは諸葛恪だけではなく、後釜の孫峻も同様であり、呉の混乱は激化する一方だった。

忠君矢志不偸生
諸葛公休帳下兵

忠君《ちゅうくん》 志《こころざし》を矢《ちか》い 生《せい》を偸《ぬす》まず
諸葛公休《しょかつこうきゅう》 帳下《ちょうか》の兵《へい》

主への忠誠を誓い おめおめ生き長らえはせぬ、
それが諸葛公休《しょかつこうきゅう》(諸葛誕《たん》のあざな)直属の兵士。

(第一百十二回)

魏でも司馬氏(司馬師・司馬昭)の勢力が強化されるにつれ、不穏な空気が広がる。嘉平六年(二五四)、曹芳《そうほう》側近の夏侯玄《かこうげん》(夏侯惇《かこうとん》の甥夏侯尚《かこうしょう》の息子)、李豊《りほう》、張緝《ちょうしゅう》(三七七頁参照)が司馬氏打倒のクーデタを計画するが、事前に露見し、三人とも処刑され族滅の憂き目にあう。まもなく曹芳も退位させられ、高貴郷公曹髦《こうききょうこうそうぼう》(文帝曹丕の孫)が即位する。

正元二年(二五五)、こうした状況に危機感をつのらせた揚《よう》州方面軍総司令官の毌丘倹《かんきゅうけん》は叛旗をひるがえすが、みずから軍勢をひきいて遠征し討伐にあたった司馬師によって難なく平定され、毌丘倹は殺されてしまう。この直後、司馬師は死去し、代わって弟の司馬昭が権力を掌握する。

この二年後の甘露《かんろ》二年（二五七）、今度は毌丘倹の後任の揚州方面軍総司令官、諸葛誕《しょかつたん》が反乱する。諸葛誕は諸葛亮・諸葛瑾《しょかつきん》の族弟である。彼は息子の諸葛靚《しょかつせい》を人質として送りこみ、呉の協力を得ながら、寿春《じゅしゅん》を拠点に頑強に抵抗した。しかし、高貴郷公をともない大軍をひきいて攻め寄せた司馬昭に寿春城を包囲され、刀折れ矢尽きて斬り殺されてしまう。

寿春陥落後、捕縛された諸葛誕直属の兵士数百人は、司馬昭に対して「願わくは諸葛公と同《とも》に死せん。決して汝には降《くだ》らず（諸葛公とともに死ぬまでだ。けっしておまえには降伏せんぞ）」と言い、潔く全員殺害された。上記は、この兵士たちを称えた詩（絶句）の前半二句である。

こうして、散発的なクーデタや反乱を鎮圧し、司馬昭はじりじりと簒奪へと迫る。

司馬昭　諸葛誕を破る

燕雀処堂、
不知大厦之将焚。

燕雀《えんじゃく》堂《どう》に処《お》り、
大厦《たいか》の将《まさ》に焚《も》えんとするを知《し》らず。

燕や雀(のような小さな鳥)は座敷に巣をかけ、
大きな建物じたいが炎上しようとしていることに気がつかない。

(第一百十三回)

魏・蜀・呉の三国は時間の経過とともに、いずれも皇帝の権力基盤が弱まり、混乱の度を深めた。なかでも呉は、諸葛恪《しょかつかく》を滅ぼした孫峻《そんしゅん》、孫峻の死後は従弟の孫綝《そんりん》が権勢をふるい、こらえかねた第二代皇帝の孫亮《そんりょう》は孫綝の殺害を計画するが、事前に発覚、孫綝によって退位させられてしまう。かくして、孫休《そんきゅう》(孫権の六男)が即位するが、孫綝が簒奪の動きを見せたため、老将丁奉《ていほう》らの助力により先手を打って孫綝を誅殺することに成功する。

呉の太平三年(魏の甘露三年。二五八)、ようやく孫綝を滅ぼした孫休のもとに、蜀の劉禅が祝賀の使者を派遣して来る。これに対し、孫休は薛珝《せっく》を蜀に派遣し答礼させた。孫休が帰還した薛珝に蜀の国内情勢をたずねると、薛珝は「最近、宦官《かんがん》の黄皓《こうこう》が権力を握り、重臣の多くが追従しています」と言い、上記の喩えを引いて、蜀が危機に瀕していると説明したのだった。

蜀は魏や呉に比べ、劉禅が暗愚とはいえ、諸葛亮の確立した制度や人材の配置が功を奏し、国内情勢は比較的安定していた。しかし、劉禅の寵愛する宦官の黄皓が差し出がましい態度をとるため、北伐を続行する姜維《きょうい》も思わしい成果をあげるにいたらないなど、しだいに暗雲が立ちこめてくる。

孫琳[綝]　呉主孫亮を廃す

ちなみに、姜維は司馬懿がクーデタを起こしたころから、魏の混乱に乗じて、しばしば出兵し北伐を行うようになった。このとき、魏軍をひきいて姜維の進撃をくいとめたのは、かの鄧艾《とうがい》だった(三七五頁参照)。

吾生為蜀臣、
死亦当為蜀鬼。

吾《わ》れ　生《い》きては蜀《しょく》の臣《しん》と為《な》り、
死《し》しても亦《ま》た当《まさ》に蜀《しょく》の鬼《き》と為《な》るべし。

私は生きては蜀の臣となり、
死してもまた蜀の鬼となるまでだ。

（第一百十六回）

魏の甘露《かんろ》五年（二六〇）、司馬昭《しばしょう》の専横に耐えかねた高貴郷公曹髦《こうききょうこうそうぼう》は貧弱な手勢をひきいて挙兵するが、たちまち司馬昭の軍勢に押しつぶされ、司馬昭の子飼いの部将、成済《せいせい》に背中まで差し貫かれて絶命する。この後、慎重な司馬昭はまたも傀儡《かいらい》皇帝として常道《じょうどう》郷公曹奐《きょうこうそうかん》（曹操の孫）を即位させ、さらに周到に国内の批判勢力の根絶やしを図る。

三年後の景元《けいげん》四年（二六三）、機が熟したと判断した司馬昭は鄧艾《とうがい》を征西将軍、鍾会《しょうかい》を鎮西将軍に任じ、蜀討伐に踏み切った。隴西《ろうせい》に駐屯していた鄧艾軍が沓中《とうちゅう》（甘粛省舟曲県以西、岷《びん》県西南一帯）に駐屯する姜維の軍勢と激戦を繰り返す隙に、洛陽から進軍、漢中に到達した鍾会軍は蜀の部将、傅僉《ふせん》の守備する陽安関《ようあんかん》（陽平関《ようへいかん》。陝西省勉県西）に猛攻をかけた。このとき、傅僉が出撃している間に、副将が魏軍に投降したため、孤立無援となった傅僉は奮戦のはてに自刎《じふん》した。上記はこのとき傅僉が血を吐く思いで述べた言葉である。

陽安関の陥落を機に、重要拠点が次々に陥落、漢中は鍾会の手に帰す。この知らせを受けた姜維は仰天し、退去して蜀国内の剣閣《けんかく》(四川省広元県西南)の守備に向かう。漢中攻略は鍾会の手柄となるが、鄧艾は傲慢な鍾会に反感をもち一計を案じる。かくて鄧艾は軍勢をひきいて陰平《いんぺい》の裏道をたどり、断崖絶壁を踏み越えて蜀に入り、たちまち涪《ふ》(四川省綿陽県東)に到達する。こうして本番の蜀攻略では、鄧艾が鍾会を抑えて先手を打つ。

傅僉(『増像全図三国演義』)

賢哉、賢哉。
得其死矣。
妾請先死。
王死未遅。

賢《けん》なる哉《かな》、賢《けん》なる哉《かな》。
其《そ》の死《し》を得《う》るなり。
妾《しょう》先《さき》に死《し》なんことを請《こ》う。
王《おう》死《し》しても未《いま》だ遅《おそ》からず。

ごりっぱ、ごりっぱ。それでこそ死に時を得るというものです。
どうかわたくしを先に死なせてください。
それから大王さまが死なれても遅くはないでしょう。

（第一百十八回）

鄧艾《とうがい》が涪《ふ》まで攻め寄せると、慌てた劉禅は諸葛亮の息子諸葛瞻《しょかつせん》（二四七頁参照）に七万の軍勢を与え、これを迎え撃たせた。諸葛瞻は、志願してみずから先鋒となった一九歳の息子諸葛尚《しょかつしょう》（二四七頁参照）とともに、ただちに涪の西南綿竹《めんちく》に向かい、ここを拠点に鄧艾軍とはげしく戦った。しかし、戦い利あらず、諸葛瞻は自刎《じふん》して果て、諸葛尚も戦死を遂げる。

意気あがる鄧艾軍が成都に攻め寄せたとき、臆病な劉禅は光禄大夫《こうろくたいふ》の譙周《しょうしゅう》の勧めによって、戦わずして降伏する道を選ぶ。このとき、劉禅の息子のうち、一人だけ断固として降伏を拒否する者がいた。劉禅の五男、北地《ほくち》王劉諶《りゅうしん》である。降伏の儀式の前日、劉諶は妻の崔《さい》夫人に死ぬ覚悟を告げる。上記は、このとき崔夫人が夫を励ました言葉。

この言葉どおり、崔夫人は先んじて柱に頭を打ちつけて自死し、劉諶は三人の子どもを殺したあと、自刎して果てた。劉諶夫妻の壮絶な最期をせめてもの餞《はなむけ》に、蜀王朝は滅亡した。ときに蜀の炎興《えんこう》元年（二六三）一二月（正史では一一月）、劉備が即位してから四十二年後のことである。

北地王劉諶（『増像全図三国演義』）

剣閣《けんかく》で戦力を温存していた姜維は、捲土重来を期して鍾会《しょうかい》のもとに出頭、以後、意図的に鍾会と行を共にする。蜀滅亡の翌年（二六四）、成都に駐屯する鄧艾と鍾会の不仲が激化、まず鄧艾が逮捕され、つづいて反乱を起こした鍾会も鎮圧されて、けっきょく両者とも殺されてしまう。蜀再興を狙った姜維も鍾会の反乱の渦中で、「吾が計成らず、乃《すなわ》ち天命也（わが計ならず、これも天命だ）」と絶叫し、みずから命を絶ったのだった（第一百十九回）。

人之無情、乃至於此。
雖使諸葛孔明在、
亦不能輔之久全。
何況姜維乎。

人《ひと》の無情《むじょう》、乃《すなわ》ち此《ここ》に至《いた》らんや。
諸葛孔明《しょかつこうめい》をして在《あ》らしむと雖《いえど》も、
亦《ま》た之《こ》れを輔《たす》けて久《ひさ》しく全《まった》くする能《あた》わず。
何《なん》ぞ況《いわ》んや姜維《きょうい》をや。

こうまで人は無感動になれるものだろうか。たとえ諸葛亮が生きていたとしても、この人を輔佐していつまでも安泰にしておくことは無理だったろう。まして姜維《きょうい》ではどうにもならない。

（第一百十九回）

蜀を制覇した後、司馬昭の威信は増す一方だった。そんなおり、劉禅が成都から洛陽に移送されてくる。司馬昭は劉禅を安楽公《あんらくこう》に封じ、邸宅と生活費を支給するなど、丁重に処遇した。喜んだ劉禅は、司馬昭主催の宴会に出席し、蜀の音楽が演奏されたときも、

司馬　復(ま)た受禅台を奪う

蜀からついて来た役人が亡国の哀しみで、みな落涙したにもかかわらず、平気でニコニコしている始末だった。上記は、こんな劉禅に呆れた司馬昭が配下の賈充《かじゅう》に言った言葉である。

　さらにまた、司馬昭が劉禅に「少しは蜀のことを思い出されるかな」と聞いたところ、なんと劉禅は「この地は楽しいので、蜀のことは思い出しません」と答えた。この余りの無神経さを慮《おもんぱか》った側近の郤《げき》正《せい》が注意したところ、劉禅は無邪気にその口真似をし、司馬昭に笑われる始末だった。

　つまるところ、劉禅は邪悪なところこそないが、知力も気力もない皇帝失格者だったのである。司馬昭ではないが、長坂《ちょうはん》の激戦のさなか、命がけで乳飲み子の劉禅を救い、のちにまた、呉に連れ帰ろうとする孫《そん》夫人の手から彼を取りもどした趙雲（一六五頁、二三二頁参照）も、劉備亡き後、必死で輔佐した諸葛亮（三六一頁参照）も、あの世で慨嘆していたことだろう。

　蜀滅亡の二年後（咸熙《かんき》二年。二六五）の八月、司馬昭は中風の発作がおこり死去する。その四か月後、長男の司馬炎《しばえん》が魏の皇帝(常道郷公曹奐《そうかん》)から形式的な禅譲を受けて即位(武帝)、西晋王朝を立てる。司馬懿以来、三代四人がかりの簒奪劇の完成である。こうして、蜀につづいて魏も滅び、三国のうち残るは呉のみとなる。

彼専以徳、
我専以暴、
是彼将不戦、
而服我也。
今宜各保疆界而已。
無求細利。

彼《か》れ専《もっぱ》ら徳《とく》を以《もっ》てするに、
我《わ》れ専《もっぱ》ら暴《ぼう》を以《もっ》てすれば、
是《こ》れ　彼《か》れの将《まさ》に戦《たたか》わずして、
我《わ》れを服《ふく》せしめんとする也《なり》。
今《いま》　宜《よろ》しく各《おの》おの疆界《きょうかい》を保《たも》つべきのみ。
細利《さいり》を求《もと》むる無《な》かれ。

向こうはもっぱら「徳」を行っているのに、こちらはもっぱら「暴」を行うようでは、向こうは戦わずしてこちらを服従させるだろう。今はそれぞれが境界を守ることにつとめるべきなのだ。些細な利益を求めてはならない。

（第一百二十回）

蜀が滅亡した翌年(二六四)、呉の皇帝孫休《そんきゅう》が死去し、孫晧《そんこう》(孫権の孫)が即位した。孫晧は豪華な宮殿を建造し奢侈にふける一方、配下に残虐な仕打ちを加えるなど、典型的な暴虐天子だった。それでも、すこぶる有能な陸抗《りくこう》(陸遜《りくそん》の息子。母は孫策《そんさく》の娘)を荊州方面軍事責任者とし、西晋の進攻をくいとめた間は、対外的には安泰だった。

江口《こうこう》(湖北省宜昌県西)に駐屯した陸抗は、襄陽《じょうよう》を守備する西晋の荊州方面軍事責任者羊祜《ようこ》と国境を挟んで対峙しつづけた。こうして対峙するうち、彼らの間に敵味方を超えた信頼関係が成立する。陸抗が酒を贈れば、羊祜はためらいもせず飲み、病気になった陸抗を案じて羊祜が薬を贈れば、「毒薬ではないか」と案じる部下を抑えて、喜んで服用するという具合だった。上記は、羊祜のくれた薬をのんで治癒した陸抗が部下に言った言葉である。

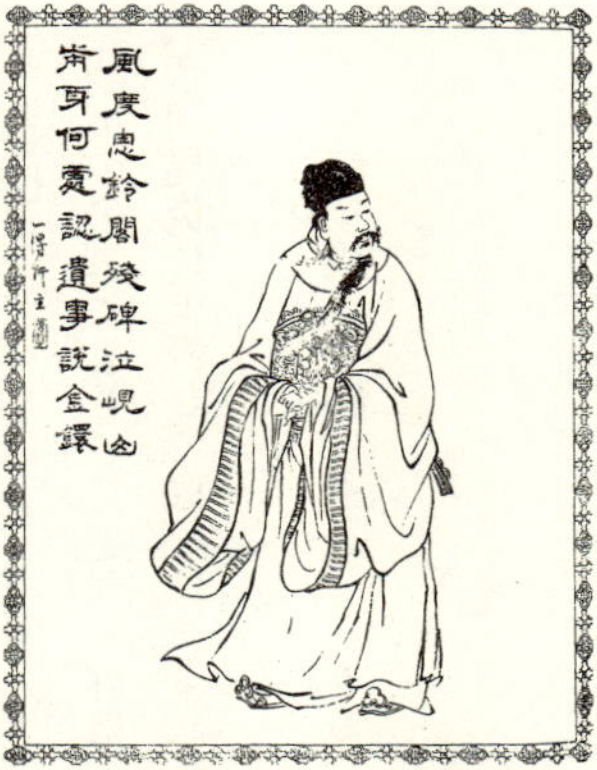
羊祜(『増像全図三国演義』)

こうして二人が対峙していた間、国境地帯は平穏だった。しかし、陸抗が西晋と通じているのではないかと疑った孫晧は、やがて彼を降格・更迭してしまう(「陸抗伝」によれば、陸抗は二七三年、任地で病没しており、降格・更迭の事実はない）。

陸抗の失脚により、呉を討つ好機が到来したと判断した羊祜は、咸寧《かんねい》二年（二七六）、武帝司馬炎に上表して呉征伐を要請するが、安楽に馴れた重臣たちの反対で実現しなかった。

この二年後、羊祜は引退し、まもなく武帝に重要な遺言を残して他界する（次項参照）。

夫期運雖天所授、
而功業必因人而成。

夫《そ》れ期《き》運《うん》は天《てん》の授《さず》くる所《ところ》と雖《いえど》も、
功業《こうぎょう》は必《かなら》ず人《ひと》に因《よ》って成《な》る。

そもそも、時の運は天からの授かりものとはいえ、
功業は必ず人によって成し遂げられるものであります。

（第一百二十回）

咸寧《かんねい》二年（二七六）、西晋の荊州方面軍事責任者、羊祜《ようこ》が呉征伐を要請し、武帝に送った上表文の一節である（前項参照）。しかし、羊祜の提案は重臣たちの反対によって却下される。二年後、引退して郷里に帰った羊祜が危篤になると、武帝はみずから病床を見舞い、彼の提案を採用できなかったことを詫び、彼の志を引き継ぐことのできる後任の推薦を求めた。このとき、羊祜は右将軍杜預《どよ》（「どよ」と読むのが慣例）の名をあげ、武帝はこれに従った。

付言すれば、羊祜は人物鑑定にすぐれ、以前から優秀な人材を数多く推挙していた。しかし、彼は自分が推薦者であることを当人に知られまいと、推挙の上表文の草稿をす

羊祜　病中に杜預を薦(すす)む

べて焼却した。他人に恩を着せることを好まない、まことに爽やかな人物だったのである。

　羊祜の遺言で後任となった杜預はすぐれた軍事家であり、傑出した歴史家でもあった。「左伝癖《さでんへき》（『春秋左氏伝《しゅんじゅうさしでん》』に対する熱狂的な愛好癖）」の持ち主だった彼は、公務のあいまに、『左伝』の研究に没頭し、中国歴史学の原点ともいうべき『春秋経伝集解《しゅんじゅうけいでんしっかい》』を著した。

　さて、咸寧四年（二七八）から襄陽に駐屯した杜預はもう一つの才能、すなわち冷静に状況を判断して戦略を立てる軍事家としての才能を発揮し、翌咸寧五年、武帝に上表文を捧げて、今こそ呉征伐を敢行すべきだと提案、武帝もこれを受け入れる。かくして、西晋軍は各方面から進撃を開始し、呉に総攻撃をかけることとなる。

今兵威大振、
如破竹之勢。

今《いま》 兵威《へいい》大《おお》いに振《ふ》るい、
破《は》竹《ちく》の勢《いきお》いの如《ごと》し。

今、わが軍の威力は大いにふるい、破竹の勢いさながらだ。

（第一百二十回）

咸寧五年（二七九）一一月、西晋は六方面（北方五方面と蜀）から大軍を出動させ、呉に総攻撃をかけた。このとき杜預《どよ》は駐屯地の襄陽から江陵《こうりょう》に出撃、またたくまにこれを陥落させ、その勢いで武昌《ぶしょう》（湖北省武漢市）をも陥落させて、荊州全域をほぼ支配下に治めた。勢いに乗った杜預は諸将を集めて、呉の首都建業《けんぎょう》を攻撃すべく、作戦会議を開いた。このとき、すぐに呉を全面降伏させるのは無理であり、ちょうど春の水が増す時期でもあり長期駐留は困難だから、建業攻撃は一年先延ばしにしたほうがよい、と慎重論を唱える者がいた。上記はこれに対する杜預の反論である。これがもとになり、勢いがつよく押しとどめがたいことを、「破竹の勢い」というようになる（この言葉はすでに『晋書』

「杜預伝」に見える)。

かくて杜預軍は蜀から進撃してきた王《おう》濬《しゅん》軍と呼応し、長江の流れに乗って攻め下り、建業に向かった。一歩先んじた王濬軍が建業郊外の石頭城《せきとう》内に突入したとき、もはやこれまでと観念した孫皓《そんこう》は王濬のもとに出頭し降伏した。ここに、孫皓の大叔父孫策《そんさく》以来、約九十年にわたり江東(長江下流域)を支配しつづけた孫氏の呉は滅亡し、魏・蜀・呉の三国はすべて滅んだ。ときに咸寧六年(二八〇)三月のことである。

王濬　計もて石頭城を取る

付言すれば、こうして西晋が最後に残った呉の征伐に成功しえたのは、究極的には羊《よう》祜《こ》から杜預へと受け継がれた正確な状況判断のたまものだったといえよう。

紛紛世事無窮尽
天数茫茫不可逃
鼎足三分已成夢
後人憑弔空牢騒

紛紛《ふんぷん》たる世事《せじ》　窮《きわ》まり尽《つ》くること無《な》く
天数《てんすう》　茫茫《ぼうぼう》　逃《の》がる可《べ》からず
鼎足三分《ていそくさんぶん》　已《すで》に夢《ゆめ》と成《な》り
後人《こうじん》　憑弔《ひょうちょう》して空《むな》しく牢騒《ろうそう》

この世のことは紛々として窮まりなく、
天命はどこまでも広がって逃れられない。
三国分立はすでに過去の夢となり、
後人が往時をしのんで心騒がせるだけ。

（第一百二十回）

太康《たいこう》元年（二八〇。四月に年号を改める）五月、呉最後の皇帝孫晧《そんこう》は洛陽に移送され、武帝司馬炎《しばえん》にお目どおりした。このとき、武帝が座席を与えながら、「朕《ちん》　此の座を設けて以て卿《けい》を待つこと久し（朕はこの座席を用意して、長いこと卿《きみ》を待っていたぞ）」と言うと、

晋の武帝ら（『全図繡像三国演義』）

孫皓は負けじとこう言い返した。「臣は南方に於《お》いて、亦《ま》た此《こ》の座を設けて以て陛下を待つ（臣《わたくし》は南方で、やはりこんな座席を用意して陛下をお待ちしておりました）」。

このやりとりからうかがえるように、降伏の屈辱もどこへやら、無邪気に洛陽の生活を楽しんだ蜀の劉禅《りゅうぜん》（三八七頁参照）とは異なり、孫皓はそれなりに頭も切れる人物だった。彼の狂ったような暴君ぶりは、呉の滅亡が不可避だという予感にさいなまれ、自暴自棄になったせいもあったのかも知れない。武帝は勝者の余裕で、この毒気のある孫皓も受け入れて帰命侯《きめいこう》に封じ（劉禅は安楽公）、平穏に余生を送らせたのだった。

『三国志演義』は最終回（第一百二十回）の末尾に、「此《こ》れ自《よ》り三国は晋帝司馬炎に帰し、一統の基《もとい》と為る。此れ所謂《いわゆる》「天下の大勢は合すること久しければ必ず分かれ、分かること久しければ必ず合す」る者なり」と記し、第一回冒頭のエピグラフ（二頁参照）と鮮やかに照応させつつ、後漢末の群雄割拠の乱世から三国分立、三国分立から三国滅亡、西晋の全土統一にいたるまで、約百年にわたる波瀾万丈の物語世界を閉じる。ちなみに、『演義』最終回には閉幕の口上として、長篇詩が付されており、上記はその末尾の四句である。

解　説

『三国志演義』の文体は白話《はくわ》(口語)長篇小説とはいえ、同じく語り物を母胎とする『水滸伝』などと比較すると、格段に文言《ぶんげん》(文語)に近く、この傾向は地の文において、いっそう顕著である。たとえば、『演義』(第三十八回)において、劉備が関羽・張飛をひきつれ諸葛亮を訪れること三度、ようやく諸葛亮と対面する場面は、次のように描かれる。

孔明　吟じ罷《おわ》るや、身を翻《ひるがえ》して童子に問いて曰く、「俗客　来たるや否《いな》や」と。童子曰く、「劉皇叔　此《ここ》に在り、立ちて候《ま》つこと多時《たじ》なり」と。孔明乃《すなわ》ち身を起こして曰く、「何ぞ早《つと》に報ぜざるや。尚《な》お容《まさ》に衣を更《か》うべし」と。遂に転じて後堂《こうどう》に入る。又《ま》た半晌《はんしょう》、方《まさ》に衣冠を整え出迎す。劉備見るに、孔明は身長八尺、面《おもて》は冠の玉《ぎょく》の如《ごと》く、頭に綸巾《かんきん》を戴き、身に鶴氅《かくしょう》を披《まと》い、飄飄然として神仙の概《おもむき》有り。

諸葛亮は吟じおわると、寝返りをうって少年にたずねた。「俗世の客が来たのではないか」。「劉皇叔(劉備)がここにおられ、立ったまま長いことお待ちです」

と少年。諸葛亮はそこではじめて起き上がり、「どうして早く言わないのか。着替えをせねばならない」と言うと、奥の部屋に入って行った。しばらくすると、着替えて冠をつけ挨拶に出て来た。見れば、諸葛亮は身長八尺、顔は冠に付ける玉のごとく、頭に綸巾をのせ、身には鶴氅をつけ、飄々としてまるで仙人のようである。

という具合に、このくだりの文章は文言の文章と同様、すんなり訓読することができる（「孔明は身長八尺」以下の叙述については、本書一四四頁参照）。白話で書かれた小説も訓読できないわけではないが（幸田露伴訳『水滸伝』がそうだ）、かなりの無理がともなう。ちなみに、中国の古典的文言は日本ふうに訓読するのが容易なのだが、白話はそのまま訓読するのは困難である。したがって、訓読できるか否かが、文言か白話かを識別するひとつの規準になる。

このように、『演義』の文章がかぎりなく文言に近いのは、著者と目される羅貫中《らかんちゅう》が、語り物の世界で伝承された三国志物語群を整理するさい、端正な文言で著された陳寿《ちんじゅ》の『正史三国志』と綿密に照合したためだと考えられる。

このように文体じたいは『正史』張りだとはいえ、『演義』の叙述方法は、『正史』とはまったく異なる。ちなみに、『正史』の「諸葛亮伝」では、「臥龍《がりょう》」と呼ばれる諸葛亮の存在を知った劉備が、三度目の訪問でようやく諸葛亮と対面したくだりをこう記す。

是《こ》れに由《よ》りて先主　遂に亮に詣《いた》り、凡《およ》そ三《み》たび往《ゆ》き、乃ち見《まみ》ゆ。

(諸葛亮の友人、徐庶《じょしょ》に自分から訪問したほうがよいと言われ)その結果、先主(劉備)は諸葛亮を訪れ、およそ三度の訪問のあげく、やっと会えた。

まさに簡潔そのものである。これに対して、『演義』は第三十五回から第三十七回まで、三回にわたって複雑周到に伏線を張りめぐらしたうえで、上記のように第三十八回にいたり、おもむろに大スター諸葛亮を登場させるという、念入りな叙述方法をとる。こうして、いやがうえにも興趣を高めようとする語り口は、『演義』が、聴衆の反応をはかりながら、話を進めてゆく講釈(語り物)を母胎とする小説であることを、示すものだといえよう。

文言に近い『演義』の平明な文章に変化を与えているのは、会話の部分である。『演義』の著者は、話者のキャラクターに応じて、その話しぶりをあざやかに描きわけている。たとえば、先にあげた第三十八回の冒頭、劉備が三度目に諸葛亮を訪問しようとしたとき、義弟の関羽は次のように述べて反対する。

「兄長《けいちょう》は両次　親しく往《ゆ》きて拝謁《はいえつ》す。其《そ》の礼　太《はなは》だ過ぎたり。想《おも》うに諸葛亮は虚名有りて実学無し。故に避けて敢《あ》えて見《まみ》えず。兄《けい》　何ぞ斯《こ》の人に惑うことの甚《はなは》だしきや」。

「兄上には二度も自分の方から会いに行かれたが、それは礼の尽くしすぎです。思うに、諸葛亮は虚名は高いが、実際には無学なので、避けて会おうとしないのでしょう。兄上はどうしてそんなにこの人物に執着されるのか」。

関羽は剛勇無双の豪傑ながら、『春秋左氏《しゅんじゅうさし》伝《でん》』を愛読するなど、なかなか教養も高かった。この折り目正しい発言には、そんな知性派の豪傑関羽らしさがよくあらわれている。これに対して、教養など薬にしたくもない無頼派の豪傑張飛の反対発言は、ガラリと趣を異にする。

「哥哥《ガガ》　差《たが》えり。量《はか》るに此の村夫《そんぷ》、何ぞ大賢と為すに足らんや。今番《こんばん》　哥哥去《ゆ》くを須《もち》いず。他《か》れ如《も》し来たらざれば、我れ只《た》だ一条の麻縄を用い縛りて将《ひき》い来《こ》ん」。

「哥哥《ガガ》(兄貴)はまちがっている。あんな村夫《いなかもの》は大いなる賢人とするに足りない。今度は哥哥が行くべきではない。あいつが来なければ、わしが麻縄一本で縛りあげて連れて来よう」。

発言内容の荒々しさもさることながら、関羽が劉備をきちんと「兄長(兄上)」と呼ぶのに対し、張飛は怖《お》めず臆《おく》せず、俗っぽい呼称の「哥哥《ガガ》(兄貴)」を用いて呼びかけるなど、羽目をはずした、がさつな話しぶりで終始する。この張飛の発言には、まさに破《わ》れ鐘《がね》のような大音声が響いてくるような、臨場感がある。

今ひとつ暴れん坊張飛の真骨頂を示す発言を引いてみよう。劉備がしぶる関羽・張飛をひきつれ三度目に諸葛亮を訪問すると、幸い諸葛亮は在宅していたものの、昼寝中でなかなか起きて来ない。劉備が長らく立ったまま待っていると、いらだった張飛はこう怒鳴る。

「這《こ》の先生 如何《いかん》ぞ傲慢なるや。見れば、我《わ》が哥哥《ガガ》は階下に侍立するに、他《か》れは竟《つい》に高臥し、推睡《すいすい》して起きず。我れの屋後に去《ゆ》きて一把の火を放つを等《ま》て。他《か》れの起きるか起きざるかを看《み》ん」。

「この先生たるや、何と高慢ちきなやつだ。哥哥《ガガ》(兄貴)を階《きざはし》の下に立たせておいて、やつは高枕で寝たふりして起きても来ない。見てろ、わしが家の裏にまわって火をつけてやるから。それでも寝てられるもんなら寝てやがれ」。

訓読をするのも困難な白話そのものの話しぶりである。こうして血の気の多い張飛を逆上させるほど、さんざん気をもたせたあげく、冒頭にあげたように、昼寝からさめた諸葛亮がおもむろに登場するという寸法だ。

この張飛の発言は最たる例だが、登場人物のキャラクターを如実に映し出す発言や会話を、随所に挿入することによって、『演義』は躍動感あふれる物語世界を現出させることに成功している。

こうした登場人物の発言や会話にもたしかに、ときには声をはりあげ、ときには声を低めながら、身振り手振りよろしく、登場人物になりきって語る講釈師の姿を彷彿とさせるものがある。

『演義』が語り物から生まれたことを示す痕跡は多々みられるが、そのもっとも顕著な例は、第一回から第一百二十回にいたるまで、各回に必ず何首かの詩が挿入されていることである。これは、講釈師がここぞという場面で、鳴り物入りで歌い吟じたスタイルを踏襲したものにほかならない。ひとつ例をあげてみよう。やはり第三十八回、劉備と対面した諸葛亮が、蜀の絵図を指さしながら「天下三分の計」を披瀝し、劉備が感動する場面のあとに付された詩（七言絶句）である。

豫州当日歎孤窮
何幸南陽有臥龍
欲識他年分鼎処
先生笑指画図中

豫《よ》州　当日　孤窮《こきゅう》を歎きしに
何ぞ幸いなる　南陽に臥龍《がりょう》有らんとは
他年　鼎《かなえ》を分かつ処《ところ》を識《し》らんと欲すれば
先生笑いて指す　画図の中

よるべなき身と　豫州（劉備）は嘆く、ありがたや　ここ南陽に臥龍あり。
将来　鼎は分かれていかに、先生（諸葛亮）にっこり　絵図を指す。

この詩は率直にいえば、詩としてはきわめて凡庸であり格調も高くない。『演義』の作中詩はおおむねこれと同工異曲であり、詩として論じるような質のものではない。まれに、杜甫《とほ》や李商隠《りしょういん》のような名だたる詩人の詩篇が転載されているケースもあるが、これらの作品はきわだって格調高く、他の『演義』の作中詩とは、文字どおり天と地ほどの隔たりがある。しかし、こうした作中詩の凡庸さ、俗っぽさは、『演義』にとって、けっして恥じるべき欠陥ではない。いかにも俗の地平、民衆世界の語り物から生まれた大らかな歌として、作中に堂々と配置されているさまは、むしろ壮観というべきであろう。

付言すれば、作中詩の多用とともに、各回の末尾に「且《しばら》く下文《かぶん》の分解を看《み》よ（まずは、次回の分解《ときあかし》をご覧ください）」というふうに記し、次回へとつないでゆく語り口も、連続でなされた講釈の語り口を踏襲したものだ。もっとも、作中詩の多用と次回へのこうしたつなぎかたは、『演義』のみならず、『西遊記』や『水滸伝』など、語り物を母胎とする白話長篇小説に共通する特徴である。

全体として平明な文言に近い文体で書き綴られた『三国志演義』は、以上、具体的な例をあげつつ述べたように、登場人物の発言や会話、作中詩の挿入などによって、語り物の雰囲気を巧みに生かしながら、活力あふれる物語世界を作りあげている。『演義』の物語世界は、物語構造からその語り口にいたるまで、まさに歴史と語り物が交錯し、渾然一体となった地点に構築されたものなのである。名言・名セリフ・名場面で、『演義』世界をたどった本書『三国志名言集』が、そんな『演義』の魅力をいささかなりとも浮き彫りにすることができればと、願うばかりだ。

参考文献

【演義の原書と翻訳】
羅貫中『三国演義』(全二冊)人民文学出版社、一九五七年
井波律子訳『三国志演義』ちくま文庫、全七冊、二〇〇二―二〇〇三年(のちに講談社学術文庫、全四冊、二〇一四年)

＊

小川環樹・金田純一郎訳『三国志』(全八冊)岩波文庫、一九八八年
立間祥介訳『三国志演義』(全二冊)平凡社(中国古典文学大系26・27)、一九六八年

【正史の原書と翻訳】
陳寿『三国志』(全五冊)中華書局、一九五九年
今鷹真・井波律子・小南一郎訳『三国志』(全八冊)ちくま学芸文庫、一九九二―一九九三年

【その他】
井波律子『中国的レトリックの伝統』影書房、一九八七年(のちに講談社学術文庫　一九九六年)、

「悪態の美学――陳琳について」「曹操論」「曹植の世界――詩を中心として」をおさむ
井波律子『世説新語』角川書店(鑑賞中国の古典14)、一九八八年
井波律子『読切り三国志』ちくま文庫、一九九二年
井波律子『三国志演義』岩波新書、一九九四年
井波律子『三国志曼荼羅』筑摩書房、一九九六年
井波律子『「三国志」を読む』岩波セミナーブックス、二〇〇四年
川勝義雄『魏晋南北朝』講談社学術文庫、二〇〇三年
吉川幸次郎『三国志実録』ちくま学芸文庫、一九九七年
吉川忠夫『魏晋清談集』講談社、一九八六年

*

川勝義雄・福永光司・村上嘉実・吉川忠夫訳『中国古小説集』筑摩書房(世界文学大系71)、一九六四年、『世説新語』をおさむ

あとがき

本書は、白話長篇小説『三国志演義』のなかから、一六〇項目の名言・名セリフを選びだし、それぞれの項目ごとに書き下し文、原文、日本語訳を記し、コメントを付したものである。名言・名セリフに焦点をあてながら、興趣あふれる『演義』世界を浮き彫りにすべく、項目は第一回から第一百二十回まで、『演義』の物語展開に沿って配列した。

岩波書店の井上一夫さん(『演義』マニアである)から、『演義』をもとに、原型を生かすかたちで、書き下し文と原文を付けた『三国志名言集』を作ってみないかと、お話があったのは二年あまり前のことだった。それから何度も項目の選択やコメントの付け方について話し合いを重ねた。

かつて私は『演義』の全訳(ちくま文庫『三国志演義』全七冊、のちに講談社学術文庫『三国志演義』全四冊)をしたさい、『演義』にはたしかに特記すべき名言や名セリフが随所にちりばめられているけれども、これらの言葉はいずれも『演義』の物語展開と緊密に結びついており、それがいかなる場面や状況で発せられたかを把握しないかぎり、真の意味も面白さもつかめないと痛感した。このため、本書のコメントでは、それぞれの名言・名セリフが生まれた脈絡をたどりながら、最終的に百二十回から成る『演義』世界の全体像が浮かび上がるように配慮した。名言・名セリフで『演義』世界をたどる本書の試みが、知られざる『演義』の魅力、面白さを引き出す糸口になればと願っている。

『演義』のなかには少し前までなら、誰でも知っていたような有名な言葉がかなりある。たとえば、私は子どものころ、大人たちが「死せるコウメイ、生けるチュウタツを走らす」とか、「泣いてバショクを斬る」とか言っているのを聞いて、何のことだろうかと怪訝に思った記憶がある。いうまでもなく、前者は「死せる孔明、生ける仲達(司馬懿)を走らす」(『演義』では「死せる諸葛、能《よ》く生ける仲達を走らす」。本書三六四頁参照)であり、後者は「泣いて馬謖を斬る」(『演義』にはこの言葉じたいはない。馬謖の死については本書三三八頁参照)である。本書には、そんなふうによく知られた言葉も収め、それらが生まれた経緯や意味するところを紹介した。

本書が完成するまで、いろいろなかたのお世話になった。井上一夫さんには先述のとおり、企画の段階から刊行にいたるまで、相談に乗っていただき、きめこまかな配慮をいただいた。また、企画の段階では、岩波書店生活社会編集部の渡部朝香さんに、編集の段階では同じく賀来みすずさんに、たいへんお世話になった。賀来さんは終始、着実に編集をすすめてくださった。井上さん、渡部さん、賀来さん、ほんとうにありがとうございました。

二〇〇五年八月

井波律子

名言・名セリフでたどる『三国志演義』

――岩波現代文庫版あとがき

本書『三国志名言集』の原本は、二〇〇五年九月に岩波書店から刊行された。このたび『中国文学の愉しき世界』『中国名言集　一日一言』につづいて、岩波現代文庫に収められ、さらなる旅立ちの日を迎えることができたことを、ほんとうにうれしく思う。付言すれば、『三国志名言集』の原本は箱入りであり、これにつづいて『中国名言集　一日一言』(二〇〇八年一月刊)、『中国名詩集』(二〇一〇年十二月刊)が箱入りで刊行された。このたび、この箱入り三部作が、あいついで岩波現代文庫に収められ、新たな出発を遂げることができたのは、私にとってまことに感慨深く、光栄というほかない。三部作最後の『中国名詩集』の岩波現代文庫版は、二〇一八年三月に刊行が予定されている。

本書は、白話長篇小説『三国志演義』から百六十項目の名言・名セリフを選びだし、各項目ごとに、原文、書き下し文、日本語訳を記し、コメントを付したものである。なお、原本では、書き下し文の下に原文が配されていたが、本書では、まず原文を出し、その下に書き下し文を配する形に改めた。

原本の「序」および「あとがき」に記したように、『三国志演義』には随所に名言や名セリフがちりばめられている。本書では、これらの名言や名セリフが、誰によって、いついかなる場面やいかなる状況において発せられたかを追跡しながら、全百二十回からなる『三国志演義』世界の物語展開をたどり、最終的に、その全体像が浮かびあがるように試みた。

こうして名言・名セリフで『三国志演義』世界をたどった本書には、この世界を揺さぶる中心人物である曹操《そうそう》の長大な楽府《がふ》（もともとは民間歌謡のスタイル）「短歌行《たんかこう》」や諸葛《しょかつ》亮《りょう》の「出師《すいし》の表《ひょう》」のように、極め付きの傑作も含まれている。ときには滔々と語り、ときには朗々と歌いあげる登場人物の声に耳を傾けながら、『演義』世界の魅力を再発見していただければと、願うばかりである。

ふりかえってみれば、三国志と私の関わりは半世紀の長きにわたる。まず最初は、一九六八年一月に提出した修士論文「曹植《そうしょく》の世界――詩を中心として」であり、この四年後に曹植の父曹操をとりあげた「曹操論」を書いた。この間に、『正史三国志』の全訳を分担することになり、「蜀書」を担当して、せっせと訳に励んだ(『正史三国志』の「蜀書」の部分が実際に刊行されたのは一九八二年。筑摩書房刊)。この後、『正史三国志』を中心とする三国志関係の本や文章を書く機会がふえたが、やがて大きな転換点にさしかかった。

一九九二年ごろ、岩波書店の井上一夫さんから、『三国志演義』をテーマに、岩波新書で一冊書いてみないかというお話をいただいたのである。それで、それまでの『正史』中心から『演義』へと踏み込み、原文を読んであれこれ考えたり調べたりして、ようやく岩波新書の『三国志演義』を書きあげた(一九九四年八月刊)。これは、『演義』が『正史』をいかに加工し膨らませて物語世界を形づくっているか、目の当たりにしえた、とても面白い経験だった。

こうしてできた新書版がきっかけになって、今度は『三国志演義』個人全訳のお話があり、かなり時間はかかったものの、なんとか仕上げて、二〇〇二年から二〇〇三年にかけ刊行されたのだった(『三国志演義』ちくま文庫、全七冊。のちに講談社学術文庫、全四冊)。

本書『三国志名言集』は、上記のように長い三国志との関わりを経て著したものであり、うたた感慨深いものがある。

本書の原本の刊行にさいしては、企画の段階から、先述のように岩波新書『三国志演義』以来のおつきあいである井上一夫さんにお世話になり、岩波書店の渡部朝香さんと賀来みすずさんにもお世話になった。今回、文庫化にあたっては、『中国文学の愉しき世界』『中国名言集』につづいて、岩波書店の入江仰さんにたいへんお世話になった。なお、文庫化にあたって、先に記したように、原文と書き下し文の配置を改めたほか、原本に大きな手直しを加えなかったが、図版の配置などレイアウトは文庫版にマッチするよう改めていただいた。ここに、ご担当くださった皆さんに心からお礼を申しあげたいと思う。

二〇一七年十二月

井波律子

本書は二〇〇五年九月、岩波書店より刊行された。

岩波現代文庫[文芸]

B301-302
またの名をグレイス(上・下)
マーガレット・アトウッド
佐藤アヤ子訳

十九世紀カナダで実際に起きた殺人事件を素材に、巧みな心理描写を織りこみながら人間存在の根源を問いかける。ノーベル文学賞候補とも言われるアトウッドの傑作。

B303
塩を食う女たち
聞書・北米の黒人女性
藤本和子

アフリカから連れてこられた黒人女性たちは、いかにして狂気に満ちたアメリカ社会を生きのびたのか。著者が美しい日本語で紡ぐ女たちの歴史的体験。〈解説〉池澤夏樹

B304
余白の春
—金子文子—
瀬戸内寂聴

無籍者、虐待、貧困——過酷な境遇にあって自らの生を全力で生きた金子文子。獄中で自殺するまでの二十三年の生涯を、実地の取材と資料を織り交ぜ描く、不朽の伝記小説。

B305
この人から受け継ぐもの
井上ひさし

著者が深く関心を寄せた吉野作造、宮沢賢治、丸山眞男、チェーホフをめぐる講演・評論を収録。真摯な胸の内が明らかに。〈解説〉柳 広司

B306
自選短編集 パリの君へ
高橋三千綱

売れない作家の子として生を受けた芥川賞作家が、デビューから最近の作品まで単行本未収録の作品も含め、自身でセレクト。岩波現代文庫オリジナル版。〈解説〉唯川 恵

2025. 4

岩波現代文庫［文芸］

B296
三国志名言集
井波律子

波瀾万丈の物語を彩る名言・名句・名場面の数々。調子の高さ、響きの楽しさに、思わず声に出して読みたくなる！　情景を彷彿させる挿絵も多数。

B297
中国名詩集
井波律子

前漢の高祖劉邦から毛沢東まで、選び抜かれた珠玉の名詩百三十七首。人が生きることの哀歓を深く響かせ、胸をうつ。

B298
海うそ
梨木香歩

決定的な何かが過ぎ去ったあとの、沈黙する光景の中にいたい――。いくつもの喪失を越えて、秋野が辿り着いた真実とは。〈解説〉山内志朗

B299
無冠の父
阿久悠

舞台は戦中戦後の淡路島。「生涯巡査」の父をモデルに著者が遺した珠玉の物語が文庫に。父親とは、家族とは？〈解説〉長嶋有

B300
実践 英語のセンスを磨く
―難解な作品を読破する―
行方昭夫

難解で知られるジェイムズの短篇を丸ごと解説し、読みこなすのを助けます。最後まで読めば、今後はどんな英文でも自信を持って臨めるはず。

岩波現代文庫創刊二〇年に際して

二一世紀が始まってからすでに二〇年が経とうとしています。この間のグローバル化の急激な進行は世界のあり方を大きく変えました。世界規模で経済や情報の結びつきが強まるとともに、国境を越えた人の移動は日常の光景となり、今やどこに住んでいても、私たちの暮らしは世界中の様々な出来事と無関係ではいられません。しかし、グローバル化の中で否応なくもたらされる「他者」との出会いや交流は、新たな文化や価値観だけではなく、摩擦や衝突、そしてしばしば憎悪までをも生み出しています。グローバル化にともなう副作用は、その恩恵を遥かにこえていると言わざるを得ません。

今私たちに求められているのは、国内、国外にかかわらず、異なる歴史や経験、文化を持つ「他者」と向き合い、よりよい関係を結び直してゆくための想像力、構想力ではないでしょうか。

新世紀の到来を目前にした二〇〇〇年一月に創刊された岩波現代文庫は、この二〇年を通して、哲学や歴史、経済、自然科学から、小説やエッセイ、ルポルタージュにいたるまで幅広いジャンルの書目を刊行してきました。一〇〇〇点を超える書目には、人類が直面してきた様々な課題と、試行錯誤の営みが刻まれています。読書を通した過去の「他者」との出会いから得られる知識や経験は、私たちがよりよい社会を作り上げてゆくために大きな示唆を与えてくれるはずです。

一冊の本が世界を変える大きな力を持つことを信じ、岩波現代文庫はこれからもさらなるラインナップの充実をめざしてゆきます。

（二〇二〇年一月）

三国志名言集

2018年1月16日　第1刷発行
2025年4月24日　第2刷発行

著　者　井波律子《いなみりつこ》

発行者　坂本政謙

発行所　株式会社　岩波書店
〒101-8002 東京都千代田区一ツ橋2-5-5

案内 03-5210-4000　営業部 03-5210-4111
https://www.iwanami.co.jp/

印刷・精興社　製本・中永製本

ISBN 978-4-00-602296-9　　Printed in Japan

初句索引

あ行

か行

さ行

た・な行

は 行

ま 行

や・ら行

わ 行

人 物 解 説

- 各行内では，まず第一字の五十音順に配列．同音の場合はさらに画数順に配列．第二字以降もこれに準ずる．
- 末尾の数字は，当該人物に関係の深い項目の頁数である．
- 解説の内容は基本的に正史にもとづく．（年号は魏のもの）

［ア 行］

伊籍　いせき　生没年不詳

あざな機伯(きはく)．山陽郡(山東省金郷県西北)の人．劉表の幕僚であり，劉表に身を寄せた劉備と親しく往来し，しばしば劉備の危機を救った．劉備に随行して蜀に入り，蜀平定後，高位についた．弁舌にすぐれ使者として呉に赴き，孫権を感服させたこともある．行政官僚としてもすぐれ，諸葛亮・法正・劉巴・李厳とともに『蜀科』(蜀の法律)も作っている．(「伊籍伝」)　*195*

于禁　うきん　?-221

あざな文則(ぶんそく)．泰山(たいざん)郡鉅平(きょへい)県(山東省泰安市南)の人．初平 3 年(192)，曹操が兗(えん)州を支配したころ，傘下に入った．以来約 30 年，多くの戦いに参加して戦功を立て，張遼，楽進，徐晃らと肩をならべる名将となる．建安 24 年(219)，曹仁救援に出撃したさい，関羽に捕らえられて降伏した．このとき，新参の部将龐徳(ほうとく)は降伏を拒否して殺され，これを聞いた曹操は「(于禁が)龐徳におよばないとは思いもよらなかった」と嘆いたという．(「于禁伝」)　*276*

袁紹　えんしょう　?-202
あざな本初(ほんしょ). 汝南(じょなん)郡汝陽(じょよう)県(河南省商水県西北)の人. 後漢末の群雄の一人で, 冀(き)州(河北省)を中心に勢力を張り, 曹操と対立した. 名門の出身で, 当初, 曹操をしのぐ武力と人材を有したが, 建安5年(200), 官渡の戦いで曹操に敗北, 2年後, 病死した. 死後, 後継の座をめぐってお家騒動が起こり, 袁氏一族は曹操に滅ぼされた. (「袁紹伝」)　*114, 116, 147*

王允　おういん　137-192
あざな子師(しし). 太原(たいげん)郡祁(き)県(山西省祁県東南)の人. 後漢の献帝のとき, 太僕, 司徒などの重任につく. 初平3年(192), 呂布らと結託して董卓を殺害する. 『演義』では, 董卓と呂布を反目させるため, 王允の歌妓貂蟬(ちょうせん)が重要な役割を果たす. 董卓殺害後, 王允はまもなく董卓配下の部将李傕(りかく)・郭汜(かくし)に殺された. (『後漢書』「王允伝」)　*26*

王修　おうしゅう　生没年不詳
あざな叔治(しゅくじ). 北海(ほっかい)郡営陵(えいりょう)県(山東省昌楽県南)の人. 袁紹の長男袁譚(えんたん)に仕えたが, 弟袁尚と主導権争いをする袁譚を諫めて嫌われ, 追放された. 建安10年(205), 袁譚が曹操に殺されさらし首にされたとき, 禁令を破って首の下で慟哭したが, 曹操は義人だと感嘆し, 袁譚の遺体の引き取りと埋葬を許可したうえ, 官吏として採用した. (「王修伝」)　*124*

王累　おうるい　?-211
あざな不詳. 広漢(こうかん)郡(四川省広漢市北)の人. 建安16年(211), 劉璋が法正を派遣し, 劉備に入蜀を要請させたとき, みずから州門に身体を逆さ吊りにして諫めたが聞き入れられなかった. 『演義』では, 絶望した王累が縄を切って地面に激突死したとするが, 「劉璋伝」では, 死んだかどうかの記述はない. (「劉璋伝」)　*231*

［カ 行］

夏侯惇　かこうとん　?-220

あざな元譲(げんじょう)．沛(はい)国譙(しょう)県(安徽省亳州市)の人．曹操の父曹嵩(そうすう)の従子(おい)だとされる．曹操が董卓討伐の挙兵をした当初からつき従う，曹操軍団きっての猛将．建安3年(198)，呂布との戦いにおいて，左目を失う壮絶な奮戦ぶりを示す．その後も，袁紹や孫権との戦いで，抜群の軍事的能力を発揮し，曹操から厚く信頼された．建安25年(220)正月，曹操の死後，曹丕が魏王になると，大将軍(最高位の将軍)となるが，数か月後に死去した．(「夏侯惇伝」)　*155*

賈詡　かく　?-223

あざな文和(ぶんか)．武威(ぶい)郡姑臧(こぞう)県(甘粛省武威市)の人．董卓の部将李傕・郭汜の参謀から張繡(ちょうしゅう)の参謀に転じ，建安4年(199)，張繡を曹操に降伏させた後，曹操の参謀となる．建安16年(211)，曹操が馬超と戦ったさいには，したたかな流転の謀士らしく，陰険な心理作戦を用いて馬超を追いつめた．曹丕と曹植が後継の座を争ったときには，曹丕のブレーンとして暗躍，曹丕の即位後，三公(最高位の三人の大臣)の一つ，太尉となる．(「賈詡伝」)　*219*

郭嘉　かくか　170-207

あざな奉孝(ほうこう)．潁川(えいせん)郡陽翟(ようてき)県(河南省禹州市)の人．建安元年(196)ごろ，荀彧(じゅんいく)の推薦で曹操に仕え，数々のすぐれた戦略を提案し，郭嘉に惚れ込んだ曹操はそのほとんどを受け入れた．ことに，官渡の戦いから北方征伐にかけて，曹操の北中国制覇のために，郭嘉のはたした役割はたいへん大きい．建安12年(207)，北方征伐から帰還後，死去．ときに38歳．頼りにしていた郭嘉を失った曹操は深く落胆した．(「郭嘉伝」)　*50，71，121，127*

甘寧　かんねい　生没年不詳

あざな興覇(こうは). 巴(は)郡臨江(りんこう)県(四川省忠県)の人. 大勢の無頼の若者を率いた遊俠(『演義』では「川賊」)だった. のちに劉表, 黄祖(こうそ)(劉表の部将)に仕えたが, 意を得ず, 孫権に身を寄せて実力を発揮し, 厚遇された. 赤壁の戦い以降, 数々の戦役において三軍に冠たる勇猛果敢な戦いぶりを示した. ただ,『演義』では, 劉備の呉進撃のさいに, 体調不良をおして出撃, 戦死したとされるが, 「甘寧伝」にはそうした記述は見られない. (「甘寧伝」)　*152*

管輅　かんろ　209-256

あざな公明(こうめい). 平原(へいげん)郡(山東省平原県西南)の人. 『易』に通暁していた. 占いや人相見にも長け, 人の寿命や病気の原因などを透視し予言したとされる. 『演義』では, 曹操と会見し, 夏侯淵の戦死を予言したとされるが, 「方技伝」収録の「管輅伝」には曹操との絡みはない(曹操が死去したとき, 管輅はまだ12歳だから, 会見の可能性はほとんどない). 『演義』は三国時代きっての方士管輅と曹操を結びつけ, 興趣を盛り上げようとしたのであろう. (「方技伝」)　*259*

関羽　かんう　?-219

あざな雲長(うんちょう). 河東(かとう)郡解(かい)県(山西省臨猗県)の人. 劉備の義弟で剛勇無双の豪傑. 劉備の挙兵当初からもう一人の義弟張飛とともにつき従う. 建安19年(214), 劉備が蜀を領有した後も, 守備責任者として荆(けい)州に残留する. 建安24年(219), 北上して曹操軍の猛将曹仁と対戦するが, けっきょく曹操軍と孫権軍の挟み撃ちにあい, 孫権に殺害される. 義理堅い人物であり, そのみごとな髯によって「美髯公(びぜんこう)」と呼ばれた. (「関羽伝」)　*6, 10, 54, 83, 85, 89, 91, 119, 248, 272, 274, 282, 285*

関平 かんぺい ?-219

あざな不詳．『演義』では関羽の養子(「関羽伝」では「子」とする)．劉備の蜀領有後，軍事責任者として荊州に残留した関羽につき従う．関羽が北上し，樊(はん)に駐屯する曹仁を攻撃したさいも随行．関羽が魏軍と呉軍に挟み撃ちにされ，孫権に生け捕りにされて殺されたとき，ともに殺された(「関羽伝」も同じ)．ちなみに，『演義』では，関羽の亡霊がはじめて出現するとき，あの世の果てまで忠実な関平と部将の周倉(しゅうそう)の亡霊をともなっている．(「関羽伝」) *274*

韓当 かんとう ?-227

あざな義公(ぎこう)．遼西(りょうせい)郡令支(れいし)県(河北省遷安県西南)の人．程普・黄蓋とともに孫堅軍団生え抜きの部将．孫堅の死後，長男孫策，二男の孫権につき従い，江東平定のために大活躍する．『演義』では，赤壁の戦いで曹操に偽装降伏し火攻めをかけた黄蓋が，流れ矢に当たり長江に落ちたとき，盟友の韓当に助けられ命びろいしたとする．黄初2年(221)，劉備が呉に進撃したさいも，老いをものともせず果敢に戦い，呉軍を勝利に導く原動力となる．(「韓当伝」) *175*

闞沢 かんたく ?-243

あざな徳潤(とくじゅん)．会稽(かいけい)郡山陰(さんいん)県(浙江省紹興市)の人．「闞沢伝」には，呉きっての学者として孫権に重用され，重大事については常に意見を求められ，呉王朝成立後，中書令・侍中(じちゅう)の高位についたとある．『演義』では，赤壁の戦いのさい，弁舌をふるって曹操に黄蓋の偽装降伏を信じこませたり，また劉備の呉進撃にあたって，陸遜を総司令官に起用するよう孫権に進言するなど，参謀的イメージが強調されるが，「闞沢伝」にはいっさい言及はない．(「闞沢伝」) *180*

魏延　ぎえん　?-234

あざな文長(ぶんちょう)．義陽(ぎよう)郡(河南省信陽市北)の人．もと劉表の部将．劉備の傘下に入った後，蜀進撃に随行し，戦績をあげる．太和元年(227)，諸葛亮が北伐を開始すると，立役者の一人として活躍する．自信家で傲慢な面のある魏延は，慎重で正攻法をとる諸葛亮を内心ばかにしており，青龍2年(234)，諸葛亮が五丈原(ごじょうげん)で陣没したあと，即刻，退却を命じる遺命に背いたため，斬殺された．(「魏延伝」)　*198*

許劭　きょしょう　150-195

あざな子将(ししょう)．汝南(じょなん)郡平輿(へいよ)県(河南省平輿県北)の人．後漢末，仕官を拒否し，在野の学者として生きた．人物鑑定の名手として知られる．若き曹操をずばり「治世の能臣，乱世の姦(奸)雄」と評したことはことに有名．従兄の許靖とともに，毎月ついたちに，郷里の人物評論を行い，「汝南月旦」と称された．これが魏晋の清談(哲学談議・人物評論)の源流とも見られる．(『後漢書』「許劭伝」)　*8*

許褚　きょちょ　生没年不詳

あざな仲康(ちゅうこう)．沛(はい)国譙(しょう)県(安徽省亳州市)の人．「虎痴(こち)」と異名をとる，「三国志」世界屈指の豪傑．後漢末，一族数千家を集め，城壁を築いて自衛，賊を防いだ．やがて軍勢を率いて曹操に帰順，建安2年(197)の張繡(ちょうしゅう)征伐を皮切りに，典韋亡き後，曹操の忠実無比の親衛隊長としてすべての戦いに随行，曹操の危機を救う．曹操の没後，魏王朝の武衛将軍となり，明帝のときに死去した．(「許褚伝」)　*252*

許攸　きょゆう　?-204

あざな子遠(しえん)．南陽郡(河南省南陽市)の人．若いときに曹操の友人だったが，初平年間(190-193)，袁紹に仕え参謀となる．建安5年(200)，「官渡の戦い」のさい，袁紹に絶望して曹操に降

伏，貴重な情報を与えて曹操勝利の原動力となった．その後，功績を笠に着て，不遜な態度をとったため，曹操によって逮捕，殺害された(『演義』では，曹操の親衛隊長，許褚によって殺害されたとする)．(「武帝紀」裴注，「崔琰伝」裴注)　*109*

姜維　きょうい　202-264
あざな伯約(はくやく)．天水(てんすい)郡冀(き)県(甘粛省甘谷県東)の人．もと魏の支配下にある天水郡の部将．太和2年(228)，諸葛亮が天水郡を平定したときに降伏．軍事的才能に恵まれた姜維は諸葛亮に厚く信任され，北伐の立役者としてしばしば戦功を立てた．諸葛亮の死後，蜀の軍事責任者となり，北伐を繰り返した．蜀滅亡後，魏の鍾会と手を組み蜀再興を図るが，あえなく失敗，魏軍の兵士によって鍾会ともども殺害された．(「姜維伝」)　*331*，*387*

厳顔　げんがん　生没年不詳
あざな，出身地不詳．もと劉璋配下の巴郡太守．建安19年(214)，蜀攻略の最終段階で張飛が蜀に進撃したさい，撃破され生け捕りになったが，毅然として降伏を拒否した．その潔さに感動した張飛に手厚く待遇され，意気に感じてついに降伏する．『演義』では，劉備が蜀を領有した後，漢中の戦いで同じく老将の黄忠と協力し奮戦したとする．(「張飛伝」)　*240*

孔融　こうゆう　153-208
あざな文挙(ぶんきょ)．魯(ろ)国(山東省曲阜市東)の人．孔子二十世の子孫．天才少年として有名だった．成長後，宦官の専横に反対する清流派の名士となり，北海(ほっかい)太守となる．建安元年(196)，袁紹の子の袁譚(えんたん)との戦いに敗れ，曹操の傘下に入った．文学的才能に恵まれ，曹操をパトロンとする建安文壇で活躍し，「建安七子」の一人に数えられる．しかし，毒気にあふれた才子肌の孔融はけっきょく曹操の逆鱗に触れ，建安13年，家族ともども処刑される．(「崔琰伝」裴注，『後漢書』「孔融伝」)　*35*，

37, 60, 78

孔融の二子　?-208
姓名不詳.『世説新語(せせつしんご)』「言語篇」に，建安13年，孔融が処刑されたとき，冷静に対処し父とともに殺された幼い二人の息子(上が9歳，下が8歳)の話が見え，『演義』はこれを転用している．もっとも，『後漢書』「孔融伝」では，これを幼い「兄弟」ではなく「兄妹」だったとする．(『後漢書』「孔融伝」，『世説新語』「言語篇」)　*158*

黄蓋　こうがい　生没年不詳
あざな公覆(こうふく)．零陵(れいりょう)郡泉陵(せんりょう)県(湖南省永州市)の人．程普・韓当とともに孫堅軍団生え抜きの部将であり，孫堅の挙兵当初から攻城野戦に明け暮れる日々を送った．孫堅の死後は，その長男孫策，二男の孫権につき従い，江東平定のために数々の戦功を立てた．赤壁の戦いのさいには，体を張った偽装降伏と火攻めによって，曹操を撃破する最大の功績をあげた．その後，偏将軍となり，死ぬまで現役でありつづけた．(「黄蓋伝」)　*171*

黄忠　こうちゅう　?-220
あざな漢升(かんしょう)．南陽(なんよう)郡(河南省南陽市)の人．劉表に仕え長沙(ちょうさ)郡に駐屯していたが，建安13年(208)，劉備に降伏した．建安24年(219)の漢中争奪戦で，70近い黄忠は果敢に戦い，曹操軍の猛将夏侯淵を斬り殺す大殊勲をあげて，蜀軍を優勢に導く．この功績を評価され，関羽らと同格の待遇を受けた．『演義』では221年，劉備の呉進撃に従い戦死したとされるが，「黄忠伝」ではその前年すでに死去したとあり，食い違いがある．(「黄忠伝」)　*261*

［サ 行］

崔夫人　さいふじん　?-263
名前不詳．出身地不詳．劉禅の五男，北地王劉諶(りゅうしん)の妻．『演義』では，鄧艾(とうがい)のひきいる魏軍が成都に迫ったとき，劉禅は戦わずして降伏する道を選ぶ．このとき，激怒した劉諶は自殺を決意し，これを知った妻の崔夫人は劉諶を励まし，先んじて自殺したとする．正史では，劉諶が妻子を殺して自殺したとし，夫人についての言及はない．(「後主伝」)　*385*

蔡琰　さいえん　生没年不詳
あざな文姫(ぶんき)．陳留(ちんりゅう)郡圉(ぎょ)県(河南省杞県西南)の人．蔡邕の娘．詩人であり，「悲憤(ひふん)詩」「胡笳(こか)十八拍(ぱく)」の作者とされる．後漢末の戦乱のなかで，北方異民族の匈奴(きょうど)に拉致され王の妻とされ二子を生む．のちに曹操が多額の身代金を払って帰国させ，董祀(とうし)(『演義』では董紀(とうき))と再婚させた．(『後漢書』「列女伝」)　*264*

蔡邕　さいよう　133-192
あざな伯喈(はくかい)．陳留郡圉県(河南省杞県西南)の人．後漢の有名な学者．宦官の専横に反対して追放され，12年にわたり各地を遍歴する．董卓に召聘され侍中(じちゅう)になる．『演義』では王允の策謀により董卓が殺されたとき，その屍に伏して慟哭したため，王允に逮捕・投獄され処刑された．史実でも大筋は同じ．(「董卓伝」裴注，『後漢書』「蔡邕伝」)　*28，264*

司馬懿　しばい　179-251
あざな仲達(ちゅうたつ)．河内(かだい)郡温(おん)県(河南省温県西南)の人．建安年間中期，荀彧の推薦によって曹操に仕え，曹操・曹丕(文帝)・曹叡(明帝)三代の重臣となる．文武両道，軍事的才能にも恵まれた司馬懿は，魏軍の総司令官として諸葛亮の北伐をくい

とめる重要な役割を果たした．景初3年(239)，明帝の死後，曹爽との権力闘争に敗れるが，10年後の正始10年(249)，クーデタを起こして巻き返しに成功，魏王朝簒奪への布石を打つ．(『晋書』「宣帝紀」)　*333，364，366*

司馬炎　しばえん　236-290
あざな安世(あんせい)．河内郡温県(河南省温県西南)の人．司馬昭の長男．泰始(たいし)元年(265)12月，司馬昭の死後4か月で，魏王朝を滅ぼして即位(武帝)，西晋(せいしん)王朝を立てる．司馬懿以来三代4人がかりの簒奪劇の完成である．咸寧(かんねい)6年3月(280．4月に太康(たいこう)と年号を改める)，三国のうち最後に残った呉を滅ぼし中国全土を統一する．この後，いっきょに獲得した江南の富と美女に溺れて，精神のバランスを崩し，西晋王朝は早くも退廃し始める．(『晋書』「武帝紀」)　*397*

司馬徽　しばき　?-208
あざな徳操(とくそう)．潁川(えいせん)郡陽翟(ようてき)県(河南省禹州市)の人．人物鑑定にすぐれ「水鏡(すいきょう)先生」と称された．後漢末，戦乱を避けて荆(けい)州に移住，隠遁生活を送った．劉備に荆州の逸材，臥龍(がりょう)(諸葛亮)および鳳雛(ほうすう)(龐統)を用いるよう勧めた(裴注『襄陽記』も同じ)．(「諸葛亮伝」裴注)
134，142

司馬師　しばし　208-255
あざな子元(しげん)．河内郡温県(河南省温県西南)の人．司馬懿の長男．嘉平(かへい)3年(251)，司馬懿の死後，司馬氏の総帥となり，魏王朝の実権をにぎる．嘉平6年，夏侯玄(かこうげん)ら批判勢力を排除し，明帝の後継者曹芳(そうほう)を退位させて高貴郷公曹髦(そうぼう)を即位させるなど，着々と手を打ち，魏王朝簒奪のシナリオを進める．しかし，翌年，眼疾の発作により，弟の司馬昭に後事を託して死去する．(『晋書』「景帝紀」)　*378*

司馬昭　しばしょう　211-265
あざな子上(しじょう)．河内郡温県(河南省温県西南)の人．司馬懿の二男．司馬師の弟．正元(せいげん)2 年(255)，司馬師の死後，後を継いで大将軍となり，軍事・行政の実権を掌握して，魏王朝簒奪計画をさらに強力に推進する．諸葛誕の反乱，高貴郷公の抵抗を押しつぶした後，景元(けいげん)4 年(263)，蜀を滅ぼす．その翌年，晋王となり簒奪も秒読み段階に入った時点で急死する．ときに咸熙(かんき)2 年(265)，55 歳．(『晋書』「文帝紀」)　*387*

周瑜　しゅうゆ　175-210
あざな公瑾(こうきん)．廬江(ろこう)郡舒(じょ)県(安徽省廬江県西南)の人．孫策と同い年の幼馴染みで親友だった．孫策とともに江東制覇に縦横無尽の活躍をする．孫策の死後，文官の張昭とともに孫権を輔佐した．建安 13 年(208)，赤壁の戦いにおいて曹操軍を撃破，大勝利を収める．建安 15 年，蜀進攻の準備中，病死．ときに 36 歳．「周郎(周の若君)」と呼ばれた軍事的天才なのだが，『演義』では諸葛亮にふりまわされる道化役をふりあてられている．(「周瑜伝」)　*101, 173, 175, 192, 212*

荀彧　じゅんいく　163-212
あざな文若(ぶんじゃく)．潁川(えいせん)郡潁陰(えいいん)県(河南省許昌市)の人．潁川の荀氏一族には清流派の名士が多く，各地の清流派人士と広いつながりがあった．初平 2 年(191)，29 歳で曹操の傘下に入り，以来約 20 年にわたって，曹操の軍師として活躍した．また従子(おい)の荀攸，華歆(かきん)，王朗(おうろう)，司馬懿など，多くの清流派の名士を推挙した．建安 17 年(212)，曹操が魏公となることに反対し，迫られて自殺した．時に 50 歳．(「荀彧伝」)　*33, 39, 107*

荀攸　じゅんゆう　157-214
あざな公達(こうたつ)．潁川郡潁陰県(河南省許昌市)の人．荀彧の従

子(おい). 建安元年(196), 荀彧の推薦で曹操の軍師となり, 数々のすぐれたはかりごとを立てた. 建安19年(214), 曹操の孫権征伐に随行, その途中で死去した. 時に58歳. 荀攸の死を悼んだ曹操は, 彼の話をするたび, 悲しみをあらたにして泣いたとされる.『演義』では, 曹操が魏王になることに反対して怒りを買い, 失意のなかで死んだとされるが, 史実ではない.(「荀攸伝」) *58*

徐晃　じょこう　?-227
あざな公明(こうめい). 河東(かとう)郡楊(よう)県(山西省洪洞県東南)の人. もと李傕(りかく)配下の楊奉(ようほう)の部将だったが, 曹操に降伏, 以後, 曹操軍団の中核的部将として数々の戦いに参加し, 戦功を立てる. とりわけ建安24年(219), 関羽が樊(はん)の曹仁に猛攻をかけ, 救援に出向いた于禁・龐徳も敗北したとき, 徐晃は関羽と激戦, 撃破する殊勲をあげた. ちなみに, 徐晃は張遼とともに, 曹操軍団の武将のうち, とくに関羽と親しい間柄だった.(「徐晃伝」) *280*

徐庶　じょしょ　生没年不詳
あざな元直(げんちょく). 潁川郡(河南省禹州市)の人. 諸葛亮の友人. 先に劉備に仕え参謀として活躍し, 諸葛亮を推薦する. 老母が曹操に捕らえられたため. 劉備のもとを去り, 曹操の傘下に入る.「諸葛亮伝」では, 建安13年(208), 長坂の戦いの時点まで, 徐庶は諸葛亮とともに劉備に仕えていたとするが,『演義』はこれに脚色を加え, 徐庶が辞去するとき, 置き土産として諸葛亮を推薦したとし, 劇的効果を盛り上げている.(「諸葛亮伝」) *136, 141*

諸葛恪　しょかつかく　203-253
あざな元遜(げんそん). 琅邪(ろうや)郡陽都(ようと)県(山東省沂南市南)の人. 諸葛瑾の長男. 幼いころから才能をうたわれ, 孫権に愛された. 嘉平4年(252), 孫権の死後, 三男の孫亮(そんりょう)を擁立

し，太傅となって実権を掌握する．しかし，翌年，魏の戦略拠点である合肥(がっぴ)を攻撃したがうまくゆかず，帰還後，呉王朝の一族孫峻(そんしゅん)に殺害された．父の諸葛瑾は，才気ばしった諸葛恪が家を滅ぼすのではないかと危惧していたが，その予感が的中したのである．(「諸葛恪伝」) *349*

諸葛瑾　しょかつきん　174-241
あざな子瑜(しゆ)．琅邪郡陽都県(山東省沂南市南)の人．諸葛亮の兄．最初，魯粛とともに客分として孫権の傘下に入り，のち長史(ちょうし)(幕僚長)となる．公私のけじめをはっきりつける身ぎれいさによって，孫権から深く信頼され，呉王朝成立後，大将軍，豫(よ)州(安徽省)の牧(ぼく)(長官)となる．『演義』では，劉備側との交渉に右往左往するさまが誇張して描かれるなど，やはりやや道化的な役回りがふられている．(「諸葛瑾伝」) *349*

諸葛誕　しょかつたん　?-258
あざな公休(こうきゅう)．琅邪郡陽都県(山東省沂南市南)の人．諸葛瑾，諸葛亮の族弟．正始年間(240-249)初め，揚(よう)州刺史(しし)となる．嘉平6年(254)，司馬懿の後継者司馬師が夏侯玄(かこうげん)(夏侯惇の従子(おい)夏侯尚(かこうしょう)の息子)らを処刑したため，夏侯玄と親しい諸葛誕はしだいに危機感をつのらせ，甘露2年(257)，根拠地の寿春(じゅしゅん)で反乱を起こす．息子の諸葛靚(しょかつせい)を人質にして呉の救援を得るが，けっきょく大軍を率いた司馬昭に敗北，斬殺された．(「諸葛誕伝」) *379*

諸葛亮　しょかつりょう　181-234
あざな孔明(こうめい)．琅邪郡陽都県(山東省沂南市南)の人．呉の重臣諸葛瑾の弟．劉備に三顧の礼を以て迎えられ，その名軍師となる(『演義』は建安13年のこととする)．以来，持論の天下三分の計を実現すべく，知謀のかぎりを尽くす．そのかいあって黄初(こうしょ)2年(221)，劉備は蜀王朝を立て，諸葛亮は丞相(じょうしょう)と

なる．劉備の死後，暗愚な劉禅(りゅうぜん)を輔佐しつつ，北伐を繰り返して魏に挑戦，青龍2年(234)，五丈原(ごじょうげん)で陣没する．(「諸葛亮伝」) *135, 141, 144, 147, 149, 154, 156, 171, 178, 189, 197, 212, 246, 248, 299, 312, 330, 332, 338, 341, 344, 354, 356, 362, 364, 366, 387*

蔣済　しょうせい　?-249

あざな子通(しつう)．楚国平阿県(安徽省懐遠県西南)の人．曹操に信任され，魏王朝成立後は文帝・明帝に仕えて重責を担った．景初3年(239)，曹芳が即位すると太尉に昇進，正始10年(249)，司馬懿のクーデタのさい，行をともにするが，まもなく病死した．曹爽を免職処分にするだけだという司馬懿の言葉を信じて，曹爽に手紙を送ったにもかかわらず，司馬懿が曹爽を殺害したため，これを気に病んで発病，死にいたったという説もある．(「蔣済伝」) *372*

鍾会　しょうかい　225-264

あざな士季(しき)．潁川郡長社(ちょうしゃ)県(河南省長葛県東北)の人．魏の重臣鍾繇(しょうよう)の息子．幼いころから聡明で知られ，長じて博学多識，論理学に精通した．戦略家としての才能もあり，景元4年(263)，鄧艾と二手に分かれ，鍾会は十余万の軍勢を率いて蜀討伐に向かった．先んじて漢中を制覇したが，成都攻略では鄧艾に遅れをとり不仲が激化，鄧艾を罪に落として大権を掌握し，反乱をおこしたものの，けっきょく敗北し殺害される．(「鍾会伝」) *374*

辛憲英　しんけんえい　191-269

あざな不詳．潁川郡陽翟(ようてき)県(河南省禹州市)の人．魏の重臣辛毗(しんぴ)の娘．太常の羊耽(ようたん)と結婚したため，西晋の荊州方面総司令官羊祜は従子(おい)にあたる．非常に聡明であり，正始10年(249)，司馬懿がクーデタを起こしたとき，曹爽配下だ

った弟の辛敞(しんしょう)(辛毗の長男)に適切な助言を与えた．このおかげで，辛敞は職務をまっとうしながら，身の安全を保つことができた．長寿を保ち，西晋の泰始5年(269)，79歳で死去．(「辛毗伝」裴注)　*369*

薛珝　せっく　生没年不詳
あざな不詳．沛(はい)郡竹邑(ちくゆう)県(安徽省宿県北)の人．呉の重臣薛綜(せっそう)の息子．呉第三代皇帝の孫休(そんきゅう)の時代に五官中郎将(ごかんちゅうろうしょう)となり，馬を求めるため蜀に派遣された．咸熙(かんき)元年(264)，第四代皇帝の孫晧が即位すると，守大匠(しゅだいしょう)として宮殿の建造に当たった．(「薛綜伝」裴注)　*380*

沮授　そじゅ　?–200
あざな不詳．広平(こうへい)郡(河北省鶏沢県東南)の人．袁紹の参謀．袁紹に後漢の献帝を根拠地の鄴(ぎょう)に迎えるよう勧めたが，受け入れられず，曹操に先手を打たれる羽目になる．建安5年(200)，官渡の戦いのさい，しばしば袁紹を諌めたが聞き入れられず，袁紹が敗北すると，曹操の捕虜になった．曹操は手厚く待遇したが，沮授は降伏を拒否，脱走して袁紹のもとに帰ろうとしたため，けっきょく殺害された．(「袁紹伝」)　*87, 104*

曹叡　そうえい　205–239
あざな元仲(げんちゅう)．沛国譙(しょう)県(安徽省亳州市)の人．曹丕の長男．母は甄(しん)皇后．美貌をうたわれた母の甄皇后が，最終的に曹丕にうとまれ誅殺されたため，なかなか後継の座につけなかった．黄初(こうしょ)7年(226)，曹丕が重態になると，ようやく太子に立てられ，その死後，即位(明帝)．在位中，しばしば蜀・呉と戦いを交えたが勝利を得るにはいたらず，豪華宮殿を建造するなど奢侈に溺れ，失政がめだつようになる．景初3年(239)，35歳で死去．(「明帝紀」)　*310*

曹洪　そうこう　?-232

あざな子廉(しれん)．沛国譙県(安徽省亳州市)の人．曹操の従弟．曹操の挙兵当初から，曹仁・夏侯惇とともにつき従い，曹操軍の中核的部将として数々の戦いに参加した．初平元年(190)，董卓討伐戦のさいには，絶体絶命の危機に陥った曹操を命がけで救い，また，建安16年(211)，馬超との戦いでも窮地に陥った曹操を救うなど，めざましい戦功をあげた．魏王朝成立後，驃騎(ひょうき)将軍となる．(「曹洪伝」)　*22*

曹彰　そうしょう　?-223

あざな子文(しぶん)．沛国譙県(安徽省亳州市)の人．曹操の子．曹丕の同母弟．若いころから騎射にすぐれ，猛獣と格闘するほどの力を持ち，はげしい気性の持ち主だった．曹操は彼を「黄鬚児(あかひげ)」と呼んでその剛勇を愛し，建安23年(218)，曹彰が北方異民族の反乱をみごと平定すると，大いに満足した．建安25年，曹操の死後，曹丕が魏王朝を立て即位すると，任城(にんじょう)王に封じられて領地に追いやられ，鬱々と楽しまないまま，まもなく死去．(「任城威王彰伝」)　*268*

曹植　そうしょく　192-232

あざな子建(しけん)．沛国譙県(安徽省亳州市)の人．曹操の子．曹丕の同母弟．幼いときから並はずれた文才を有し，才気縦横の魅力的な人柄だったため，大いに曹操に愛された．しかし，曹操の後継の座を曹丕と争って最終的に敗北，以後，不遇な生活を送る．曹丕の死後，曹叡(明帝)の即位後も不遇はつづき，憤死に近い状態でこの世を去った．しかし，不遇は曹植の文学的才能を逆に開花させ，後世，唐以前最大・最高の詩人と目されるにいたる．(「陳思王植伝」)　*291*

曹仁　そうじん　168-223

あざな子孝(しこう)．沛国譙県(安徽省亳州市)の人．曹操の従弟．

曹操の挙兵当初からつき従い，ほとんどすべての曹操の戦いに参加，その傑出した軍事的才能によって数々の大功をあげた．危機につよい猛将であり，建安 24 年(219)，樊(はん)に駐屯中，関羽に包囲されたときも徹底抗戦の構えを崩さず，救援軍が来るまで持ちこたえた．魏王朝成立後，大将軍・大司馬に任命され，魏軍の最高責任者となった．(「曹仁伝」) *192, 252*

曹爽　そうそう　?-249
あざな昭伯(しょうはく)．沛国譙県(安徽省亳州市)の人．魏の大将軍曹真(そうしん)の息子．景初 3 年(239)，明帝の遺詔を受け，司馬懿とともに幼い皇帝(曹芳)の輔佐にあたるが，まもなく何晏(かあん)・丁謐(ていひつ)らブレーンと共謀，司馬懿を追い落として実権を掌握し専横のかぎりを尽くす．正始 10 年(249)，クーデタを起こした司馬懿によって一族郎党ともども殺害された．(「曹爽伝」) *372*

曹操　そうそう　155-220
あざな孟徳(もうとく)，幼名は阿瞞(あまん)．沛国譙県(安徽省亳州市)の人．後漢末，後漢の献帝を擁し，群雄の第一人者として北中国を支配し，魏王に封ぜられて実権を握った．建安 13 年(208)，赤壁の戦いで孫権・劉備の連合軍に敗北したため，中国全土を支配するにはいたらなかった．死後，息子の曹丕(文帝)が，後漢王朝を滅ぼして魏王朝を立てると，武帝の尊号を追贈された．すぐれた詩人でもあり，「短歌行」の作者として知られる．(「武帝紀」) *8, 16, 18, 22, 33, 52, 64, 67, 76, 83, 85, 91, 111, 114, 127, 147, 185, 190, 210, 217, 226, 251, 254, 264, 268, 288*

曹丕　そうひ　187-226
あざな子桓(しかん)．沛国譙県(安徽省亳州市)の人．曹操の二男．母は卞(べん)皇后．弟曹植とはげしい後継者争いを演じて勝利，建安 22 年(217)，魏の太子となり，建安 25 年，曹操の死後 9 か

月で後漢を滅ぼして即位(文帝)，魏王朝を立てる．曹植ほどではないが，文学的才能にも恵まれていた．冷静で合理的な反面，酷薄非情なところがあり，曹植への冷たい仕打ちは後世，『演義』にも取り込まれた「七歩の詩」をはじめ，多くの伝説を生んだ．(「文帝紀」) *298*

孫堅　そんけん　157?-193?
あざな文台(ぶんだい)．呉(ご)郡富春(ふしゅん)県(浙江省富陽県)の人．孫策・孫権の父．黄巾の乱討伐で手柄を立て，長沙太守に任命される．配下の猛将，程普・黄蓋・韓当とともに董卓の乱討伐連合軍に参加，後漢の首都洛陽に一番乗りする．初平4年(193)，袁術(えんじゅつ)にそそのかされて荊州の劉表攻撃に向かい，勝利を目前にしながら，隙をつかれて劉表の部将黄祖(こうそ)の手の者に襲撃され，不慮の死を遂げる．向こう見ずで豪快，典型的な武人タイプの人物だった．(「孫堅伝」) *48*

孫権　そんけん　182-252
あざな仲謀(ちゅうぼう)．呉郡富春県(浙江省富陽県)の人．孫堅の二男，孫策の弟．孫策の死後，兄の盟友周瑜に守り立てられながら，江東の孫氏政権のリーダーとなる．建安13年(208)，劉備と連合，赤壁の戦いで曹操軍を撃破し，三国分立の形勢を作り出す．太和(たいわ)3年(229)，魏，蜀につづいて呉王朝を立てる．紫髯碧眼(しぜんへきがん)の異相の持ち主だが，手堅い性格だった．71歳の長寿を保つが，後継者争いを引き起こすなど，晩年は失政がめだつ．(「呉主伝」) *152，232，257，285*

孫晧　そんこう　242-283
あざな元宗(げんそう)．呉郡富春県(浙江省富陽県)の人．孫権の孫．孫和の息子．咸熙(かんき)元年(264)，有能だと評判が高く，呉の第四代皇帝となるが，奢侈に溺れ配下に理不尽な暴力を加えるなど，典型的な暴君となった．咸寧(かんねい)6年(280)，杜預(どよ)

らの率いる西晋軍の猛攻を受けて降伏，呉は滅亡した．洛陽に移送された後も，西晋の武帝と堂々と渡りあうなど，呉最後の皇帝の誇りを失わなかった．滅亡の予感が彼を暴君にしたのかもしれない．(「孫晧伝」) *391*

孫策　そんさく　175-200
あざな伯符(はくふ)．呉郡富春県(浙江省富陽県)の人．孫堅の長男，孫権の兄．孫堅の死後，袁術(えんじゅつ)に身を寄せたが，興平2年(195)に自立，幼馴染みの周瑜の協力を得て江東制覇に乗り出し，またたくまに孫氏政権の基礎を固めて「江東の小覇王」の異名をとる．建安5年(200)，北上し曹操の根拠地の許(きょ)を襲撃しようとした矢先，刺客に襲われ，弟の孫権に後事を託して死去．ときに26歳．若き軍事的天才の余りにも早すぎた死であった．(「孫策伝」) *48, 96, 99*

[タ 行]

太史慈　たいしじ　166-206
あざな子義(しぎ)．東萊(とうらい)郡黄(こう)県(山東省龍口市東南)の人．北海(ほっかい)太守だった孔融が黄巾軍に攻められたとき，包囲網を突破，劉備に救援を求めに行った話が有名．その後，揚(よう)州刺史劉繇(りゅうよう)の部将となり，劉繇が孫策に撃破されると，孫策と決闘して敗北，降伏した．以後，呉軍の中核的部将として数々の戦功を立てる．『演義』では赤壁の戦いのあと，合肥(がっぴ)を守備する張遼と交戦中，戦死したとするが，「太史慈伝」では赤壁の戦いの2年前に死去したとされる．(「太史慈伝」) *48*

張郃　ちょうこう　?-231
あざな儁義(しゅんぎ)．河間(かかん)郡鄚(ばく)県(河北省任丘市北)の人．袁紹配下の猛将だったが，建安5年(200)，官渡の戦いのさなか，曹操に降伏する．以後，曹操軍の中核的部将となり，数々の戦功

を立てる．諸葛亮の北伐が開始されると，しばしば出撃して蜀軍の進撃を食い止める．太和 5 年(231)，第四次北伐のさい，祁山(きざん)から撤退する諸葛亮を追撃中，壮絶な戦死を遂げた．(「張郃伝」) *112*

張紘　ちょうこう　153–212
あざな子綱(しこう)．広陵(こうりょう)郡(江蘇省揚州市西北)の人．戦乱を避けて江東に移住，張昭とともに「二張」と称される．孫策が江東を制覇すると，招かれて参謀となる．建安 4 年(199)，使者として許(きょ)に行き，曹操に引きとめられる．おりしも孫策が死去，この隙に呉を討伐しようとする曹操を説得，断念させた．その後，呉にもどり張昭とともに呉の行政を担当する．孫権に秣陵(まつりょう)(江蘇省南京市)に遷都すべきだと進言，遷都が完了した直後，死去した．(「張紘伝」) *202*

張緝　ちょうしゅう　?–254
あざな不詳．馮翊(ひょうよく)郡(陝西省大茘県)の人．魏の皇帝曹芳の妻，張皇后の父．嘉平 6 年(254)，クーデタ計画が露見し，司馬師によって夏侯玄らとともに処刑された．(「夏侯玄伝」) *377*

張松　ちょうしょう　?–212
あざな永年(えいねん)．蜀郡(四川省成都市)の人．漢中に依拠する五斗米道(ごとべいどう)の教祖張魯(ちょうろ)の攻勢に慌てた劉璋は，弁のたつ張松を曹操のもとに派遣したが，曹操は容貌醜怪で傲慢な張松を相手にしなかった．そこで張松は法正・孟達と結託して劉璋を説得し，建安 16 年(211)，劉備を蜀に進軍させた．この翌年，劉備に蜀攻略を勧めていることが露見，劉璋によって殺害された．(「劉璋伝」など) *221，224*

張昭　ちょうしょう　156–236
あざな子布(しふ)．彭城(ほうじょう)県(江蘇省徐州市)の人．若いころ

から学者として有名だった．後漢末，戦乱を避けて江南に渡り，孫策に召聘されてその傘下に入る．孫策の遺言によって，周瑜とともに孫権の輔佐役となり，孫氏政権のために貢献する．根っからの文官だったため，ともすれば消極策に傾き，積極的な主戦派の周瑜や魯粛と意見が食い違う場合が多く，しばしば物議をかもした．（「張紘伝」） *349*

張飛　ちょうひ　?-221
あざな益徳(えきとく)(『演義』では翼徳(よくとく))．涿(たく)郡(河北省涿州市)の人．劉備・関羽の義弟．劉備の挙兵当初からつき従い，猛将として勇名をとどろかす．建安13年(208)，長坂(ちょうはん)の戦いで曹操の大軍を向こうにまわした奮戦ぶりはつとに名高い．爆発的な力を発揮する反面，短気で粗暴なところがあり，黄初2年(221)，蜀王朝成立直後，劉備とともに関羽の報復を期して呉征伐に向かう途中，部下の怨みを買って殺害された．（「張飛伝」） *6, 167, 248, 295*

張遼　ちょうりょう　171?-221
あざな文遠(ぶんえん)．雁門(がんもん)郡馬邑(ばゆう)県(山西省朔県)の人．呂布(りょふ)配下の部将だったが，建安3年(198)，呂布が曹操に敗北すると曹操に降伏，以来二十有余年，数々の戦闘に参加して軍功をあげ，魏軍きってのベテラン猛将として曹操から厚く信頼された．『演義』では関羽との敵味方を超えた友情にスポットをあてる．魏王朝成立後は，文帝(曹丕)にはなはだ厚遇された．死ぬまで現役でありつづけ，黄初2年(221)，呉軍と対戦中に陣没した．（「張遼伝」） *203*

趙雲　ちょううん　?-229
あざな子龍(しりゅう)．常山(じょうざん)郡真定(しんてい)県(河北省正定県南)の人．当初，公孫瓚(こうそんさん)の配下だったが，劉備の人柄に惚れ込み，やがて劉備の部将となり，数々の戦功を立てる．

謹厳な人柄だが，危機につよく，ここぞというときに集中力を発揮する頼もしい存在．とりわけ，建安 13 年(208)，長坂(ちょうはん)の戦いにおける大奮戦，太和 2 年(228)，諸葛亮の第一次北伐における熟練した戦いぶりは，「常山の趙子龍」の底力を示すものとして人口に膾炙する．(「趙雲伝」)　*24, 93, 165, 266, 327, 336*

陳韙　ちんい　生没年不詳
あざな，出身地不詳．後漢の太中大夫(たいちゅうたいふ)．孔融との問答が伝わるだけで事迹は不明．(『世説新語』「言語篇」)　*35*

陳宮　ちんきゅう　?-198
あざな公台(こうだい)．東(とう)郡(河南省濮陽県西南)の人．最初は曹操につき従っていたが，根本的にあいいれず，興平元年(194)，呂布を迎え入れ，曹操の根拠地兗(えん)州を奪取しようと謀り，失敗した．呂布が徐州に逃げ込んだ後も，行をともにし，建安 3 年(198)，呂布が曹操に決定的に敗北したとき，ともに生け捕りにされ殺された．『演義』では，董卓の乱のさい，洛陽を脱出した曹操を救った県令が陳宮だとするが，これはフィクションである．(「呂布伝」)　*56*

陳琳　ちんりん　?-217
あざな孔璋(こうしょう)．広陵(こうりょう)郡(江蘇省揚州市西北)の人．後漢末，外戚の何進(かしん)に仕え，何進が滅ぶと袁紹の書記となる．建安 4 年(199)，曹操攻撃に先立ち，袁紹のために書いた檄文(げきぶん)「袁紹の為に豫(よ)州に檄す」は非常に有名．建安 9 年，曹操が袁紹の拠点冀(き)州を陥落させたとき，捕虜になるが，その才を愛した曹操に許され，以後，曹操傘下の文人として活躍，「建安七子」の一人に数えられる．いかにも乱世の文人らしい，したたかな生き方をした人物．(「王粲伝」など)　*76, 122*

程普　ていふ　生没年不詳

あざな徳謀(とくぼう)．右北平(ゆうほくへい)郡土垠(どぎん)県(河北省豊潤県東北)の人．孫堅軍団生え抜きの部将であり，孫堅とともに攻城野戦に明け暮れる日々を送った．孫堅の死後は，長男の孫策に仕え，やはり孫堅以来の宿将黄蓋・韓当とともに，孫策の江東制覇に多大な貢献をする．孫策の死後，孫権を輔佐して江東平定に尽力し，赤壁の戦いでは周瑜とともに呉軍を指揮し活躍した．呉の諸将のうち最年長だったため，「程公」と呼ばれ敬愛された．(「程普伝」)　*175*

禰衡　でいこう　173-198

あざな正平(せいへい)．平原(へいげん)郡(山東省平原県西南)の人．孔融と親しく曹操に推挙された．しかし，臍まがりの禰衡は挑戦的な態度で曹操やその配下にのぞんだため，怒った曹操は荆州の劉表のもとへ派遣し，殺させようとした．やはり禰衡をもてあました劉表は癇癪もちの部将黄祖のもとへ行かせたところ，案の定，禰衡に嘲笑されて逆上した黄祖によって殺害された．過剰な剛直さにあふれ，反抗精神の権化のような人物だった．(『後漢書』「禰衡伝」)　*78*

田豊　でんぽう　(?-200)

あざな元皓(げんこう)．鉅鹿(きょろく)郡(河北省寧晋県西南)の人．袁紹は董卓討伐の挙兵をした当初，博学多識で名声のある田豊を召聘し参謀とした．以来，献帝を迎えて後見人になるよう進言したのをはじめ，数々の時宜にあった献策をしたが，いずれも狭量な袁紹に受け入れられなかった．建安5年(200)，官渡の戦いに先立って持久戦論を唱え，袁紹の怒りを買って投獄され，その敗北後，逆恨みした袁紹によって殺害されてしまう．(「袁紹伝」)　*81, 116*

典韋　てんい　?-197
あざな不詳．陳留(ちんりゅう)郡己吾(きご)県(河南省寧陵県西南)の人．興平元年(194)，夏侯惇配下の一兵卒から抜擢されて曹操の親衛隊長となり，身辺警護にあたった．曹操はこの忠実無比にして剛勇無双の猛将，典韋をこよなく愛し信頼した．建安2年(197)，宛城(えんじょう)の戦いにおいて，曹操が弱小群雄の一人張繡(ちょうしゅう)の策略にはまり窮地に陥ったとき，典韋は捨て身の奮戦によって曹操の退路を確保し，壮絶な戦死を遂げた．(「典韋伝」) *33*

杜預　どよ　222-284
あざな元凱(げんがい)．京兆(けいちょう)杜陵(とりょう)県(陝西省長安県西南)の人．妻は司馬師・司馬昭の妹．咸寧(かんねい)4年(278)，名将羊祜の後任の荆(けい)州方面軍総司令官となり，三国のうち唯一存続していた呉と対決する．2年後，武帝司馬炎の賛同を得て，呉に総攻撃をかけ，滅亡に追い込む．大軍事家であると同時に，「左伝癖(さでんへき)(『春秋左氏伝』に対する熱狂的愛好癖)」をもつ大歴史学者であり，その著『春秋経伝集解(しゅんじゅうけいでんしっかい)』は中国歴史学の出発点となる重要な作品である．(『晋書』「杜預伝」) *395*

陶謙　とうけん　132-194
あざな恭祖(きょうそ)．丹陽(たんよう)郡(安徽省宣州市)の人．後漢末，徐(じょ)州刺史(しし)となる．配下の者が曹操の父曹嵩(そうすう)を殺害したため，激怒した曹操は初平4年(193)から興平(こうへい)元年(194)にかけて徐州に進撃，はげしく陶謙を攻めたてた．このころ劉備は陶謙を救援し，陶謙によって豫(よ)州刺史に推挙される．まもなく陶謙は死去し，劉備は遺言によって徐州の支配者となる．陶謙自身は特色のない人物だが，劉備の不思議な力を見抜いた点が評価される．(「陶謙伝」) *39*

董昭　とうしょう　156-236
あざな公仁(こうじん).済陰(せいいん)郡定陶(ていとう)県(山東省定陶県西北)の人.後漢の献帝に仕えていたが,建安元年(196),曹操に献帝を根拠地の許に移し,その後見人となるよう進言する.以来,曹操に信任され,建安17年(212),曹操が魏公となるときの推進役も勤めた.魏王朝成立後,文帝,明帝の二代に仕え,しだいに昇進して三公(最高位の三人の大臣)の一つ,司徒にまでなった.あざといまでに機を見るに敏,典型的な文官である.(「董昭伝」)
42

董卓　とうたく　?-192
あざな仲穎(ちゅうえい).隴西(ろうせい)郡臨洮(りんとう)県(甘粛省岷県)の人.涼(りょう)州(甘粛省を中心とする地域)を根拠地とする獰猛な軍閥.中平6年(189),宦官派一掃をもくろむ何進(かしん)に要請されて洛陽に軍勢を進め,何進のクーデタ失敗後,洛陽を制圧,暴虐のかぎりを尽くす.初平元年(190),討伐連合軍に迫られて長安に遷都,2年後,養子の呂布に殺害される.董卓の死後,群雄がしのぎをけずる大乱世の開幕となる.(「董卓伝」)　*12*

鄧艾　とうがい　197-264
あざな士載(しさい).義陽(ぎょう)郡棘陽(きょくよう)県(河南省南陽市南)の人.景元4年(263),鍾会と二手に分かれ蜀討伐に向かう.漢中攻略では鍾会に遅れをとったが,精鋭部隊をひきい険しい山道を踏み越えて蜀に入り,またたくまに成都に迫った.鄧艾軍の攻撃を前に,劉禅は戦わずして降伏,蜀は滅亡した.翌年,鄧艾は不仲の鍾会に謀られ,謀反のかどで息子ともども逮捕され,鍾会の反乱が失敗した直後,いったん釈放されるが,けっきょく斬殺される.(「鄧艾伝」)　*374*

鄧芝　とうし　?-251
あざな伯苗(はくびょう).義陽(ぎよう)郡新野(しんや)県(河南省新野県)

の人．後漢末，蜀に入ったが重用されず，劉備が蜀を領有した後，抜擢されて広漢(こうかん)太守となり，中央に入って尚書(しょうしょ)となる．黄初4年(223)，劉備の死後，諸葛亮の意を受けて呉に赴き，孫権と堂々と渡り合って，蜀・呉の同盟関係を固めた(この前年，孫権はすでに劉備のもとに和睦の使者を送っている)．諸葛亮の北伐にも随行，諸葛亮の死後，車騎(しゃき)将軍となった．文武両道の人材である．(「鄧芝伝」)　*304*

[ハ 行]

馬謖　ばしょく　190–228
あざな幼常(ようじょう)．襄陽(じょうよう)郡宜城(ぎじょう)県(湖北省宜城県南)の人．秀才兄弟「馬(ば)氏の五常(ごじょう)(5人兄弟でみなあざなに「常」がついていたため，こう称された)」の一人で馬良の弟．馬良とともに劉備の傘下に入り，諸葛亮にその才を愛される．太和(たいわ)2年(228)の第一次北伐において，街亭に陣取った馬謖は致命的な作戦ミスを犯し，諸葛亮に処刑された．諸葛亮は馬謖の葬儀に参列し，その遺族を手厚く待遇したという．(「馬謖伝」)　*306，338*

馬超　ばちょう　176–222
あざな孟起(もうき)．右扶風(ゆうふふう)郡茂陵(もりょう)県(陝西省興平県東北)の人．馬騰の息子．建安16年(211)，曹操の漢中討伐のさい，父の盟友韓遂(かんすい)と連合し反乱を起こす．剛勇無双の馬超は曹操をあわやというところまで追いつめるが，けっきょく敗北して逃亡，転変をへて漢中の張魯に身を寄せる．建安19年，劉備が成都を包囲したころ，説得されて降伏，蜀軍の中核的部将となる．『演義』では抜群の武勇とともに美貌を歌われ，「錦の馬超」と称される．(「馬超伝」)　*30，217，241，248*

馬騰　ばとう　?–212
あざな寿成(じゅせい)．右扶風郡茂陵県(陝西省興平県東北)の人．西

涼(せいりょう)(甘粛省を中心とする地域)の軍閥.「馬超伝」裴注の『典略』には，馬騰は建安13年(208)，入朝したが，建安16年，曹操の漢中討伐のさい，西涼に残留していた息子の馬超が韓遂とともに曹操に叛旗をひるがえしたため，翌年，曹操に殺害されたと記されている.『演義』では馬騰が曹操に殺害され，その報復のために馬超・韓遂が挙兵したとしており，食い違いがある.(「馬超伝」裴注など)　*31*

馬良　ばりょう　187-222

あざな季常(きじょう).襄陽(じょうよう)郡宜城(ぎじょう)県(湖北省宜城県南)の人.馬謖の兄.秀才兄弟「馬(ば)氏の五常(ごじょう)」のうちでも，「白眉(はくび)(眉毛に白毛がまじっていたためこう呼ばれた)もっとも良し」と称賛された.赤壁の戦いの後，劉備に召聘されてその傘下に入る.劉備が蜀を支配した後も，関羽とともに荊州に留まる.蜀王朝成立後，侍中(じちゅう)となり，劉備の呉征伐に随行，蜀軍が大敗を喫したとき，呉軍に殺害された.(「馬良伝」)　*195*

費詩　ひし　生没年不詳

あざな公挙(こうきょ).犍為(けんい)郡南安(なんあん)県(四川省楽山市)の人.劉璋に仕えていたが，劉備の蜀攻略のさいに降伏，劉備政権の一員となる.建安24年(219)，前将軍に任じられた関羽が，老将黄忠と同列になるのを嫌ったとき，理路整然といましめた.また，黄初2年(221)，劉備の即位のさいにも，敢然と反対意見を述べ，劉備の没後，諸葛亮が魏に降伏した孟達と手を組もうとしたときも，きっぱり反対するなど，率直な硬骨漢だった.(「費詩伝」)　*273*

傅僉　ふせん　?-263

あざな不詳.義陽(ぎよう)郡(河南省信陽市北)の人.黄初3年(222)，劉備の呉征伐のさいに戦死した，蜀の部将傅肜(ふゆう)の息子.姜

維に信任されて陽安関の守備責任者となり，景元4年(263)，漢中に攻めこんだ鍾会の軍勢と激戦するが，万策尽きて自刎.（「姜維伝」など） *382*

法正　ほうせい　176–220
あざな孝直(こうちょく)．扶風(ふふう)郡郿(び)県(陝西省眉県東)の人．蜀の支配者劉璋に愛想を尽かし，張松と手を組んで劉備を迎え入れようと計画した．建安16年(211)，劉備を蜀に進軍させ，3年後，劉備に蜀を奪取させた．この功を笠にきて目にあまる振る舞いも多かったが，諸葛亮は劉備が蜀を攻略できたのは，法正のすぐれた戦略によるとして咎めなかった．蜀の劉備政権の尚書令・護軍将軍となるが，劉備が即位する前年に死去．ときに45歳.（「法正伝」） *246*

龐統　ほうとう　179–214
あざな子元(しげん)．襄陽(じょうよう)郡(湖北省襄樊市)の人．人物鑑定で有名な司馬徽に認められ，諸葛亮とともに荆州の名士となる．諸葛亮を「臥龍(がりょう)」，龐統を「鳳雛(ほうすう)」と呼んだのも司馬徽である．建安15年(210)，呉の魯粛や諸葛亮の推薦により劉備に仕えて重用され，翌年劉備が蜀に進軍したさいに軍師として随行，すぐれた戦略を案出して蜀攻略に貢献した．建安19年，蜀攻略の最終段階で惜しくも戦死した．ときに36歳.（「龐統伝」） *135*

龐徳　ほうとく　?–219
あざな令明(れいめい)．南安(なんあん)郡狟道(かんどう)県(甘粛省隴西県東南)の人．もと馬超配下の猛将．曹操に敗北後，馬超とともに漢中の張魯(ちょうろ)に身を寄せた．建安20年(215)，曹操が漢中を平定したさい，病気で残留していた龐徳も曹操に降伏した(馬超はすでに蜀に帰順)．建安24年，曹仁が関羽の猛攻を受けたとき，于禁とともに救援に赴いたが敗北，関羽に捕らえられた．このと

き，于禁は降伏したが，龐徳は敢然と降伏を拒否して殺され，死に花を咲かせた．（「龐徳伝」） *274，276*

［マ 行］

孟獲　もうかく　生没年不詳
建寧(けんねい)郡(雲南省曲靖市西)の人．南方異民族の首領．黄初4年(223)，反乱を起こす．黄初6年，南征した諸葛亮は彼を「七擒七縦(しちきんしちしょう)(七たび生け捕りにし七たび釈放すること)」したため，感動して心服した．のちに蜀王朝に仕え，御史中丞になったともいう．（「諸葛亮伝」裴注） *308*

孟達　もうたつ　?-228
あざな子敬(しけい)．扶風(ふふう)郡(陝西省興平県東南)の人．建安16年(211)，張松・法正と共謀し劉備を蜀に引き入れる．建安24年(219)，劉備の養子劉封(りゅうほう)とともに上庸(じょうよう)郡(湖北省竹山県西南)を攻略，駐屯していたが，魏軍と呉軍に挟撃された関羽の救援を拒否，劉備に罰せられることを恐れて魏に降伏する．太和2年(228)，北伐をめざす諸葛亮と連絡をとり，蜀への復帰を図るが，司馬懿に急襲され殺された．反覆常ない人物だった．（「明帝紀」裴注など） *333*

［ヤ 行］

羊祜　ようこ　221-278
あざな叔子(しゅくし)．泰山(たいざん)郡南城(なんじょう)県(山東省平邑県南)の人．蔡邕(さいよう)の外孫．妻は蜀に降った夏侯覇(かこうは)(夏侯淵の息子)の娘．西晋成立後，武帝司馬炎に信任され，泰始(たいし)5年(269)から咸寧(かんねい)4年(278)まで，荆州方面軍総司令官として襄陽に駐屯，呉の陸抗と対峙する．陸抗との間に信頼関係が生まれ，その生存中は呉を攻撃しなかった．陸抗の死後，呉攻撃を主張するが重臣の反対にあい，杜預を後任に推薦して死去．人物鑑定にもすぐれる．（『晋書』「羊祜伝」） *391，393*

楊顒　ようぎょう　生没年不詳

あざな子昭(ししょう)．襄陽(じょうよう)郡(湖北省襄樊市)出身．蜀の重臣楊儀(ようぎ)の一族．諸葛亮の主簿(しゅぼ)となりそのオーバーワークをたしなめた(「楊戯(ようぎ)伝」の裴注『襄陽記』もこの発言を収録)．『演義』ではこれを諸葛亮が五丈原で陣没する直前のこととするが，「楊戯伝」に収められた『季漢輔臣伝賛(きかんほしんでんさん)』(楊戯著)では，楊顒は諸葛亮の北伐に随行中，若死にしたとあり，発言の時期にずれがある．『演義』はもっとも効果的な時期に楊顒の発言を組み込んだのであろう．(「楊戯伝」裴注)　*359*

楊修　ようしゅう　175-219

あざな徳祖(とくそ)．弘農(こうのう)郡華陰(かいん)県(陝西省華陰市東南)の人．後漢の太尉楊彪(ようひょう)の息子．才気煥発で知られ，曹操の意にかなって丞相主簿(じょうしょうしゅぼ)となる．曹植と親しく，曹植が兄曹丕と後継者争いをしたとき，曹植の参謀として尽力した．曹丕派が勝利すると，建安24年(219)，曹操によって処刑された．『演義』では，曹操が漢中から撤退するとき，あまりに才気ばしった楊修を嫌い処刑したとするが，史実では楊修の死はあくまでも曹植絡みである．(「陳思王植伝」裴注)　*265*

[ラ 行]

李恢　りかい　?-231

あざな徳昂(とくこう)．建寧(けんねい)郡兪元(ゆげん)県(雲南省澄江県)の人．劉璋に仕えていたが，劉備の蜀攻略のさいに帰順，劉備の意をうけて，馬超を説得し降伏させた．劉備の蜀領有後，庲降都督(らいこうととく)に任じられ南中(なんちゅう)(蜀南部)軍事責任者となる．黄初6年(225)，諸葛亮の南征が大勝利を得たのは，南中にくわしい李恢によるところが多い．これ以後もひきつづき南中の軍事リーダーとして，南方異民族に睨みをきかせた．(「李恢伝」)　*242*

李厳　りげん　?-234
あざな正方(せいほう)．南陽(なんよう)郡(湖北省南陽市)の人．蜀の劉璋に仕えていたが，建安 18 年(213)，蜀に入った劉備に降伏，重用される．劉備の死後，諸葛亮に次ぐ重任にあったが，諸葛亮の北伐のさい，軍糧輸送に重大な過失を犯し，官位剝奪，流刑の処分をうける．(「李厳伝」)　*355*

李粛　りしゅく　?-192
あざな不詳．五原(ごげん)郡(内蒙古包頭市西北)の人．董卓配下の騎都尉(きとい)．初平 3 年(192)，後漢王朝の重臣王允，董卓の養子で同郷の呂布らと共謀して董卓を殺害した．まもなく董卓配下の部将李傕(りかく)・郭汜(かくし)らが勢いを盛り返して呂布と戦い，李粛は董卓の娘婿牛輔(ぎゅうほ)と戦って敗走，呂布に処刑された．(「袁紹伝」)　*14*

陸抗　りくこう　226-274
あざな幼節(ようせつ)．呉(ご)郡呉(ご)県(江蘇省蘇州市)の人．陸遜の息子．父祖譲りの軍事的才能と清潔な人柄の持ち主．咸熙(かんき)元年(264)，孫晧の即位後，鎮軍大将軍となり，長江中流域をおさえた．泰始(たいし)9 年(273)，呉の軍事最高責任者として荆(けい)州に駐屯，魏の荆州方面総司令官の羊祜と対峙した．両者の間には敵味方を超えた信頼関係が成立し，羊祜は陸抗が死ぬまで，呉を攻撃しなかった．息子の陸機(りくき)・陸雲(りくうん)は西晋の著名な文学者．(「陸抗伝」)　*391*

陸遜　りくそん　183-245
あざな伯言(はくげん)．呉郡呉県(江蘇省蘇州市)の人．江南の大豪族の出身．孫策の娘婿．建安 24 年(219)，呂蒙と協力し関羽討伐に手柄を立てた．黄初 2 年(221)，劉備が呉に出撃すると，呉軍の総司令官となり，持久戦法によって劉備軍に壊滅的打撃を与え敗走させた．以後，周瑜・魯粛・呂蒙につづいて呉の軍事責任者と

なり，数々の戦績をあげたが，正始 6 年(245)，孫権の後継者争いに巻き込まれ憤死する．ときに 63 歳．(「陸遜伝」) *296*

劉諶　りゅうしん　?-263
あざな不詳．涿(たく)郡涿(たく)県(河北省涿州市)の人．劉禅の五男で北地(ほくち)王．景元 4 年(263)，鄧艾の率いる魏軍が成都に迫ったとき，劉禅は戦わずして降伏する道を選ぼうとした．このとき，剛毅な劉諶は戦うべきだと主張したが，受け入れられず，激怒して劉備の廟におもむき，まず妻子を殺してから，自刎して果てた．(「後主伝」，「二主妃子伝」) *385*

劉禅　りゅうぜん　207-271
あざな公嗣(こうし)．幼名は阿斗(あと)．涿郡涿県(河北省涿州市)の人．劉備の長男．黄初 4 年(223)，劉備の死後，17 歳で即位，全面的に丞相諸葛亮の輔佐をうける．青龍 2 年(234)，諸葛亮の死後，約 30 年持ちこたえるが，景元 4 年(263)，鄧艾のひきいる魏軍に戦わずして降伏，蜀王朝は滅亡し，洛陽に移送され安楽公に封じられる．暗愚とはいえ，魏や呉のようなお家騒動も起きなかったのは，劉禅が素直で邪悪さのない人柄だったためだろう．(「後主伝」) *165，387*

劉備　りゅうび　161-223
あざな玄徳(げんとく)．涿郡涿県(河北省涿州市)の人．後漢末，義兄弟の豪傑関羽・張飛を中核とする軍団を結成，群雄の一人となるが，曹操に追われて荊州に逃げ，諸葛亮を軍師に迎える．これで上昇気流に乗り，孫権と連合し赤壁の戦いで曹操を撃破したあと，蜀を領有，曹丕が魏王朝を立てた翌年の黄初 2 年(221)には，即位して蜀王朝を立てる．しかし，関羽の報復を期し呉に攻め込んで大敗を喫し，黄初 4 年，諸葛亮に後事を託して死去．(「先主伝」) *4，6，44，46，62，72，93，130，132，138，154，156，161，163，165，205，227，272，285，294，299，301，327*

劉表　りゅうひょう　142-208
あざな景升(けいしょう)．山陽(さんよう)郡高平(こうへい)県(山東省微山県西北)の人．後漢王朝の一族で，若いころから名士だった．後漢末，荆州刺史となり，約20年にわたって荆州を支配した．寛容な見せかけとはうらはらに，猜疑心がつよく優柔不断だったため，曹操に追われて逃げ込んできた劉備を相応に待遇できず，また後継者決定にも失敗しお家騒動をひきおこした．建安13年(208)，曹操軍の南下直前に病死．死後，荆州はたちまち曹操の手に帰した．(「劉表伝」)　*160*

劉曄　りゅうよう　?-234?
あざな子揚(しよう)(『演義』では子陽)．淮南(わいなん)郡成徳(せいとく)県(安徽省寿県東南)の人．後漢王朝の一族で揚(よう)州の名士だった．早い時期に曹操の参謀となり信任された．建安20年(215)，曹操が張魯(ちょうろ)を敗走させ漢中を平定したとき，ひきつづいて蜀を攻撃するよう進言したが，聞き入れられなかった．魏王朝成立後，文帝及び明帝に仕えて要職を歴任，文帝に対し蜀の降将孟達を重用すべきでないと進言したのをはじめ，数々のすぐれた献策をおこなった．(「劉曄伝」)　*352*

呂布　りょふ　?-198
あざな奉先(ほうせん)．五原(ごげん)郡九原(きゅうげん)県(内蒙古包頭市西北)の人．「三国志」世界屈指の猛将だが，思慮に欠ける．最初に仕えた幷(へい)州刺史丁原を殺して董卓の養子になり，初平3年(192)，後漢の重臣王允と共謀して董卓を殺害する．流転のあげく，興平(こうへい)元年(194)，曹操の根拠地兗(えん)州をいったん奪取するが撃退され，徐州の劉備のもとに逃げ込んで，劉備を追い出し徐州を支配する．建安3年(198)，曹操に撃破され参謀の陳宮ともども処刑された．(「呂布伝」)　*20*

呂蒙 りょもう 178-219

あざな子明(しめい). 汝南(じょなん)郡富陂(ふは)県(安徽省阜南県東南)の人. 少年のころ孫策の江東攻略戦に参加して以来, 呉の主要な戦役のすべてに参加し, しだいに頭角をあらわす.「呉下(ごか)の阿蒙(あもう)(呉のおばかさん)」と呼ばれる勉強嫌いだったが, 孫権に諭されて発奮, 教養を身につけ, 周瑜, 魯粛についで呉の軍事責任者となる. 建安24年(219),「呂蒙の計」によって関羽を滅ぼした直後に病死.『演義』では荒ぶる関羽の霊に祟り殺されたとする.(「呂蒙伝」) *153*

魯粛 ろしゅく 172-217

あざな子敬(しけい). 臨淮(りんわい)郡東城(とうじょう)県(安徽省定遠県東南)の人. 財産家の御曹司だった. 建安5年(200), 孫策の死後, 友人の周瑜に勧められ孫権に仕えるようになる. 周瑜とともに主戦派の代表格として赤壁の戦い大勝利の道を開く. 建安15年, 周瑜の死後, 遺言により後任の呉の軍事責任者となる. 親劉備派の彼の在任中は, 蜀と呉の間は平穏だったが, 彼の死後, 決裂した.『演義』ではその人の良さが強調され, やや三枚目的な役割がふられている.(「魯粛伝」) *199, 214*

盧植 ろしょく ?-192

あざな子幹(しかん). 涿郡涿県(河北省涿州市)の人. 後漢末の著名な学者. 同郷の劉備は若いころ, 公孫瓚(こうそんさん)とともにその門下で学ぶ. 中平元年(184), 北中郎将となり黄巾の乱討伐に参加するが, 宦官派によって解任される. その後, 入朝して尚書となるが, 中平6年(189), 董卓が少帝を廃し献帝を立てようとしたとき, 反対して罷免された.(『後漢書』「盧植伝」) *12*